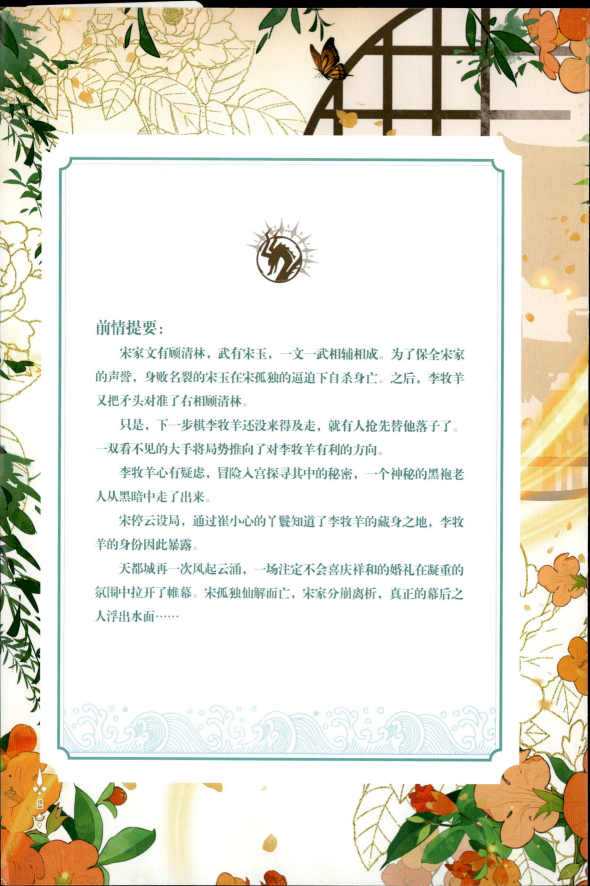

前情提要：

宋家文有顾清林，武有宋玉，一文一武相辅相成。为了保全宋家的声誉，身败名裂的宋玉在宋孤独的逼迫下自杀身亡。之后，李牧羊又把矛头对准了右相顾清林。

只是，下一步棋李牧羊还没来得及走，就有人抢先替他落子了。一双看不见的大手将局势推向了对李牧羊有利的方向。

李牧羊心有疑虑，冒险入宫探寻其中的秘密，一个神秘的黑袍老人从黑暗中走了出来。

宋停云设局，通过崔小心的丫鬟知道了李牧羊的藏身之地，李牧羊的身份因此暴露。

天都城再一次风起云涌，一场注定不会喜庆祥和的婚礼在凝重的氛围中拉开了帷幕。宋孤独仙解而亡，宋家分崩离析，真正的幕后之人浮出水面……

柳下挥／著

逆鳞

NI LIN

14

时代出版传媒股份有限公司
安徽文艺出版社

图书在版编目（CIP）数据

逆鳞. 14 / 柳下挥著. — 合肥：安徽文艺出版社，
2023.1
ISBN 978-7-5396-7492-6

Ⅰ. ①逆… Ⅱ. ①柳… Ⅲ. ①长篇小说－中国－当代
Ⅳ. ①I247.5

中国版本图书馆CIP数据核字(2022)第118760号

NILIN 14
逆鳞14
柳下挥 著

出 版 人：姚　巍
责任编辑：卢嘉洋　宋潇婧
装帧设计：曹希予

出版发行：安徽文艺出版社 www.awpub.com
地　　址：合肥市翡翠路1118号　邮政编码：230071
营 销 部：(0551)63533889
印　　制：湖南天闻新华印务有限公司 电话：(0731)88387856

开本：710 mm×1000 mm　1/16　印张：18　字数：270千字
版次：2023年1月第1版
印次：2023年1月第1次印刷
定价：34.80元

目录
CONTENTS

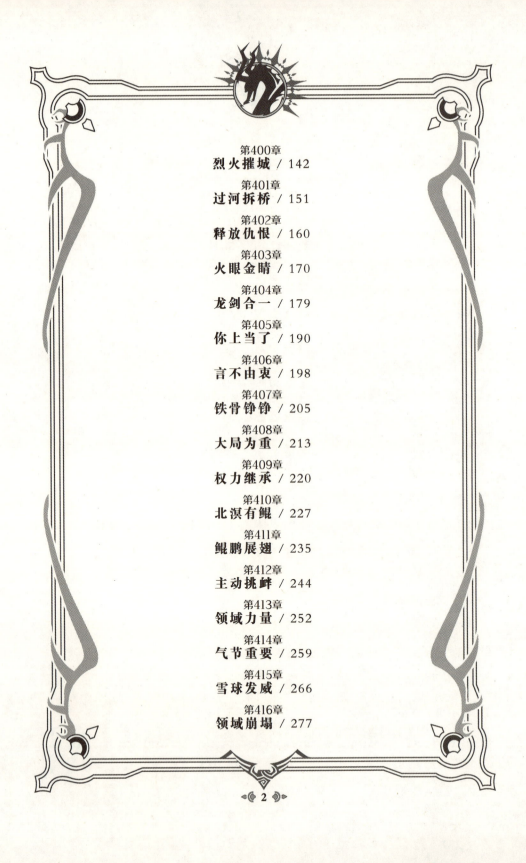

第385章
梦回江南

楚浔死了！

李牧羊亲手杀死了楚浔，在他父亲西风惠帝的面前。

大雾迷城，现场陷入了死一般的寂静。

所有人都瞪大眼睛看着这一幕，看着连杀魔族十八将之一的无眼和以身侍魔的西风皇子楚浔的李牧羊。

直到这个时候，大家才不被李牧羊那英俊的五官所迷惑，不被他那出尘的气质所蒙蔽，不得不接受这样一个事实——这个长得俊美无比的男子不是人族，他的体内藏着一条龙。

惠帝眼睛血红，死死地盯着楚浔的尸体，嘶声说道："好一个陆氏爷孙，好一个陆氏家族……一个要朕的半壁江山，一个当着朕的面亲手杀了朕的儿子。你们……眼里可还有我这个君上？你们可曾在意过我楚氏皇族？"

"楚浔该死。"李牧羊沉声说道，"就算我不是陆氏族人，只要我有能力做这一切，我就不会让他活命。他活了，那些被他吸髓而死的人又当如何？"

"李牧羊！"惠帝的眼神锋利如刀，指着李牧羊嘶声吼道，"你是一条龙，你是一条龙啊！"

惠帝又转身看向陆行空，声音低沉，带着难以释怀的悲怆："你要朕的半壁江山，朕给你。你就是要朕的整座江山，朕也给你……"

惠帝躬下身，抱起楚浔的尸体，转身朝外面走去，脚步踉跄。

惠帝身边的数名供奉紧随其后，更远处布防的飞羽军在将领的喝令下四散分开，而后跟着惠帝离去，履行他们的职责。

哗啦啦——

众人来时如黑云，走时如疾风。

转眼间，这西宫赏月苑只剩下李牧羊、陆行空、崔小心、楚宁寥寥数人了。

崔小心看看李牧羊，又看看陆行空，伸手牵住楚宁的手，说道："我们去旁边歇息。"

说完，她便拉着还想说些什么的楚宁离开了。

于是，在这片废墟当中，便只有这爷孙俩了。

李牧羊看向墙角处的一棵鬼脸樱，那棵树有些年头了，和他在江南城居住的小院门口的鬼脸樱一样粗壮。

现在不是花期，但是枝叶茂盛。等到那树上的花如微笑着的鬼脸一样绽放开来时，定然有着令人惊心动魄的美。

可惜，在这深宫之中，高墙之内，谁人欣赏？

李牧羊突然觉得有些无趣，那是一种深入骨髓的落寞。

如此这般尔虞我诈，垂死挣扎，到底是为谁辛苦为谁忙？

有好花没心情赏，有佳肴没时间尝，有知己不曾大喝一场，有父母双亲却孤独一人受尽这世间凄凉……

李牧羊想回家，想回江南！

李牧羊这么想着，便也这么做了，他转身朝宫墙外走去。

"牧羊……"

熟悉的声音从背后传来。

李牧羊脚步微顿，却没有回头："还有什么事情吗？"

"我想……我们应该谈谈……"

"道歉，还是解释？"

李牧羊的嘴角浮现一丝微笑，这是真正发自内心的微笑，这是难以名状的轻松、惬意、解脱。

曾几何时，他以为自己身负血海深仇，爷爷惨死，父亲伤重，原本和他八竿子打不着的陆氏豪族——后来他才知道那是自己的家族——也被人铲除。

血亲死，亲族灭，这得有多大的仇恨啊！

有很长很长一段时间，李牧羊每天想的唯一一件事情就是杀掉宋孤独。只有杀掉宋孤独，他才能替那个在自己心目中分量越来越重的老人报仇。

虽然那个老人在李牧羊刚刚出生的时候就把他抛弃了，但那也是事出有因，情有可原。

李牧羊是相信那个老人的。

血债必须血偿。

心里存着这样的念头，李牧羊拼了命地去努力，去厮杀，去巧妙布局、精心算计。

终于，终于……

宋孤独自行仙解，宋氏一族在眼前覆灭。

可是，李牧羊并没有大仇得报的快感，因为他发现，这一切是一场阴谋。

原本已经死了的人还活着，并且躲在幕后操纵了这一切——操纵着西风政局，也操纵着无数人的生死。

当然，也包括李牧羊的生死以及情感。

现在，那个人要和他谈谈，谈什么呢？

说愤怒的话或者说原谅的话，都不符合李牧羊现在的心境。

此刻，李牧羊只想安安静静地回家。

他想接上父母和妹妹，一家人回到江南小城，住在那条他熟悉的巷子里，有好吃的糕点，有熟悉的书坊，有落日湖的美景……

此时此刻，他无比渴望那样的生活。

就算他还是那个丑陋的黑炭，就算他还是那个废物少年，就算他每天要被人嘲讽一百遍……

"我以为你会理解我做的一切。别人或许不会，你会。"陆行空沉声说道，"我所做的一切都是为了陆氏。"

李牧羊猛然转身，眼神如刀般审视着陆行空，厉声喝道："你以为我会理解你所做的一切？你凭什么认为我会理解你所做的一切？谁给你的自信让你有这样的想法？我为什么要理解你？你诈死逃脱，将陆氏一族推向险地，让无数人因为你而惨死在对手的屠刀之下……我为什么要理解你？

"为了陆氏？那些逃难到风城的陆氏族人不会相信，那些死于对手屠刀之下的陆氏族人没办法相信！如果你当真为了陆氏，难道不应当和家人亲友并肩站在一起，一起努力，一起对抗所有即将到来的危险吗？如你这般一个人诈死消失，却让无数人为你付出生命，家破人亡，这是为了陆氏？"

"宋氏势大，把控西风朝堂和军队，上上下下全是他们的人，里里外外更不知道有多少是他们的人。不要说我们陆氏，就算西风皇族也对他们束手无策。倘若我不行此险计，又怎能让他们放松警惕？又怎能将宋氏一族连根拔起？"

陆行空脸色平静，但因为李牧羊的激烈态度，语气里还是不可避免地蕴含着一丝焦灼的味道。

陆行空继续说道："计划是很早以前就制订了的，那个时候先皇还只是帝国太子。楚氏皇族世世代代受宋氏压制，政令难出，军令难行，先皇深感厌恶，一心想要恢复楚氏皇族应有的尊严和地位。而且，宋氏不仅想要掌握政权和军权，连天下读书人的心也要抢了去。宋氏有'帝国文库'的美誉，宋孤独被人称为'星空之眼'。宋氏所言，皆是正义。宋氏所书，便是历史。天下读书人唯宋氏马首是瞻。天长日久，世人只知有宋，不知有楚。

"宋氏虽然没有取而代之，却已经是帝国的影子皇族。宋氏一方面巩固自己的地位，一方面不断地排除异己。自西风立国始，陆氏便一直执掌帝国军权。宋氏想要真正地谋反篡位，便必须从陆氏手里夺到军权。

"所以，宋、陆两族从西风立国始便已是生死之敌，不是你死，便是我亡。陆氏想要撼动这样一个庞然大物，不做出牺牲，不做出长久的布局，怎么可能成功？"

"所以，我们都成了牺牲品？"

"至少，你不是——我也从来没想过将你当作牺牲品。你是我的孙儿，是我陆氏骨血。"

李牧羊轻轻摇头，说道："我被无数强者追杀的时候，我不是牺牲品吗？我被宋孤独打入八根幽冥钉的时候，我不是牺牲品吗？我的父亲——你的亲生儿子替我挡下第九根幽冥钉的时候，他不是牺牲品吗？那些一路历尽艰险，护送母亲和弟弟赶往风城的人，甚至包括我的母亲和弟弟，难道他们不是牺牲品吗？"

李牧羊眼神哀痛，声音悲伤，沉声说道："是不是……是不是在你们这些权谋家的眼里，没有什么是不可以牺牲的？"

"李牧羊！"陆行空强行压下心中的怒意，喝道，"再完美的计策，也终究会有疏漏之处。我没想到你会在那样的时间点回来，我没想到你会有那样的修为境界，我甚至没想到……"

"没想到我是一条龙？"

"多年的布局，无数人的心血和牺牲，包括先皇的性命，陆氏战死的英杰和楚氏的千年血泪……难道这一切就可以付诸流水，当作没有发生过？你可以不在意，但是作为你的爷爷，作为陆氏家主，难道我可以不用考虑陆氏面临的危机，不用考虑陆氏族人的生死以及未来？

"你以为我为何要这半壁江山？你以为我为何要手握大权？我只是不想陆氏一族再遭遇一次清洗，不想我的子孙后代被人当作弃子随手抛弃！我若死了，这一切最终不还是要托付给你？"

"我累了。"李牧羊摆了摆手，沉声说道，"不管你为了什么，想要什么，这些都和我没有任何关系了。我只想……只想安安静静地生活。我要回江南城了。你想成为天下霸主，我只想在落日湖边牧羊。"

道不同，不相为谋。

李牧羊转身便走，绝不拖泥带水。

什么无上权势、半壁江山，与他没有一丝一毫的关系。

走了几步，李牧羊想到还有什么事情没有解决。

他转过身去，看到了在不远处等候的崔小心和楚宁。

这也是两个可怜的女子。

楚宁的父亲早逝，兄长们或被杀或被贬，深宫之内再无亲人，倒是那层出不穷的阴谋杀机让人防不胜防。倘若就这么让她回到深宫或者公主府，怕是很快就会被人给一杯毒酒了结了性命。

崔小心……

李牧羊看着崔小心，看着这个自己一度迷恋却与自己渐行渐远的清丽女子。那个时候，他觉得自己和她之间隔着天堑鸿沟。没想到的是，此时此刻，物是人非，崔氏遭此大难，一家人能否保全还是未知数。她这个时候回去，难道要为那个即将没落的家族殉葬？

"你们……跟我一起走？"

崔小心长长的睫毛轻颤，看着李牧羊没有说话。

倒是楚宁看向李牧羊，出声问道："去哪里？你要带我们去哪里？"

"风城。"李牧羊轻声说道，"你们先随我去风城，等我接了家人以后，我们再一起回江南。以后我们就定居在江南，再也不问世间俗事了。"

"江南……"崔小心喃喃自语，"江南好……"

江南小城，对崔小心而言也是一个特殊之所，是身心自由飞翔的地方。在江南城居住的那些年，是她度过的最开心、最惬意的日子。

听到李牧羊所说的归处，崔小心不由得心生向往。

倘若能够在那样的小城住一辈子，那该多好啊。哪怕只是住一阵子，那也是一桩非常幸福的事情。

"江南啊……"

楚宁转身看向崔小心，想要从她的眼神中窥探到她的一些真实想法。只是，崔小心眼里的憧憬一闪即逝，等到楚宁看过去的时候，她又恢复了那种云淡风轻，仿佛一切都不在意，一切又都掌控在手里的感觉。

"我是无家可归之人，无论去风城还是去江南，只要有一个落脚之地，有一处容身之所，我就非常满足了。可是小心……"

顿了顿，楚宁抬头看向李牧羊的眼睛，说道："小心和我不一样。小心有父母家人，有宗族长辈，又有之前和宋停云的那一场闹剧，她这么没名没分地跟着你去风城去江南的，算个什么事啊？外人怎么看她？家人怎么看她？"

李牧羊心头微紧，不愿意去看崔小心的眼睛，而是将视线放在楚宁身上，轻声说道："崔氏发生了一些事情，现在的情况非常危险。倘若能够保下来，那自然是好事。倘若保不下来，怕是整个家族都要遭遇一场劫难。"

"小心的爷爷……崔老爷子修为尽毁，崔家又正处于风雨飘摇之际，少了崔老爷子这等强势人物的庇护，我怕崔氏其他人难以支撑大局。此外，身处朝堂之中，崔氏以前也或多或少得罪了一些人。现在寻到机会，那些人哪肯罢手？就算明里不做什么，暗里的动作也不会少。小心这个时候回去，恐怕……不是明智的选择。"

楚宁皱了皱眉头，说道："这些话你和小心说，你和我说做什么？"

李牧羊顿了顿，说道："刚才不是你问的吗？我现在只是在回答你的问题而已啊。"

崔小心看到李牧羊的窘态，嘴角浮现一丝浅浅的笑意。

这是一切了然于胸的笑意。

她似是了解他的心思，明白他的难处，柔声说道："你的心意我领了。不过，正如刚才楚宁所说，父母亲人安康，宗族长辈健在，崔氏又处于风雨飘摇之际，为人子女的，怎能弃自己的亲人、宗族而不顾呢？小心虽是一介女子，或许在家族大事上帮不上忙，但是可以侍奉在父母双亲身边，倒杯热茶，说几句宽心的话，那样，也不辜负他们生我养我一场。"

崔小心从口袋里掏出一块洁白的手帕，轻轻地擦拭着李牧羊脸上沾到的灰尘，笑容甜美，带着一丝丝羞涩。

她不适应和一个男子这般亲密，这是她以前不曾做过的事情。

"我知道你有很重要的事情要做。你要去风城，去江南，去接上家人……我没事的，你不要担心。如果可以的话，你能带上楚宁吗？她和你在一起才会更安全，我怕自己没有能力保护她。带她去江南，我想她一定会喜欢上那里。那也是我最怀念的小城。"

"小心，"楚宁生气地说道，"你不走，我也不走。我哪里需要你保护？你手无缚鸡之力，我保护你还差不多。"

楚宁又转身看向李牧羊，有些恼怒地说道："你走吧，我不需要你管了。我和小心一起留在天都。"

"小心……"

"我心意已决，你不要再说了。"崔小心将手帕收了回来，说道，"快走吧，这里不是久留之地，我们也要离开了。"

崔小心伸手牵着楚宁的手，两人就这样转身朝宫城外面走去。

"小心，你决定了？"楚宁紧紧地拉着崔小心的手，她能够感觉到崔小心此时的脆弱和急着逃离的胆怯，"真的不跟他走？"

"何必为难他呢？"崔小心声音低沉，带着无限的感慨，说道，"他连看我一眼的勇气都没有，又何苦逼迫他说出自己不愿意说的那些话？此时不是彼时，天都不是江南，现在的李牧羊也不是当年的李牧羊。"

"可是……"

"没有可是。"崔小心脸色惨白，说道，"楚宁姐姐，我们走得姿态从容一些，那样看起来至少还保留着自尊，就当作……我没看到他的左右为难。"

冰泉宫。

梆梆梆——

木鱼声声，宫院冷冷。

这座宫殿一如它的名字，永远给人没有一丝烟火气息的感觉，冷得都快要结冰一般。

陆行空推开院门，挥手阻止了小宫女的通报，径直朝木鱼声响起的地方走去。

梆——

木鱼重重一击，然后声音停顿下来。

"打扰到你的清修了。"陆行空站在身后，语带歉意地说道。

"这宫城之内，哪一日没有血光，哪一日不见纷争？所谓清修，不过是自欺欺人而已。"宫装丽人起身，对着陆行空福了一福，说道，"外面风平浪静了？"

"风平浪静？哪里会这般容易？"陆行空轻轻叹息，说道，"不说这天都城，偌大的西风帝国，就算内心想要片刻安宁，也百般艰难。"

宫装丽人稍微沉吟，问道："你和牧羊见过面？"

"是的。"陆行空点了点头，"刚刚见过。"

"他不理解？"

"不理解。"

"这是你的烦恼之处？"

"国事可以用谋略，家事却只能用感情。"陆行空轻轻叹息，"这恰好是我不擅长的。"

"你瞒他瞒得好苦啊。"宫装丽人也跟着叹息，"要是早些时日和他言明，或许……他会更容易接受一些。"

"怎么说？说什么？"

顿了顿，陆行空又点了点头，说道："不过你说得也有道理，着实是我疏忽了。他能寻到宫里来，能寻到你这里来，那个时候，我便应当知道他已经知晓这幕后主使之人是我了。那一日他来寻你，我若出来与其相见，或许，情况会和现在不一样。"

"牧羊不比天语，他的心思谁又能明白呢？他经历的那些，若放在其他孩子身上，怕是早就被压垮了。你对他也着实苛刻了一些。"

"玉不琢，不成器。有些事情，必须由他去做。有些责任，也只能让他去承担。"

"成了器又如何？爷孙关系落得如此地步，你的心里不难受？他的心里不难受？"

"有些事情，你们女人终究是不懂的。"

"但是女人懂得感情。"宫装丽人看向陆行空，难得有勇气去反驳这个一直让她感觉恐怖的老人，"世人皆言国尉大人步步为营，算无遗策。在你的心里，没有什么事情是不可以入局的。但是，感情不能。你将一族老小推至险境，使陆氏由明转暗，再与楚氏皇族同谋联手，将西风第一世家的宋氏打落下来。你的目的没错，但是做法错了，过程也错了。"

"不破不立，没有这样的做法和过程，又怎么能有这样的结果？"

"这就是仁者见仁，智者见智的问题了。"宫装丽人说道，"无论如何，都要恭喜国尉大人完成多年夙愿。宋氏陨落，崔氏倒台，陆氏一跃而起，荣升为西风第一家族。就算是皇族楚氏，也要看国尉大人的脸色行事。国尉大人手握天下兵马，想要做些什么，怕是无人敢抗衡了吧？"

　　"倒是有一桩非做不可的事情。"陆行空点头说道。

第386章
抢了两个

"天都之大，竟然无自己容身之所。"李牧羊发出由衷的感叹。

有亲人的地方，才能够称为家。

倘若家人不在，就只能称为挡风遮雨的房子吧？

无仇一身轻！

李牧羊想着：自己此时应当先去接上独居龙窟之中的宋晨曦一起去风城，还是先赶去风城接上家人返回江南定居，再转回来接宋晨曦？

毕竟，自己龙族的身份还是非常危险的，而龙窟是一个极佳的藏身之所，一般人根本找不到。

宋氏倒台，族中重要人物尽逝，那些侥幸逃脱的妇孺现在还不知所终……

宋晨曦和崔小心不一样，可以说她是真正地家毁人亡，宋氏她是回不去了，亲人暂时也联系不着，只能由李牧羊代为照顾了。

李牧羊又想起那个一脸平静自行仙解的老头儿，或许老头儿在将孙女托付给他的时候，便想到了这一层深意吧？

这些老头子，怎么就没有一个简单的呢？一个个的心思都是九曲十八弯，绕得你头昏脑涨，不明不白，一直等到事到临头才恍然大悟。

李牧羊当真被这些老头子坑惨了。

李牧羊猛然停步，站在一棵天都樱下，仰头看着那微微绽放的粉红色花蕾，轻声说道："你要跟我走到什么时候？"

"公子……"

一身红衣的红袖出现在李牧羊的身后。

她肤如白雪，面若银月，眼睛细长，睫毛弯弯，是一个十足的美人坯子。这是红袖的真实面目。

红袖原本就是一个美人儿，只是因为长期以假面示人，大家总容易忘记她这绝美的容颜。

"如果你是来道歉的话，那些话就不要说了。"李牧羊沉声说道，"虽然你叫我一声公子，但是你真正尽忠的主子是他，你为他做事，为他隐瞒真相，何错之有？"

"公子，红袖并不是有心想要隐瞒，只是……"红袖低下头，低声说道，"身不由己。"

"我明白。所以我不怪你。"李牧羊眯着眼睛笑了起来，声音感伤地说道，"怪就怪我相信那一切都是真的，怪就怪我相信我爷爷真的战死了，怪就怪我主动将血海深仇背负在身，怪就怪……我把你们当成真正的朋友。"

"公子……"红袖眼眶微红，抬起头来看着李牧羊的背影，坚定地说道，"我亦是把公子当成朋友的。从那次公子舍命相救，红袖便将公子当作朋友。但凡公子有所差遣，红袖必赴汤蹈火，在所不辞。只是……主人没有说要告知公子，红袖也不敢泄露，怕误了主人的大事。"

李牧羊转身，看着红袖羞愧自责的表情，轻声叹息，说道："我都说了，这不怪你。"

"可是，红袖怪自己。"红袖沉声说道，"我知道哪些人是暗线，哪些人是诱饵，哪些人是可以牺牲的……棋子。高大富他们被杀的时候，我心里比谁都难受。可是……可是……我只能当这一切都没有发生过，当所有的事情都不可避免。"

李牧羊沉默不语。

他不愿意去思考这些问题，不愿意去想那些死去的人——该死的或者原本不该死的。那英勇的牺牲，那宁死不屈的忠诚，就这样被那个老人糟蹋亵渎——那个老人却又偏偏是他的爷爷。

他又能怎么办呢？

人生第一次，李牧羊无比渴望自己是条龙。

在他的记忆里，龙族就没有如此多的钩心斗角。龙族以实力为尊，只要你实力足够强大，那么所有的龙都尊敬你。

李牧羊此时的心情，红袖感同身受。

她沉吟片刻，问道："公子要去哪里？"

"江南。"

"我想跟随公子一起走。"

李牧羊颇为诧异地看向红袖。

那个老人正掌控西风朝政，红袖师徒立下了汗马功劳，此番正是要论功行赏的时候，她却要跟随自己一起去江南？

那她之前所做的一切，不都白费了吗？

"公子，"看到李牧羊眼神怪异地看向自己，红袖生怕他拒绝自己的请求，便低声说道，"红袖自小无父无母，是个孤儿，跟随师父她老人家长大。她老人家又在早年受过陆老爷子的恩情，所以一生追随陆老为其做事。我是师父的徒弟，也是师父唯一的亲人，师父在哪里，我自然也要跟着去。现在陆老爷子谋划成功，掌控了西风朝政，我再留下来也做不了什么事情。我愿意跟随公子，侍候公子左右。就算和公子在江南小城找一风景秀丽之所隐居安身，那也是一桩极好的事情。"

"你师父怎么办？"

"师父她老人家有自己的选择。"

"决定了？放弃现有的一切？"

"决定了。"红袖无比肯定地点头，说道，"现在拥有的一切恰好是我不愿意要的。"

"走吧。"李牧羊点了点头，"大不了园子置办得大一些。我有的是钱。"

"谢谢公子。"红袖笑逐颜开，激动地说道。

风城。清晨。

公输垣刚出门，就发现屁股后面跟上了一个小尾巴。

他在人群中间左冲右突，很快就消失在热闹繁华的风城大街上。

陆天语追了一路，发现目标人物消失之后，很懊恼地一拳捶打在墙壁上，生气地吼道："死胖子，又不知道溜哪儿去了！"

"如果我没猜错的话，你嘴里的死胖子是指我吧？"

杂草堆上，露出一张狡黠的笑脸。

陆天语愣了一下，脸上瞬间堆满笑，一脸亲昵地叫道："公输大哥！"

公输垣只觉得身上鸡皮疙瘩乱掉，吼道："陆天语，有事说事，千万别学你哥那一套，我怕。"

陆天语便将脸上的笑容收起来一些，但仍然保持着笑呵呵的模样，说道："公输大哥，你刚从外面回来？"

"怎么着？"公输垣一脸警惕地盯着陆天语，"你问这个做什么？"

"是不是去了天都？"

"我去了哪里和你有什么关系？"

"公输大哥，你还没有回答我的问题呢。"陆天语的眼睛在公输垣的脸上身上扫来扫去，"你回来的时候带了鬼樱酒和切片糕，还有马村烧鸡、宝锦珍家的衣服，这证明你去的是天都，对不对？"

"我……"公输垣面红耳赤，说道，"你怎么知道我带了那些东西？我带了什么东西又和你有什么关系？"

"我先前去寻过公输大哥，恰好公输大哥不在。不过，你屋子里有喝光了的鬼樱酒酒壶，切片糕还有几份，至于马村烧鸡嘛，我去的时候，大概公输大哥刚刚离开，满屋子的烧鸡香味还没有消散。"

陆天语又指了指公输垣身上蓝色绸缎上的一个"宝"字标记，说道："这是宝锦珍家的衣服的独特符号，整个西风只有天都城才有宝锦珍家的店铺。"

公输垣在心里苦笑不已，自己这贪吃的毛病什么时候才能改掉啊？早知如此，就不溜回去买这么多好吃的，不换掉身上那件破破烂烂的衣服了。这样一来，反而被陆家这个小子看出了不少破绽。

知道隐瞒不过，公输垣倒也干脆，说道："不错，我是去过一趟天都。怎么着，难道天都城我还不能去吗？"

"有没有见到我哥？"陆天语一脸急切地问道。

"……"

"怎么了？"陆天语看公输垣一脸为难的样子，说道，"见着还是没见着？这个都不能说？"

"见是见着了……"

"然后呢？"

"然后我就回来了啊，"公输垣一副美滋滋的模样，说道，"现在就站在你面前。"

"你们在天都城到底干了什么？外面传来的那些消息都是真的？"

"消息？什么消息？"

"宋孤独死了。"

"死了。"公输垣点了点头。

虽然当时公输垣的主战场并不在宋家老宅，但是他为李牧羊"击杀"宋孤独立下了巨大的功劳。

因为，就是他驾驭着刚研究出来的百足蜈蚣潜伏在天都城地下，并恰好在宋停云和崔小心大婚当日发动攻击，直接将他们的婚礼搅黄了，将宋家的小院弄塌了。

倘若不是婚礼上那场大乱的话，宋氏族人的心神也不会一直聚集在小院这边，李牧羊想要在宋家老宅安安静静地对付宋孤独，怕不是一桩容易的事情。

想到这里，公输垣特意挺了挺自己的胸膛。

当然，此后宋氏族人的疯狂追杀还是让他颇为头痛。他们毁了他的百足蜈蚣不说，还差点儿把他也给解决了。

"宋家塌了？"

"塌了——不仅房子塌了，院子塌了，整个宋氏家族全部玩完了。"公输垣露出一脸骄傲的模样。

"那我哥抢了崔家的女子，是准备和她成婚吗？"

"他不仅抢了崔家的女子，还抢了宋家的。"说起这个，公输垣两眼冒光，一脸激动的模样，对着陆天语竖起了两根手指，亢奋地说道，"哈哈哈……他抢了两个！"

因为激动，他的声音变得尖细起来，再配上他那肉乎乎的大饼脸和那副故意瞪大眼睛而显得滑稽的表情，简直让人无法直视！

"两个？"陆天语一脸呆滞。

"对，两个。"公输垣无比认真地点头。

"怎么变成两个了呢？"陆天语一脸迷惑，说道，"不是崔家那位小心小姐才是我嫂子吗？"

"还有宋家那位晨曦小姐也是你嫂子。"公输垣斩钉截铁地说道。

"不可能。"陆天语立即否定了公输垣的说法，"千年以来，还从来没有哪个家族的男人能够同时娶得崔家和宋家的女子为妻，就算皇室也没有这样的先例。况且，我哥……我哥他身份特殊，更不可能。"

陆天语原本想说"我哥还是龙族"，崔、宋两家更不可能同时把自己家的女孩儿嫁给他，况且那可是崔小心和宋晨曦——被整个帝国称为"明月"的耀眼人物啊。

"明月"得一即可，谁家可以同时升起两轮"明月"？

"怎么，你不愿意？"公输垣斜睨着陆天语，问道。

"不是，我有什么不愿意的？就是……就是这是不可能的事情。"

陆天语虽然年纪尚幼，但是因为久居天都，对天都的各种关系以及规则还算熟悉，知道想要娶崔、宋两家的女子是多么困难。

现在崔、宋两家失了势，难道这件事就变得容易起来了？想来，想将那两家的女子收进房里的天都权臣门阀也不知道有多少。

"嘿嘿……在你哥身上，有什么事情是不可能发生的？你想想，还有什么事情是他做不到的？"公输垣不无得意地说道。

公输垣第一次见到李牧羊的时候，李牧羊还只是一个赶去星空学院读书的菜鸟。这才多长时间，他就已经成长为举世皆知的大人物。

时也，命也。

想想就让人觉得与有荣焉。

"要知道，他能够一路斩妖除魔，摆脱无数伏击的杀手赶到星空学院，那可是因为自己的保驾护航。以后若李牧羊入了史书，那自己可是也会有浓墨重彩的一笔。"公输垣心里暗道。

陆天语认真地想了想，点头说道："说得也是。"

顿了顿，陆天语又问道："所以，我会有两个嫂子？"

"暂时两个，以后说不准。"

"那我……"

"你什么？"

"我回去……怎么跟母亲说啊？"

"你别管，让你哥自己说吧。"公输垣在旁边帮忙出主意，"又不是你要娶媳妇了，你着急什么？"

"也是。那你告诉我，天都城到底发生了什么事情？你们到底做了什么？为什么宋氏突然倒台？为什么宋孤独那样的人物也会死？为什么你回来了，我哥还没有回来？还有，为什么你回来了，还要故意向我们隐瞒你曾去过天都？"

公输垣轻轻叹了口气，心想：陆天语果然长大了，自己故意隐藏行踪，反而引起了他的怀疑。

可是，李牧羊和自己说过，回去之后不要让人知道自己曾去过天都，更不要让他的家人知道天都城发生的事情。

他想隐瞒天都城发生的那些恶心事？

还是说……他也没有想好怎么向家人解释？

"我肚子痛，先上趟厕所。"公输垣胖胖的身体连续几个翻滚，就像一只受惊的肥兔子，很快就消失在陆天语的眼前。

"哎……"

陆天语出声想喊，公输垣的身影已经消失不见了。

陆天语看着公输垣逃跑的方向，若有所思："天都城到底发生了什么？为什么……他避之如蛇蝎？"

陆天语回到城主府，正在廊檐下等候的公孙瑜对着他招了招手，问道："天语，问出什么了吗？"

"母亲，他遮遮掩掩的，没有一句实话。"陆天语有些气愤地说道。

"牧羊到底在天都经历了什么？为何不让我们知道呢？公输垣回来了，为何他还没有回来？会不会有什么危险？"

儿行千里母担忧。

公孙瑜知道李牧羊的身份，也知道他此番出去要做的是什么事情。

日日夜夜，时时刻刻，她就没有一刻是能够安心的。

在自己的孩子真真切切地站在自己面前之前，她是无论如何都没办法吃一顿好饭、睡一个好觉的。

李牧羊在外面危险重重，他们这些人在风城也十分担心。

"母亲，大哥应该不会有事。若有事的话，消息不早就传回来了吗？您和父亲现在掌控风城大军，更是往天都城派遣了无数细作，只要稍有消息，便会以蜂鸟传递回来，不会有失。现在没有消息传回来，那就证明大哥还安全。"

公孙瑜点了点头，说道："希望如此。"

"母亲……"陆天语欲言又止。

"嗯？"

"大哥……"

"你大哥怎么了？"

"他在天都……好像给我抢了两个嫂子……"

"抢了……什么？"

"嫂子。"

陆天语知道这样的消息才能转移母亲的注意力，才能让她在对大哥的担忧之中稍微放松一些。

这段时间，母亲眼见着清瘦下去，眼窝深陷，再这样下去，怕是大哥还没有回来，母亲的身体就坚持不住了。

"崔家的小心姐姐和宋家的晨曦姐姐。"

"还有孔雀王朝的千度公主……这可如何是好？"虽然嘴上说着"如何是好"的话，但是公孙瑜眼眶泛红，喜极而泣，说道，"难道这就是否极泰来？你哥哥他终于得到神明庇护了？"

第387章
情绪失控

轰——

轰——

轰——

巨大的声响不断传来，就像有一只巨锤在拼命地敲打着一面牛皮大鼓。

巨锤如擎天之柱，大鼓如汪洋大海。

每一声都惊天动地，每一锤都让人胆战心惊。

怒江江底，阴阳之间。

在这不为世人所知的地方，正在进行着一场惨烈的攻防战。

巨石之上，盘坐着一个身穿星空战袍的老妪。老妪身体干瘪，枯瘦如柴，脸色蜡黄，眼睛混浊且带着密集的血丝，看起来与普通老人无二，与她身上那套星空战袍极为不搭。

此刻，她全身被银光笼罩着，双手前伸，两根银色的光柱仿若实体，朝前面不远处的阴阳界石延伸过去，银色光华不停地在加固那黑色大门。

老妪旁边，坐着一个紫发女子。

紫发女子身材高挑，容貌艳丽，有着动人心魄的美丽，也有着拒人于千里之外的冷傲。

她穿着星空学院的白色流云星空袍，衣服一尘不染，就像每天都会清洗一遍，和老妪身上那件已经变成土黄色的星空战袍相比，要洁净耀眼无数倍。

她的双手捏起印诀，一颗青色的珠子悬浮在头顶。

那颗珠子释放出一股又一股庞大的红色真元，修复着那不断凝固又不断被捶打出裂缝的阴阳界石。

这一老一小看起来都非常用心用力。

紫发女子和星空学院的这位长者初至之时，阴阳界石上只是多了一些细小的裂缝，她们只需要时不时地输出一些灵气将其补上便可。

这段时间，魔族改变了攻击方式。

以前是一群恶魔日日夜夜不停敲打，虽然能给阴阳界石带来裂痕，但是她们在这边很容易就可以修复。

现在，魔族换了一个天生神力的持锤大将，每一锤子下来，阴阳界石都摇摇晃晃的，随时有可能崩裂消失。

倘若这阴阳界石消失了，那生活在结界对面的魔族大军便可以长驱直入，从怒江登岸，然后席卷整个花语平原。

倘若数不清的三眼恶魔进入了平坦辽阔的花语平原，那么，以魔族强大的生存能力、繁衍能力以及吞噬和夺舍的能力，怕是人族浩劫即至，再难将他们赶回魔域。

"回去吧。"老妪手上的动作不停，对旁边的紫发女子说道，"回星空学院，告诉太叔永生，局势有变，阴阳界石恐怕难以支撑。让他迅速联络神州九国，派遣各国强者前来镇守结界。"

"我若走了，"紫发女子眉头微皱，但她就算皱起眉头也那么好看，给人风情万种的感觉，"你一人如何镇守阴阳界石？怕是这阴阳界石很快就要被对面的三眼恶魔打破。"

紫发女子说话的语气很不客气，而且所说的话显示对老妪很没有信心，但是，老妪并没有因此而生气。

老妪知道，这个女孩子属于高高在上的神凤一族，是凤凰族遗留在这个世界上的唯一的血脉。

别说是她了，就算是太叔永生，在这个女孩子面前怕是也摆不起星空学院院长的架子。

"这一次破结界的怕是魔族的大祭司，也有可能是那个魔主亲自出手，再不济也是魔族十八将之一。"因为常年镇守阴阳界石，老妪并不知道魔族十八将排名第四的无眼已经死在了李牧羊的手上，"数万年以来，阴阳界石被魔族不停地捶打敲击，早已裂痕累累。人族这边又多生懈怠，致使魔族反而占据上风。若这次仍然不能引起神州九国的重视，怕是魔族当真要破结界而入了。"

顿了顿，老妪又嘶声说道："万年以来，也不曾听说有龙族凤血降临人世。现在你和那小子同时入世，或许，这也是冥冥中自有天意。"

"若我说的话院长不信呢？"

"那就报出你神凤一族的身份。当然，以那个老家伙的眼力，怕是早就知道了你的真实身份。他心里藏着的东西多着呢。魔族只有一主，人族却有神州九国，王不一，心不齐，怕是不好统一。或许，只有太叔永生才能说服他们齐力抗魔。"

"你和院长……"

"同为星空学子，他是我的师兄，和你与那李牧羊一样。"

"你们……"

"爱过。"

"……"

"快去吧。和整个人族的生死存亡相比，我们这点儿情情爱爱的算得上什么？一旦人族毁灭，怕是连说故事和听故事的人都找不着了。"

紫发女子倒也干脆，立即收起凤凰之心，从石头之上跃了起来。

"那我走了。"紫发女子说道。

老妪仍然注视着那通体漆黑的阴阳界石，对紫发女子说道："我不知道你和那个家伙经历了什么。你说你骗过他，这也算不得什么大事。我也骗过太叔永生呢。倘若人族有危险，还希望你能够亲自前去请他出手相救。我知道人族欠他良多，但这是人龙两族的事情，我想人族也终究会还他一个公道。龙凤呈祥，这场浩劫的生机，怕是就握在你们两人之手。"

紫发女子点了点头，转身欲走，却又停步："你骗过院长什么？"

老妪神情一滞，良久才轻声说道："等你归来，我再说与你听。"

紫发女子再不多言，身体化作一只全身浴火的凤鸟，一声长鸣之后，便朝高空疾冲而去。

噢——

凤鸟冲出江面，翱翔长空。

怒江之上，波涛翻滚，红浪滔天。

风城。

城主府邸，一身黑色劲装的李岩正在练枪。李岩不懂别的功法，只会自小便学的陆氏天王枪法。

他学得不精，连勉强自保都做不到。在武道一途，他实在不如自己的儿子李牧羊，甚至连自己的女儿也不如。

可是，他非常满足于自己所过的生活，所拥有的一切。

假如没有天都城那场变故的话，对这个老实勤恳的中年男人来说，现在便是他的人生巅峰时刻了。

将一套中规中矩的天王枪法耍完之后，李岩收枪进屋，看到桌子上的食物，脸色大变，说道："又是疙瘩汤？"

罗琦端着几样小菜从厨房出来，笑着说道："儿子最喜欢吃的。"

"我们连续吃了多久疙瘩汤？一个月？三个月？还是半年？自从牧羊上次离开后，我们的早饭就没有变过了吧？"

罗琦大眼一瞪，怒道："不乐意啊？不吃自己做去。"

"没有没有。"李岩连忙否认，"我就是想和夫人商量一下，咱们能不能换一下早饭，隔天吃一顿疙瘩汤也行。"

罗琦眼眶突然红了，悲声说道："可怜我们家牧羊，也不知道在外面过得怎么样，每天早晨有没有疙瘩汤吃……"

"他要是每天起床都吃疙瘩汤，怕是早就吃腻烦了。"

"你说什么？"

"什么？我没有说什么啊。"

罗琦又抹了把眼泪，狠狠地说道："儿子又不是我一个人的儿子！儿子在外面生死不知，你却在家里和我为一顿早饭较劲儿，你这当爹的还有心吗？"

"我……"

李岩哑口无言，心想：我只是想要早饭变个样，不要天天吃疙瘩汤，怎么就变成我不关心儿子死活了？我担心得睡不着觉的时候，你不是还劝我想开一些，说儿子一定会在某个地方好吃好喝地活着吗？

看到妻子眼角的泪水，李岩心软了，他上前轻轻拍着罗琦的肩膀，说道："你说不让我瞎想，你不也总是瞎想？放心吧，儿子不会有事的。我这几日每天都到城主那里当值，城主也关心着牧羊呢，要是有什么消息，他会第一时间告知我们的。"

"还有思念和契机……这三个孩子没有一个在我们身边，也没有一个能让人省心。你说我这当妈的怎么能放下心来？"

"思念那边，紫阳真人不是来了信吗？他说思念很好，就是在破障之中，也不知道破什么障。契机这孩子打小就不在咱们身边，和咱们也不够亲，说起来也是咱们欠她的……"

夫妻两人相视无言，心头愁绪当真不知道怎么排解。

"母亲——"

熟悉的声音在耳边响起。

罗琦以为是自己的错觉，看着李岩问道："你听到什么了吗？我怎么听到牧羊在叫我？"

"我也听到了。是不是因为我们太想儿子了？"

"父亲！母亲！"李牧羊从高空之中落下，脸上洋溢着满满的笑意，说道，"是我，我是牧羊。我回来了。"

"牧羊……"罗琦一把把李牧羊搂在怀里，声音哽咽地说道，"你怎么……怎么回来了？"

"我回来了，"李牧羊感受着母亲深沉的爱意，任由她把自己搂得喘不过气来，轻轻地拍打着她的背，说道，"我回来了，再也不走了。咱们一家人再也不分开了。"

罗琦大喜，说道："真的不走了？再也不走了？"

"不走了。"李牧羊无比坚定地点头，这是他期待已久的时刻，也是他一路行来考虑之后的结果，"我再也不走了，我要终日守护在父母身边。我们一家人再也不要分开了。"

李牧羊看着李岩，说道："我这次回来，就是来接你们的。我们去江南，去找一个不为人知的地方隐居。我们过自己安安稳稳的生活，再也不要和那些破事有一丝一缕的联系。"

"太好了！"李岩也笑，说道，"你母亲一直念叨着你，生怕你在外面吃不饱睡不好。"

"让母亲担忧了。"李牧羊一脸歉意地说道，"以后不会了。我这趟回来，就是为了接你们去江南。我们在那里定居生活，就像以前一样。"

罗琦喜极而泣，说道："日里夜里，我也时常想念以前在江南的生活。江南城虽然小了一些，但是人善良，邻里和睦，大家相处起来就跟亲人一样。我也想回江南。"

"父亲母亲，你们尽快收拾一番，我们立即离开。"李牧羊离开了母亲的怀抱，嘱咐道。

"好，我这就去收拾。"罗琦点头说道。

顿了顿，她又问道："那边……你父亲母亲那边怎么办？姐姐也日夜挂念你的安全，盼望着你赶紧归来呢。"

"他们那边，我也会和他们言明。"李牧羊说道，"我这次回来，也想要把他们一起带走。"

"他们不会走的。"罗琦摇头，"风城是陆氏发迹之地，也是陆氏先人埋骨之所。倘若他们走了，这风城怎么办？这宗族祠堂怎么办？那些忠于陆氏的将军怎么办？"

"这些事情……"李牧羊的心里再次激起一缕戾气，他刻意放缓语调，将那戾气强行压了下去，说道，"就交给别人去处理吧。只要他们愿意交出去，想要来接手风城的人不知道有多少。"

"那不行的，那不行的。"李岩也跟着摇头，"你不知道风城对陆氏意味着什么。你父亲要是放弃了风城，会被无数人戳脊梁骨的。"

"老的都不怕，小的怕什么？"李牧羊表情狰狞，怒声喝道。

罗琦和李岩一脸诧异地看向李牧羊，他们从来没有看到李牧羊在他们面前这般情绪失控。

第388章
门当户对

"对不起。"

李牧羊自知情绪不对，低声向父亲李岩和母亲罗琦道歉。

他心中压抑已久的愤怒，以及难以向外人言说的委屈，好像终于找到了突破口。

人们常做的蠢事就是，在外面嬉皮笑脸，却把最难听的话说与自己最亲近的人听。

因为他们清楚，和外人说难听的话，外人会记恨自己，但是父母不会，永远不会。

李岩和罗琦对视一眼，李岩出声问道："牧羊，是不是出了什么事？你在外面……没怎么样吧？"

"是啊。"罗琦也一脸担忧的模样，"是不是在外面遇到了什么不顺心的事情？你不要把那些坏人说的话放在心上。无论如何，你都是我们的好儿子。"

罗琦想得更深入一些，虽然他们一直不愿意提及，但是李牧羊龙族的身份是不容否认的。

他们就想不明白了，李牧羊明明还是他们的好儿子，怎么就成了外人所说的龙族呢？

看看他这模样，哪一点儿像龙了？

"没事，就是……就是太累了吧。"

李牧羊收拾起心中的那些负面情绪。

他没办法向面前的两位亲人解释天都发生的一切，也没办法向他们诉说自己知道在幕后操纵一切的黑手是自己爷爷时的那种委屈。

他们什么都不懂，李牧羊也不想要他们懂。

"那得好好休息。"罗琦说道,"赶了那么远的路,回家了就要好好休息。走,进屋,妈给你热一碗疙瘩汤。"

"我还要去后院看看。"李牧羊说道,"也不能让他们继续为我担忧。"

"对对,"罗琦连连点头,说道,"是这个道理。快去看看吧。你母亲那边……都快急坏了,每天食不甘味的,我都去劝了好几回。"

"你们二老先收拾收拾。"李牧羊笑着说道,"无论如何,我都要带你们离开。还有思念,我也要把她接回来。"

"好,好。这个不着急,你先在风城休息几天。"罗琦一脸不舍地说道。

即使儿子只是去别处转一圈,她仍然有种不舍,就怕儿子一走,又像以前那般一年半载回不来。

等到李牧羊走远,罗琦缓缓说道:"心里怎么就这么不得劲儿呢?"

"又不是我们的亲儿子,牧羊回来能先来看望我们,证明他心里有我们。还不知足?"

"谁说不是亲儿子了?"罗琦怒道,"我待他比亲儿子还亲,以前他小的时候,是谁一把屎一把尿地照顾他呢?那时候,谁不嫌弃他?这个小王八蛋,怎么突然间就成了个宝贝疙瘩?"

"是是,所以牧羊回来才先看望你啊。那边也不容易。小姐天天盼,日日盼。少爷要主持城主事务,警惕各方对风城的反应,每日还要盯着天都的方向,生怕自己错过了什么重要的消息。只要是天都那边来消息,他无论多晚睡下都要第一时间起床查阅。"

"我也没说他们不好,我就是……算了,我去给儿子热饭去,一会儿他还得回来吃我做的疙瘩汤。"

"能不能……"

李岩嘴唇翕动,很想说"能不能给我换一样",话到嘴边,终究还是没敢说出来。在这个家里,自己没地位啊。

陆天语刚刚从母亲房间请安出来,抬头就看到一个白衫男子迎面走来。他表情微僵，使劲儿眨了眨眼睛，确定这不是自己的幻觉之后，立即惊喜地奔了过去，说道："哥！你回来了？"

"天语，最近家里还好吧？"李牧羊看着这两年迅速长高长大变得成熟起来的弟弟，微笑着和他打招呼。

"好，好，家里都好。"陆天语连连答应，又对着里屋喊，"母亲，我哥回来了！"

话音未落，公孙瑜就在两个小丫鬟的搀扶下快步走了出来。

"牧羊……"公孙瑜眼眶泛红，激动地唤道。

"母亲……"李牧羊快步上前，握住了公孙瑜伸出来的手，"牧羊不孝，让母亲担忧了。"

"回来就好，回来了就好。"公孙瑜用力地握紧李牧羊的手，眼眶湿润，声音哽咽，说道，"我儿回来了就好……"

李牧羊心里也百感交集。

在内心深处，他是一直将李岩和罗琦当作自己的亲生父母的。

他吃的第一口奶，喝下的第一口汤，喊出来的第一声"娘"，都和他们息息相关，他的幼年全部是和他们生活在一起。

虽然陆清明和公孙瑜才是生育他的父母双亲，待他也很不错，但是他与他们相处日短，感情也淡。李牧羊刚开始叫他们"父亲""母亲"的时候，心里还是有些别扭的。

随着接触的增多，看到陆清明、公孙瑜看向自己的慈爱又愧疚的眼神，以及他们事无巨细给自己安排的一切，李牧羊才逐渐接受了他们的存在，也将他们当作自己真正的父母——和李岩、罗琦一样的父母。

"回来了。这次回来就不走了，就算走，也要接上母亲一起走。"李牧羊笑着说道。

"好。不走了，再也不走了。"

公孙瑜像突然想起什么似的，对陆天语说道："天语，快去告诉你爹，就说你哥回来了，让他快快回来。"

"唉！"

陆天语应了一声，便大步朝前面的议事厅跑了过去。

"牧羊，快进屋，进来和我说说你最近都做了些什么。"公孙瑜拉着李牧羊的手就朝里面走去。

李牧羊原本想着过来给这个母亲请个安，再回去吃那位母亲做的疙瘩汤，现在被公孙瑜这么一拉，他也没办法立即就走了。

拥有两个母亲的人，真是幸福啊！

"弃城？！"陆清明眉头微挑，看着李牧羊，问道，"你怎么会有这样的想法？"

"父亲，我觉得……我只是不想让父母双亲再在这里苦苦煎熬，再在这里面对有可能来犯的四方强敌。风城是一座孤城，虽然现在有忠于我陆氏的将士守护，又有孔雀王朝和黑炎王朝的援兵，但这终究不是长久之计。

"那个时候情况特殊，陆氏是西风叛将，所以孔雀王朝和黑炎王朝才愿意派兵援助。现在宋氏倒台，皇权重显，西风帝国还愿意让风城这样一座重要的城池落在咱们陆氏手上？皇族还能够安心？到时候西风帝国若来取，我们将如何应对？孔雀王朝和黑炎王朝又将如何应对？难道他们愿意将这座重要的城池归还给西风帝国？"

"这样的局势我也考虑过。"陆清明的脸上带着笑意，那是看到儿子远程归来难以掩饰的喜悦，只是，他的眼神里仍然带着一丝狐疑，"但是，你应该清楚，风城对我们陆氏意味着什么。这里是我们的立身之本，是我们的发迹之地，我们陆氏列祖列宗的尸骨都埋在这座城池之下。倘若我们弃了风城，以后就成了无根浮萍，除非投入某一个国家的阵营——孔雀王朝或者黑炎王朝。以你和孔雀王朝那位千度公主的关系，我们投入孔雀王朝的可能性更大一些。可是，这终究让人……有种寄人篱下的感觉。牧羊，你想过没有？倘若失去了风城，我们就会一无所有。"

陆清明露出深思的表情。

为人父母的，总是要比自己家的孩子想得更长远一些。

"老人家嘴里常说这样一个词：门当户对。我们现在的根基就在风城，我们所拥有的资本就是风城。倘若……我是说假如，假如你当真和孔雀王朝那位公主走到一起，这风城就是我们陆氏的聘礼，是你们以后安身居住的场地。不然的话，孔雀王朝那位心高气傲的孔雀王，当真愿意将自己的掌上明珠嫁与一个一无所有的穷小子？

"无论做人还是做事，终究还是要有些资本的。不然的话，还是会被人轻视的。这是常理，在任何地方都存在。就算你们成婚以后居住在孔雀王朝，你也有一条退路不是？在家里脊梁也能挺直一些，说话也能大声一些，不会被他人看扁了。

"所以，倘若你没有非走不可的原因，没有一个能够说服我的理由，风城，我不能弃。我不仅不能抛弃它，我还要竭尽所能去守护它。谁若想从我手里把它抢走，我舍了这条老命也要和他战斗到底。"

"父亲……"

"我心意已决。"陆清明并不接受李牧羊这弃城而去，一家人远赴江南找一无人之处居住的建议，"除非你能说服我。"

"可以不弃给别人。"李牧羊沉声说道。

"弃给谁？"

"爷爷！"

"谁？"

陆清明还没有反应过来。天都发生的那些事情太过隐秘，或许只有几个人知道真相。

"爷爷——陆行空！"李牧羊沉声说道。

陆清明眼睛瞪大，脸色阴沉，喝道："胡说八道！目无尊长！你爷爷已经死了，你我亲眼所见。"

"假如……我告诉您，他没有死呢？"

李牧羊的嘴角浮现一丝笑意，笑容却苦涩无比。

如果可以的话，他真的不愿意告知陆清明这一切。陆清明若知道了，怕是和他一样有被人牺牲、被人出卖的痛苦感觉吧？

　　那可是自己至亲的人啊！

　　"他才是幕后黑手，他操纵了这一切……"

　　"这不可能。"陆清明仍然没办法相信自己所听到的一切，"这怎么可能？我们亲眼见到你爷爷殒命于宋孤独之手。这不可能。"

　　"您可曾见过爷爷死后的模样？"

　　"当时我知道事不可为，一心只想带你逃离敌人的追杀，确实不曾见过。"

　　"那么，您怎么确定他战死了呢？"

　　和自己的父亲谈爷爷的生死，这种感觉很诡异。

　　但是，这是他们父子俩都无法回避的问题。

　　李牧羊可以不对罗琦和李岩说起这些，可以不对公孙瑜和陆天语说起这些，但是，陆清明是一定要知道的。

　　此时此刻，风城这一脉主要还是靠陆清明在支撑和守护着，倘若他不愿意配合的话，李牧羊也着实没办法将公孙瑜、陆天语他们带走。

　　"牧羊……"陆清明眼神柔和地看向李牧羊，问道，"你在天都城到底经历了什么？你要把你所知道的一切都告诉我，不然的话……不然的话，我没办法因为你的三言两语就这样放弃风城。风城……对此时的陆氏而言，对你我而言，都至关重要，不容有失。"

　　"爷爷没死，我见过他。"李牧羊沉声说道，"我在宫城里见到了他，他和惠帝操纵了这一切……还有先皇……"

　　接下来，李牧羊便将自己进入天都之后发生的种种事情告知了陆清明，从黑衣人掠劫村民到楚浔入魔，再到自己和爷爷陆行空的谈话内容……

　　他将一切原原本本地说给陆清明听，这样方便陆清明做出判断，也帮助陆清明更加清晰地了解此时的西风朝局。

　　说完，李牧羊沉默了，陆清明也沉默了。

　　良久。

良久。

"你爷爷……他真的没死？"

"是。"

"是他在幕后操纵了这一切？"

"是。"

"他掌控了西风朝堂？"

"一手遮天。"

"他……"陆清明眼眶泛红，悲声说道，"他把我们都丢出去当了诱饵？"

这个问题，李牧羊没办法回答。

他知道了事情的真相之后的感受，和陆清明此刻一模一样。

陆清明现在的心境，李牧羊感同身受。

那个老人心里到底是怎么想的，是不是把他们丢出去当了诱饵，李牧羊不得而知。但是，任谁知道了事情的真相，心里都会产生这样的怀疑。

"难怪你要让我弃了风城……难怪你要让我弃了风城……"

听完李牧羊的讲述，陆清明很伤心。

陆行空是他的亲生父亲，就如他和李牧羊的关系一般。

和李牧羊不同的是，陆清明打小就生活在父亲身边，虽然父亲后来长期镇守边关，他们聚少离多，但是他稍微长大了一些之后，也跟着去了边关，与父亲朝夕相处，与父亲并肩作战，奋勇杀敌。直至陆行空立下的功劳越来越多，职权也越来越大，西风皇室和宋氏等不愿意看着陆行空继续坐大而将其调回天都，给了其一人之下万人之上的国尉之职。

那是真正的父子亲情。

陆行空是陆氏门阀的领袖，是陆清明心中的信仰和支柱。即便他担任一方大员，一省总督之时，想起远在天都的父亲，陆清明仍然心生安宁，仿佛天下之大，就没有他们父子解决不了的难题。

可是，为何父亲会做出这样的选择？

"这样的风城，守之何用？这样的家族……复兴何用？"陆清明也和李牧羊初闻真相时一般，瞬间觉得心灰意冷，万事无趣，"这城，我们不要了。这人，我们也不管了。陆氏……如何，也与我们再没有任何关系，就任它自生自灭吧。我们跟你去江南。走，现在就走。"

"我们先收拾一番。风城……也要给他们一个交代。"

虽然父亲答应要和自己一起去江南，但是李牧羊一点儿也高兴不起来。

李牧羊看得出陆清明此时心里的痛苦，也知道陆清明很难接受自己所说的这一切。

被亲生父亲抛弃，九死一生，险些丧命，心怀仇恨，立志报仇，却等来了这样的消息，陆清明的心里又能好受到哪里去？

陆清明摆了摆手，示意李牧羊出去，他要独自冷静一下。

李牧羊退出议事大厅的时候，忍不住转身回望，恰好看到陆清明身体无力地跌坐在太师椅上，眼神空洞，仿若失魂。

"真的要走？"胖子公输垣瞪大双眼，说道，"就是因为天都城发生的那些事情？"

李牧羊点了点头，说道："留下来还有什么意义？守着这座孤城又有什么意义？"

"说得也是。"公输垣点头。

不过下一刻，公输垣就指着城墙上的守城士兵，以及大街之上逐渐热闹起来的人潮，问道："他们怎么办？"

"……"

"他们是为你们陆氏而来的，包括我们公输一族也是如此，你们现在就这样弃之不顾？"公输垣接着问道。

"……"

"回答我！"公输垣从墙头跳了下来，挺直胸膛站在李牧羊的面前，怒声喝道，"你不会想说你完全不在意他们的死活吧？你就是这般狼心狗肺？你就是这样无情无义？"

李牧羊抬头看着公输垣，公输垣也气鼓鼓地盯着李牧羊。

"你们公输氏是不是心里很高兴？"李牧羊看着公输垣肉乎乎的脸，出声问道。

公输垣表情微僵，说道："你怎么这么想？"

"公输一族确实是为我陆氏而来，但是，不是为了我李牧羊而来，也不是为了我父亲陆清明而来，而是为了天都那位来的。公输一族是欠了我们陆氏的，但主要还是欠了他的人情。这些年，也是他给予你们公输氏最大的支援和庇护。

"当然，公输氏也给了他威力巨大的杀伐兵器、攻城器械的回馈。公输族人甚至长期驻扎在军营，为陆氏取得一场又一场胜利提供了巨大的帮助。因为陆氏倒台，他又'战死'于神剑广场，所以你们公输氏在无可选择的情况下，只能前来风城投靠于我。

"因为我的身份特殊，你们对我还是有很强烈的不信任感。之前你们愿意听命于我，那是局势使然。现在天都那位掌控朝堂，成为西风最有权势的人物。公输一族原本就是他的左膀右臂，又与他有着极好的关系。他死而复生，且再次得势，不正合你们的心意？公输一族也只有跟在他身侧为他效力，才能真正大展拳脚吧？难道你不开心？你们族人不开心？"

公输垣的眼睛眨啊眨的，气急败坏地说道："我原本想把咱们分手的责任推到你头上，这样就能让自己问心无愧一些，你怎么什么都知道了呢？"

"人心人性，不过如此。"李牧羊轻轻叹息，说道，"我不怪你。"

"你说得没错。我从天都回来之后，就将陆老还活着的秘密告诉了父亲。父亲知道此事之后，着实欢喜不已，他甚至还背着我偷偷派人去天都和陆老联系了。"公输垣表情尴尬，说道，"他们确实不信任你，觉得你龙族的身份太过危险。现在局势复杂，所以大家都没想着来为难你。若等到局势稳定，怕是那些人便会再次想着来屠龙。若再来一次九国屠龙，你到时候如何自保？这风城……还能不能守得住？那个时候，公输一族又怎么办呢？"

"所以，我不怪你。"李牧羊拍拍公输垣的肩膀，说道，"无论是你，还是你们公输一族，都已经帮了我太多。我对你们只有感恩，绝无其他。"

"可是，你有一点说错了。"公输垣说道。

"什么？"

"我相信你。"公输垣说道，"不管你是人族也好，是龙族也好，我都相信你。只要你是李牧羊，你就是我的朋友。"

李牧羊看着公输垣诚挚可爱的胖脸，心里满满的温暖和感动。他用力地拍打着公输垣的肩膀，说道："你是不是有什么事情求我？"

"呃……"

"算我没说过。"李牧羊说道，转身准备离开。

才走两步，他的衣襟便被人拽住了。

"那个……"公输垣扯着李牧羊的衣服，不好意思地说道，"我还从来没有骑过龙呢，要不……你让我骑一次，带着我在高空中飞一程？"

"……"

孔雀王朝。太阳宫。

孔雀王嬴伯言高居在至尊之位上，身穿紫袍，头戴玉冠，看起来威风凛凛，高大伟岸。

孔雀王朝的国师嬴无欲站在他的下首左侧，孔雀王朝的公主嬴千度一身戎装站在他的下首右侧。

虎目扫视殿内文武百官，嬴伯言朗声喝道："孔雀，天生祥瑞，世间神鸟。孔雀栖落太阳山，孔雀帝国应天而生。孔雀子民是天选之子，是神的子民，是神州最英勇强大的战士。"

嬴伯言伸手一招，神石天降，金黄色的玉石悬浮在太阳宫大殿正中，金色的光辉洒在文武大臣的脸上身上。

每个人都仰起脸来，满怀欣喜和激动地迎接万灵玉玺的光芒普照。

"万灵玉玺，得之可御神州。诸卿，天赐万灵玉玺，朕当如何？"

"统御神州！"

"统御神州！"

"统御神州！"

……

百官叩拜，齐声大喝。

第389章
左右为难

国之战争，讲究师出有名，或轻或重，终归是要有一个理由的。

但是，孔雀王赢伯言没有这样的顾虑。

"玉玺降世，得之可统御神州。朕应天受命，牧养万民，以图天下共主。"

这是最直白的檄文，也是最霸道的檄文。

看多了每一场战争发动前那些长篇累牍、拐弯抹角，让人糊里糊涂、看不明白的檄文，孔雀王突然来了这么一出，让人觉得他和其他发动战争的君王完全不一样。

他坦诚得让人觉得可爱。

于是，不少孔雀王朝外的人心里想着，让这样一位君主成为自己的新王，也不是一桩不能接受的事情。

再说，孔雀王朝国富民安，军队强大，那里的子民天生就有一股优越感，平时绝对没有人敢欺负他们。

成为孔雀王朝的子民，那至少不会被人欺负了！

檄文发布出去的同时，赢伯言便任命公主赢千度为东路军统帅，率领铁骑三十万攻大周；大将军厉封城为西路军统帅，率二十万大军攻大武；赢伯言御驾亲征，率领五十万大军为中军，箭头直指与孔雀王朝相邻的西风帝国。

三路大军齐头并进，仿若三支巨大的黑色箭矢，朝目标城池猛插而去。

由孔雀王朝点燃的战火烧了起来，被世人称为"孔雀之乱"的九国战争正式开启。

一将功成万骨枯！

黑炎王朝，观澜湖。

湖边小亭，黑炎王林立恒独坐赏月。

看着湖里的那轮圆月，林立恒将杯中烈酒一口饮尽，感觉全身有一股热血激荡，连呼吸都变得粗重了一些。

燚酿，以黑炎王朝特有的炎石石髓为原料，闻之欲醉，饮之如烈火入喉，平时根本无人敢喝，人们只将其当强身健体的修行药材使用。

也不知道怎么回事儿，今天的林立恒突然就想起这种燚酿，突然就很想喝上一口这种烈酒。

呼——

直到那一杯酒完全下肚，林立恒才长长地舒出一口酒气，感觉身体通畅，心中的烦意也去了大半。

"父皇！"一身锦袍的玉面少年林沧海从黑暗处走了过来，对着林立恒躬身施礼，轻声唤道，"父皇有心事？"

"沧海，你来做什么？"

林立恒扫了儿子一眼，表情不悦。今日他心烦气躁，只想找一偏僻之地独处，却没想到这个儿子又追了过来。

"来为父皇分忧。"林沧海抬起头来，看着林立恒说道。

林立恒摆了摆手，说道："你去吧，我的忧你分不了。"

林沧海站在原地不走，看着林立恒说道："父皇可是为九国之战而忧？"

"除了此事，"林立恒看到连自己的儿子也不听使唤，更是火大，冷冷地喝道，"还有什么事情能让我为难？退下去吧。"

"若是此事，那沧海更要与父皇好好谈谈了。"林沧海一脸固执地说道，"孔雀王朝尽起百万大军，王姐为东路军统帅，嬴叔叔御驾亲征，同时向三大帝国开战。父皇现在犹豫着是否出手相助？"

林立恒看了儿子一眼，意味深长地说道："你怎么看？"

"我怎么看不重要，家国大事，还需要父皇乾坤独断。"林沧海适时拍了个马屁。他若此时不知好歹地当真顺着林立恒的话说出自己的真实想法，怕是他这个儿子要被父皇禁足了。

帝王之家，哪能信口开河？

林立恒轻轻叹了口气，指了指对面的石椅，说道："坐吧，陪父皇喝一杯。"

"是。"林沧海乖巧地坐下，主动提壶给父亲的杯子倒酒，给自己也倒了一杯，只闻酒味就觉得烧心，但还是硬着头皮说道，"儿子敬父皇一杯，祝父皇长命万岁，祝黑炎国运昌盛。"

林立恒举起酒杯，再次将杯中烈酒一饮而尽。

林沧海也一口将烈酒灌下，但他还没来得及用桌上的小菜来压压酒气，就承受不住那如火一般的烧灼，猛地将口中烈酒喷了出去。

他面红耳赤，眼含泪水，转过身去拼命咳嗽。

如此烈酒，他实在无福消受。

看到林沧海的窘态，林立恒哈哈大笑起来，说道："慢点喝，不要急。父子俩还要客套什么？"

"是。"林沧海转过身来，仍然觉得酒气冲人。不过，他仍然给自己重新倒了一杯，小口抿了一点儿，然后迅速将酒水咽下去，"让父皇笑话了。"

"笑一笑好啊。"林立恒笑着说道，"就怕战事一起，就再也没有机会如今日这般父子俩坐在一起喝酒赏月了。"

林沧海笑而不语，只是帮着父亲倒酒夹菜。

林立恒再次叹息，说道："你既然找了过来，一定是心中有话要向父皇说的。这里也没有他人，你就说吧。说得有道理，大大有赏。说得没道理，我也不怪罪，就当是父子闲话。"

"私心讲，我也不愿意看到赢叔叔起兵征战神州。"林沧海看着父亲的眼睛，说道，"神州九国，各自为政。赢叔叔这般行事，让其他八国皇室如何自处？"

"此言甚合我意。"林立恒认真点头，沉声说道，"我与伯言为生死兄弟，黑炎王朝和孔雀王朝也一荣俱荣，一损俱损。无论谁与孔雀王朝为敌，黑炎王朝都不会。无论伯言要做什么，我也都会无条件支持。只是，一山难容二虎，倘若伯言当真统一了天下，成为人族共主，那我林氏皇族又将如何？"

两家世代交好，两族荣辱与共。

原本大家都是君主，平起平坐，虽然孔雀王朝更加强大一些，但是黑炎王朝的实力也不弱。

在自己的一亩三分地上，自己就是当之无愧的主宰。

正如林立恒所担忧的那般，倘若他起兵支援孔雀王朝，到时候赢伯言得了天下，他们林氏皇族当如何？黑炎王朝又当如何？

这样的牺牲是不是太大了？

他如何向林氏皇族交代？

他如何向黑炎王朝的列祖列宗交代？

"既然如此，为何父皇让林将军前去参加孔雀王朝召开的九国大会，不仅送赢叔叔我们皇族饮用的虎山佳酿，还说赢叔叔之喜恶便是父皇之喜恶？如此一来，世人便以为黑炎王朝是支持赢叔叔一统神州的中坚力量了吧？"

"此前，你赢叔叔便使用梦蝶传信过来，希望我能够在九国大会之上给予他强有力的支持。他的意思我明白，他的要求……我也没办法拒绝。

"我知道他走这一步很难，也很危险。孔雀王朝虽然强大，但是以一国之力对抗其他诸国，怕是寡不敌众，难以克敌。一旦战败，怕是赢氏一族又要沉寂千年万年，何时雄起也是未知之数。那个时候我想着，先将这一场应付过去，他想要夺这天下，也不是一朝一夕能够做到的，前期的准备便耗时极久，倘若再出个什么事端，这征战天下的步伐便会被耽搁。"

林立恒有些烦躁地皱眉，便端起面前的燚酿一饮而尽。

"谁能想到……"烈酒入喉，呛得他话都说不连贯，"谁能想到……他竟然如此冒进，这么快就调集三路大军同时攻击大周、大武、西风三国……除了孔雀王朝之外，这是实力最为强大的三大帝国……他赢伯言脑袋里到底在想些什么？"

说到最后，林立恒的话中不无抱怨之意。

林沧海没敢接话，只是默默往父亲的杯子里倒酒。

林立恒看到儿子乖巧懂事，心中稍微宽慰了些，说道："你也说说……说说你的看法。毕竟，这黑炎也不是我一人之黑炎，终究是要传到你们这些晚辈手里的。"

　　"我有两个问题想要问父皇。"林沧海抬起头来，看着林立恒说道。

　　"嗯？尽管问来。"

　　"倘若我们黑炎王朝拒绝出兵相助，结果如何？"

　　"结果嘛……"林立恒稍微沉吟，便说道，"正如我之前所说，孔雀王朝以一国之力征战天下，怕是难以成功。现在世人皆知赢伯言的野心，他此时攻打的是大周、大武、西风三国，倘若这三国能够和孔雀王朝打个旗鼓相当，其他诸国或许还乐意坐山观虎斗。这些超级帝国实力削减，便等于是他们的实力增强，他们自然乐见其成。但是，倘若三国战事吃紧，或许面临被孔雀王朝击败灭国的危险，那么，其他几国岂敢袖手旁观？到时候其他几国一拥而上，联合大周、大武、西风三国一起对抗孔雀王朝，孔雀王朝危矣。"

　　"也就是说，倘若没有黑炎王朝支持，孔雀王朝必败无疑？"

　　"大抵如此。"

　　"那么，如果我们黑炎王朝倾囊相助，又如何？"

　　林立恒的眼里燃烧着火苗，自信满满地说道："倘若黑炎王朝尽起一国之雄兵来辅助孔雀王朝，那么，孔雀王朝必然能够获得这场战争的胜利，继而统一神州。"

　　"为何？"

　　"这非一只老虎加另外一只老虎等于两只老虎的问题，而是等于很多只老虎。原本就有了一只强大的老虎，倘若再有另外一只加入，那么，以孔雀王朝和黑炎王朝的实力，强行攻打大周、大武、西风三国，很有可能以摧枯拉朽之势将三国击溃。特别是西风帝国刚刚才结束一场内乱，惠帝和他幕后之人还没来得及收揽权势，西风各地军队难以归心，仓促上阵，败局早定。

　　"倘若大周、大武、西风三国溃败，其他实力远不如这三国的小国便开始犹豫、观望、畏惧不前。他们会在心里思考这样的问题：假如他们上去了也打不过

042

怎么办？假如他们也遭遇三国一样的结局怎么办？他们是不是要保存实力？是否要留一手？如果别人上了而自己不上，等以后孔雀王朝问鼎天下之时，自己是不是能够获得更大的利益？从赢伯言先起三路大军直攻大周、大武、西风三国就可以看出来，他用的是远交近攻的计策。不然的话，他为何不向实力孱弱的其他诸国动手，而是一开始便对上了自己身边三只强大的'野狼'？

"战事一拼军力，二拼不死不归的决心。倘若信心丧失，这场仗不打也罢。所以，黑炎王朝是否参战，对孔雀王朝至关重要。"

林立恒仰头看着天上的明月，一脸骄傲地说道："我黑炎王朝，便是决定此战胜负之关键。黑炎动，则孔雀胜。黑炎潜，则孔雀败。"

"若如此，儿臣还有一个问题想要请教父皇。"

"沧海，你今晚的问题可够多的。"林立恒笑着说道，"无妨，你尽管问吧，父皇为你答疑解惑。"

"如果黑炎王朝不出兵，而孔雀王朝又败于七国联军，那么，黑炎王朝又将如何？"

林立恒脸色大变，说道："黑炎危矣。孔雀王朝战败，七国联军定会反身扑向黑炎王朝。"

"所以，从一开始，赢叔叔便将黑炎王朝绑上了战车，由不得我们观望避战。"

第390章
契机道歉

月圆，心冷。

林立恒呆坐当场，久久沉默不语。

儿子林沧海总结出来的这个结论让他心里很不是滋味，有种被自己的知交算计了的屈辱感。

虽说帝王无情，但是林立恒觉得，自己和嬴伯言是不一样的关系，有不一样的交情。正如现在的林沧海和嬴千度一样，那可是从小一起长大所结下的深厚情谊，倘若林沧海欺骗了嬴千度，或者嬴千度欺骗了林沧海，都是让人难以接受的事情。

可是，偏偏自己就被好友算计了。

"父皇何必灰心？"林沧海明白父亲的心情，劝慰道，"林氏和嬴氏千年以来就是世交，孔雀、黑炎两国更是一荣俱荣，一损俱损。不管嬴叔叔有没有算计我们的想法，只要他出兵攻打诸国，在世人眼里便是我们两国同时用兵。现在想将两国完全分开，怕是连父皇也不愿相信吧，何况其他七国的皇室？所以，其实黑炎王朝并没有其他的选择。"

"唯有用兵一途了？"

"还需父皇做主。"

"我做什么主啊？早就被嬴伯言给做了主。"林立恒轻轻叹息。

"出兵也有出兵的好处。"林沧海笑着说道，"父皇刚才不是说过了吗？只要黑炎王朝愿意出兵帮助孔雀王朝，那么，嬴叔叔定然可以获得最终的胜利。以黑炎王朝和孔雀王朝之间的亲密关系，以父皇和嬴叔叔之间的情谊，难道他们还能少了我们的好处？到时候，除了孔雀王朝，便是我们黑炎王朝获利最丰了吧？说句私心话，嬴叔叔当真成为这神州共主的时候，父皇的好处应该也不会少吧？

除了赢叔叔，天下之大，还有何人能与父皇的地位相抗衡？"

看着儿子俊美的容颜，林立恒在心里感叹不已。

小时候儿子因为长得太好看，总被人误当作女孩子。

那个时候的林沧海还带着一股骄纵之气，林立恒一直担心这个孩子胸怀不够开阔，智慧不够出众。

没想到的是，长大之后的林沧海爆发出让人惊讶的潜力。或许，将黑炎王朝的大位传于他也是一个很不错的选择。

"我一直在想着要不要出兵，百般纠结，难以决断，却没想到问题根本就不在这里。一语点醒梦中人。沧海，你长大了，是时候承担更重要的责任了。"

"为父皇分忧，是做儿子的本分。"林沧海恭敬地说道。

林立恒沉吟片刻，说道："想要我出兵也可以，不过，有桩事情，赢伯言他得答应我。"

"什么事情？"

"他要把他的宝贝女儿嫁与我儿沧海。"

噗——

林沧海喷出嘴里刚刚喝进去的一口烈酒，瞪大眼睛看着父亲，说道："父皇……怎会有如此想法？"

"我为何不能有这样的想法？你和千度从小一起长大，感情一向要好，堪称青梅竹马。男大当婚，女大当嫁。千度再优秀，也终究是要嫁人的。神州之大，除了我儿之外，还有何人能成为她的良配？"

"父皇，我和王姐感情极佳，但不是你所说的那种感情。我们是……我一直视其为姐，她也视我为弟，我们只有姐弟之情，绝无其他。再说，王姐已心有所属，儿臣可不想做那种棒打鸳鸯之事。"

"只要有感情，其他便都不是问题。我和你母亲还不是如此？还有，你说千度心有所属，她属意的可是来自西风的那条小龙？你觉得，赢伯言会让自己的女儿嫁与一条恶龙？"

"父皇，那条龙……一点儿也不恶。"

"恶不恶不是你我说了算的，而是天下人说了算。"

"可是……"

"没有什么可是。"林立恒态度坚决，以斩钉截铁的语气说道，"事情就这么定下来了。他赢伯言算计了我，算计了我黑炎王朝，我还不能找他讨还一点儿公道？再说，我儿容貌俊美，天姿卓越，哪里配不上他家的女儿了？想要让我黑炎王朝出兵，他必须答应我这个要求才行。我这就梦蝶传音给他。"

"父皇万万不可……"

林立恒扫了林沧海一眼，沉沉叹息，说道："只有这样，才能保我林氏荣华永享，富贵不败。"

冷霜如盐，夜色如墨。

此时正是严冬，风城的居民早早就钻进了被窝。倘若不是什么天大的事情，没有人愿意在这个时候起床。

李牧羊一家人准备离开风城，而且准备趁夜出走。

这样的话，可以避免带来太大的动静，引起风城内部动荡不安，也可以减少一些不必要的迎来送往的烦琐礼节。

风城的防务交给了公输一族，想来天都的那位老人会及时和公输一族联系，重新将风城这样一座重要城池纳入自己的权力版图中。

当然，这已经不是李牧羊愿意关心的事情了。

此时的他心灰意冷，只想带着一家老少离开风城，离开这是非之地，找一处风景秀丽的地方去惬意地生活。

一些重要的事情都交代清楚了，一些麻烦的事物也全都丢弃了。他们再三申明不要让人相送，没想到大半夜赶过来送他们的队伍还是排得老长。

公输一族的重要人物全部来了，忠于陆氏的一些将军也来了。

原本他们是不愿让陆清明离开的，陆清明和他们依次密谈之后，总算让他们的情绪稳定了下来。

等着被天都收编，总比跟着陆清明去做平头百姓要好一些。

"城主。"

公输一族的族长公输舸上前向陆清明行礼，满脸不舍。

"公输前辈莫要再送。再说，我已经将城主之位交与公输前辈，还请前辈代清明履行职责，护风城安全。"

"城主放心。只要我公输一族有一个人在，就不会让风城落入他人之手。"

"大恩不言谢。"陆清明用力地握了握公输舸的手，沉声说道。

"城主保重。"

"公输前辈保重。"陆清明朝四周簇拥而来的将领依次看了过去，"诸位保重。"

"城主保重。"众人齐声喝道。

"好了好了，切莫扰了民众好梦。"陆清明笑着说道。

胖子公输垣站在李牧羊身边，说道："真的走了？"

"真的走了。"

"那好，落脚之后给我传信，我去寻你们。"

"你还有守城重任呢，可不许偷懒。"李牧羊笑着说道。

"嘿，等我的秘密宝贝研制出来，你就知道厉害了。别说是一座小小的风城，就算镇守国门也绰绰有余。"

李牧羊哈哈大笑，说道："那我静候佳音。"

众人再次话别之后，数辆马车便准备离城而去。

嗖——

天空之中，出现了一团火焰。

火焰由远及近，就像是一个从天而降的火球。

啾——

一声长鸣，一只火鸟从那火焰之中钻出，朝大地俯冲而来。

凤凰！

凤凰在飞的过程中，渐渐化为人形。

紫发紫眸，白衣胜雪。

即便是这黑暗，也难以遮掩她那艳丽的容颜。

她的美放着光，像日月星辰，藏也藏不了。

她从高空降落，缓缓落在众人面前。

面前的人以及城楼上的士兵……所有人的视线都聚集在她身上。她太过耀眼了，瞬间就将所有人的眼球吸引了过来。

陆契机！

陆氏之女！

这只是她明面上的身份，随着前段时间九国屠龙事件的爆发，她的真实身份也跟着曝光。

她竟然是凤族后裔，神鸟凤凰的转世真身。

这样的一位天之贵女突然出现，又将带给他们什么样的讯息？

"契机……"公孙瑜掀开厚实的布帘，在丫鬟晴儿的搀扶下下了马车，快步朝陆契机所在的方向奔了过去，喊道，"契机，你回来了……契机……"

虽然陆契机不是公孙瑜的亲生女儿，但是多年相处，公孙瑜一直将陆契机视为己出。

严格意义上来讲，她对陆契机的感情要比罗琦夫妇对陆契机的感情更加深厚一些。毕竟，她与陆契机朝夕相处，是看着陆契机一点一点地长大的。而罗琦夫妇和陆契机相处的时间太少太少。

"母亲！"陆契机看着公孙瑜欣喜的表情，心里生出一股暖流，任由她将自己抱在怀里，出声唤道。

"契机，好孩子……你这些日子去哪里了？怎么也不给家里说一声？你父亲派人到处寻你，却得不到你的任何消息……"

公孙瑜的担忧是真的，关心的话语是真的，派人去寻找陆契机的事情也是真的。

陆氏遭此大难，骨肉离散。倘若陆契机不在，又怎么算得上一家团圆呢？

"我去……做了些事情。"陆契机说道。她没办法向公孙瑜解释自己做的事情，毕竟她不想让公孙瑜担心。

"回来了就好，回来了就好。"公孙瑜紧紧地握着陆契机温暖的手，说道，"你回来得正好，我们正准备离开风城，你就和我们一起走吧，一家人要开开心心地生活在一起。"

在看到陆契机的一刹那，罗琦也满脸惊喜地朝陆契机奔来。

只是，公孙瑜跑在了她的前面，将陆契机抱在了怀里，她就只能站在一边傻笑。

从血缘关系上，罗琦是陆契机的生母，远比其他人更有资格抓着陆契机的手关心一番。

可是，从情感上，她不如公孙瑜那般与陆契机亲近。

从身份上，她只是公孙瑜的一个丫鬟。

在小姐面前，她永远只有站在一侧等候的份儿。

李牧羊和陆契机的身份被调换，人生被错位，罗琦的人生又何尝不是如此？

她不曾做错什么，只是因为主子的一句话、一个命令，她便只能把自己刚刚出生的女儿送去和人交换。可有人想过她的感受？

等到公孙瑜和陆契机叙旧叙得差不多了，罗琦才凑了上去，笑着说道："契机……回来了？"

"嗯。"陆契机点了点头，顿了顿，又说道，"让母亲担忧了。"

"回来就好，回来就好。"罗琦笑呵呵地说道。除了这句，她也不知道要和这个看起来无比冷傲的女儿再说些什么。

之后，陆契机径直朝李牧羊走过去，看着他的眼睛，说道："我有话要和你说。"

"那就说吧。"李牧羊说道。

陆契机看了一眼李牧羊身边的公输垣，又扫视了一番四周将视线焦点放在他们两人身上的人群，说道："跟我来。"

"我凭什么要跟你去啊？你说去就去，你以为你是谁啊？"

李牧羊反驳的话还没有说出口，就见到陆契机转身离开了。

"这女人……"

李牧羊无奈，只得跟在陆契机的身后朝更远处走去。

"有话就说呗，又没有什么外人。兄妹之间还有什么不能当人讲的？又不是爱人……"公输垣对陆契机的行为很不满，此时的他心中八卦之火熊熊燃烧，但是陆契机就像特意防范他似的，竟然把李牧羊带到一个让他难以偷听到的地方说话去了。

看到陆契机在前面站定，李牧羊也停步在离她不远的地方，问道："你要和我说什么？"

陆契机的眼睛如天上的星辰一般闪亮，虽然此时的天空中并没有星星。

她那双漂亮的眸子就那么一眨不眨地盯着李牧羊，一副欲言又止的模样。

"不知道怎么说，还是不知道说什么？"李牧羊的嘴角浮现一丝嘲讽，说道，"不然，我先离开，你站在这里好好想想？"

"我想……"陆契机眉毛微挑，不知道是气愤于李牧羊的态度，还是终于下定决心说出自己一直哽在喉间难以出口的那句话，"我应该对你说声对不起。"

"对不起？你有什么对不起我的？我怎么不知道？"

"你知道。"

虽然陆契机说出来的话硬邦邦的，却露出一副受了委屈的可怜模样。

她不是一个懂得撒娇的女人，但是说这句话的时候，李牧羊明显感觉到……她在撒娇。

当然，在李牧羊看来，这只是一次失败的撒娇而已。

"我不知道。"

"你不知道的话，就不会用这样的态度对我。"

"……"

"我已经说过对不起了，我心里也确实是这么想的。"陆契机的声音变得柔和，话语中还隐藏着浅浅的歉意，"当时那种情况，我也只是听从安排，爷爷到底想要做什么，我并不知情。"

"所以，他诈死的事情只有你一个人知道。"李牧羊声音冰冷，说道，"他假装败于宋孤独之手，然后朝断崖掉落下去。而你在关键时刻将他救下，并且为他医治，隐藏行迹。所以，在我们被人追杀的时候，你一直没有出现。那个时候，你正在忙这些事情吧？"

"是的。"陆契机脸上的歉意更浓，沉声说道。

李牧羊说的都是实情，她知道他已经知晓了真相，却没想到他仿若亲眼所见，将他们做的所有事都推算出来了。

听到陆契机的回答，李牧羊的心脏抽紧，伴随着一种难以言喻的刺痛。

"我这个亲孙子，还真是个外人啊！"他沉沉地叹了口气，说道，"既然如此，你还来找我做什么？"

第391章
深情不予

正是因为爷爷陆行空的隐瞒和欺骗，以及将整个陆氏一族推出去当诱饵的残忍行为，李牧羊心灰意冷，觉得自己这些时日的痛苦挣扎、心酸血泪以及背负的仇恨都是笑话。

所以，从知道真相的那一刻开始，李牧羊就准备逃离这一切，带家人前往江南——他是真的很怀念以前在江南居住时那种无忧无虑的生活啊！

那时候最让他难过的事情无非就是被人骂几声"黑炭""废物"。现在想来，人家又没有骂错什么，毕竟，那个时候的他确实像黑炭一样黑，像废物一样没用。

现在李牧羊都准备"金盆洗手"了，陆契机却在他们准备离开的时候到来，难道是想要阻止这一切？

无论如何，李牧羊都不准备再插手西风事务了。

无论陆契机用什么样的理由和借口，李牧羊在心中准备好的答案只有一个：拒绝。

"人族有危险。"陆契机说道。

"什么?！"

李牧羊一愣。

"你不是替那个老头子来做说客的吗？你不是想和我谈陆氏复兴、西风朝局吗？怎么一张嘴就是整个人族？"李牧羊心想。

不过想想也是，陆契机是凤凰转世，原本就是人族之母，她想庇护整个人族倒也说得过去。

要不是与凤凰纠缠万年，李牧羊体内的那条黑龙怕是早就想办法让人族覆灭了——天知道那条黑龙对人族到底有多大的怨恨。

"救下爷爷之后，我便到了怒江之下，守护阴阳界石。近日来魔族那边加大了攻击力度，以前是群魔乱舞，现在应该是大祭司级别的高手在强攻。

"万年以来，阴阳界石一直被魔族那边强攻，原本就有些松动和细小的裂缝。因为有人族强者镇守修复，才一直有惊无险，没有被魔族破壁而入。但是，最近情况不容乐观。"

李牧羊挑了挑眉，问道："这和我有什么关系？你不要忘了，倘若不是你的存在，魔族要做的事情正是我要做的。"

"李牧羊！"陆契机明显动了怒，冷声说道，"你是你，你是李牧羊，你和那条黑龙不一样！要毁灭人族的是那条黑龙，和你没有任何关系。"

"你呢？"李牧羊看着陆契机那仿佛燃烧着一团紫色火焰的眼睛，问道，"你是谁？你是陆契机，还是那只火鸟？"

"不管我是谁，我都不会眼睁睁地看着那些三眼恶魔打破结界，像老鼠一样冲出怒江，席卷花语平原，最后将整个神州纳入他们的版图，使神州成为他们的巢穴。

"人族呢？人族到时候便会成为三眼恶魔的食物。他们是不会允许人族存在的，他们想要的是这片肥沃的土地，是天上的烈日星辰，是地上的一切，唯一不需要的就是人族。你在乎的那些人，你一心想要保护的那些人，最终都会被他们杀掉。"

"那你告诉我，我为什么要帮助人族？"李牧羊面无表情地说道，"让一个人人喊打喊杀的家伙，站出去保护那些想杀了他的……人，我为什么要这么做？"

一想起自己遭遇过的这一切，李牧羊心中就有一股戾气难以抑制地向头顶狂涌。

李牧羊知道，虽然那条黑龙彻底消失在了他的身体里，消失在了他的记忆海深处，但是黑龙终究占据了他的身体那么久，他的人生也因黑龙而改变。或多或少，他的身体都会残留一些黑龙的痕迹，思想也会受到黑龙的影响。

那黑龙不甘心啊，他选择的宿主，没有和他一样想着毁灭人族。

黑龙不甘心！

看到李牧羊眼里的怒火，陆契机久久地沉默不语。

她知道龙族遭遇了什么。

她知道李牧羊经历了什么。

她是整个事件的见证者，数万年历史的见证者。

没有人比她更清楚那条黑龙与人族的血海深仇，也没有人比她更理解李牧羊对人族的复杂情感。

江南城的无忧少年，却因为龙魂入体而遭人围攻，九国合力屠龙，他已经是死过一次的人，死在了人族的手里。

现在，自己却央求他前去守护阴阳界石，守护那曾经要杀他的人族。

陆契机自己都觉得自己有点儿过分！

不，很过分！

"你想过没有，或许，你去了，结果就不一样了。人族被蒙蔽了，被史书欺骗了，他们应当重新审视人族和龙族的关系。"陆契机柔声说道，话语中不无劝导的意味。

这样的语气，这样的观点，倒和李牧羊一直珍藏在心底的那个女孩子有些相似。

据说她现在正统领大军准备攻伐他国呢，也不知道战事进展怎么样了。希望她无病无灾，一切顺利吧。

"不一样的结果？我去守护人族，去为他们拼命，让他们看到我的付出，然后他们会感动，会忏悔，会重新接受龙族的存在，会纠正龙族是恶魔的错误观念？"戾气愈浓，李牧羊的声音也越发冰冷，"或许结果是另外一场背叛？"

"李牧羊，你为何……将人心想得如此阴狠？"

"我经历的这一切……难道不是说明了这一点吗？"

"……"

"我要回江南城了。"李牧羊看着陆契机，有种解脱般的惬意感，"如果你当自己是陆契机，那就跟我们一起走。如果你当自己是那只火鸟，那么我们就此别过。"

"李牧羊……"

"你不用劝了。"李牧羊打断了陆契机的话，笑着说道，"我不去，哪里也不去。谁也不能……"

李牧羊指了指站在远处朝这边观望的家人，坚定地说道："谁也不能把我们分开。"

"你相信宿命吗？"

"宿命？"

"宿命。"

"相信。"李牧羊点头，"倘若不是宿命的话，我又怎么会……变成一条龙呢？但是，我的命运就让我自己来决定吧，其他人无权干涉。"

李牧羊深深地看了陆契机一眼，说道："怒江水寒，自行珍重。"

说完，他便转身朝人群所在的地方走去。

陆契机站在原处，看着那道背影逐渐走远。

他的身体如此挺拔，步伐如此坚定。

正如他刚才所说，没有什么能够把他和家人分开。

陆契机的嘴角浮现一丝甜美的笑意，那笑莫名而起，连她都没想清楚自己为何而笑。

或许，她也感觉到了解脱后的惬意？

她的身体一飞冲天，再次化作一个炽烈的火球朝高空飞去。

正如她来的时候那般轰动，她走的时候同样绚烂。

李牧羊甚至没有抬头看上一眼，他走到公输垣的面前，用力地拍拍胖子的肩膀，大声喝道："我们出发！"

轰隆隆——

马车动了起来，朝着江南小城，朝着希望之地，出发！

星空学院，观星楼。

观星楼也是院长楼，是星空学院的院长太叔永生居住和修行的地方。

观星楼顶，太叔永生看着红浪翻滚的怒江，面露深沉之色。

嗖——

一道红色的光芒在遥远的高空闪耀，如惊雷闪电般而来，瞬间落在了太叔永生的面前。

白衣紫瞳的陆契机对着太叔永生鞠躬行礼，说道："他不愿来。"

太叔永生同样对着陆契机微微鞠躬。

对方向他深深鞠躬，行的是学生之礼，他向对方鞠躬，则是敬对方的神族血脉。

人族之母，这样的身份值得任何一个人族对陆契机保持尊重。

星空学院的院长身份贵不可言，即便是一国之君主见到他也多行晚辈之礼，可是，他再贵还能贵得过她吗？

"可说了原因？"

"心灰意冷。"

太叔永生轻轻叹息，说道："牧羊虽然是人族，但是体内终究寄宿过一缕龙魄，或多或少会受龙族影响。他原本就对人族存有很大的成见，这也是他在昆仑墟上意图将人族强者永久掩埋的原因。现在又经历天都一事，让他对人心人性更是失望透顶，这个时候他怕是只想逃离人群，远离是非。想要让他出手拯救屡次伤他害他的人族，怕是不太容易。"

"阴阳界石尚存，结界未破，人族只需多派高手增援便可，为何一定要让他出手呢？"

太叔永生神情凝重，眼神里有着隐隐的畏惧和担忧。

是的，畏惧。

堂堂星空学院的院长，被世人称为"星空之下第一人"的太叔永生，竟然也有害怕的东西？

一刹那，陆契机怀疑自己看错了。但是她清楚，自己的眼力非比寻常，既然看到了，那就一定不会有错。

太叔永生看向陆契机，说道："你可知阴阳界石的来历？"

"自然知道。"

陆契机顿了顿，说道："阴阳界石原本为死海神石，据说是女娲补天时遗留下来的太息石。深渊族第一次入侵的时候，打破怒江结界进入人族世界，便想要将这片土地占为己有，作为繁衍和生存之所。

"人族大军出手反击，却被深渊族打得节节败退，近乎灭族。当时，九国君主前去拜访龙王敖倾，苦苦哀求，请求龙族出手援助。龙王敖倾犹豫不决。龙族虽然只是半神之族，但是实力近乎神族，只要再得天机，便能够一跃成为真正的神族。而神族是不可轻易干涉人族事务的，不然便是犯了天条。龙王敖倾不愿意在此事上犯错，也是应有之义。

"真正让龙王敖倾改变主意的，是他深爱的那位人族女子的游说。龙王敖倾接受了人族的求救，召集万龙前来助战。当时人族已经损失惨重，而深渊族却越来越强大，恶魔源源不断地从那黑洞里钻出来，仿佛没有尽头似的。

"龙族为先锋，在龙王敖倾的率领下与深渊族进行了一场持久惨烈的厮杀，无数条巨龙受重伤甚至战死，更多的深渊恶魔化作黑泥消失在怒江两岸的泥土里。最终，龙王敖倾重创深渊之主，锁定了此战胜局。深渊恶魔拖着深渊之主巨大的躯体逃回深渊，其他恶魔也溃不成军，四散逃跑。

"龙族担心深渊族卷土重来，便号召残余的巨龙使用龙族的召唤之力将死海之中的太息石搬运过来，又在这太息石上打上了三千九百二十一道龙族封印。万年来，深渊族强攻阴阳界石而不成功，一是因为太息石遇水则生，遇土则长，坚固异常；二是因为龙族遗留在那阴阳界石上的三千九百二十一道龙族封印。"

沉吟良久，陆契机声音哀伤地说道："人族欠龙族太多。"

"是啊。"太叔永生轻轻地点头应和，"龙族为了护住人族力战深渊恶魔，又为了不让深渊恶魔死灰复燃，卷土重来，以召唤之力搬来死海神石。死海原也为龙族封地，是安葬那些年迈死去的老龙之所。据说死后的龙浸泡在死海之中，虽然会被海水化去血肉，但是骨架和魂魄尚存，这样的龙被称为古龙或者骨龙。"

"对骄傲的龙族而言，这也是另外一种永生的方式。"

"是啊。可惜了，实在可惜了……

"谁也没有想到，在龙族伤痕累累、精疲力竭的时刻，人族强者竟然对龙族举起了屠刀。屠龙刀，屠龙刀，屠的当真是龙吗？屠的是人族自己的品德心性，屠的是人族自己的万世难安哪。

"现在结界将破，若深渊恶魔再一次打破结界，人族又将如何抵挡？龙族……那世间唯一的龙怎么可能还愿意出手相救？"

顿了顿，太叔永生看着陆契机，说道："我知道，你也曾经去劝说过龙王敖倾出手解救人族，所以对他一直心怀愧疚。那件事情，错不在你，怪就怪人心贪婪。所以，你就不要在心里自责了。"

"我的劝说……"

陆契机眼里闪过一丝缅怀和伤感的情绪。

她想起自己面对那个白衣男人苦苦相劝的模样，想起自己央求他与自己并肩作战时的委曲求全……

可惜，最后他还是拒绝了。

他有一万个拒绝自己的理由。

没想到的是，他竟然为了那个人族女子而宁愿违背天条——他只是需要一个借口。

他用一万个理由来拒绝自己，而将唯一一个借口给了那人族女子。

在他心里，自己确实不如她来得那么重要，所以，他也不愿意为自己做出什么牺牲。

自己对他心存愧疚，也对他心存仇恨。

倘若……倘若他是因为接受了自己的劝说而出手拯救人族的，那个时候，就算自己舍了这亿万人族的信仰之力，也要将那些企图加害于他的人族强者屠灭吧？

可惜！

可惜……

他的深情不予我！

第392章
回家吃饭

"你为人族尽了心，人族是记着这份恩情的。"太叔永生看着陆契机伤感的模样，劝慰道，"亿万人族的信仰之力，能够供养着凤凰神族永生不死。只要人族不灭，凤凰神族便也永远不会死亡，与日月同辉，与天地同寿。从根源上来讲，人族和凤凰神族是一荣俱荣的关系。"

陆契机看了太叔永生一眼，说道："人族危难，我自然会竭尽所能来保全。至于李牧羊怎么想，这不是我能够决定的。"

"我明白。"太叔永生点头说道，"上一次你尽力了，这一次你同样尽力了。人族的危难，主要还需人族自己来解决。"

"院长要调停九国战争？"

"深渊族即将破壁而出，那些人族统治者却为了一己私欲还在互相厮杀不休，等到他们打得你死我活、两败俱伤之时，还有何能力去抗击深渊族？嬴伯言还真是越活越回去了！"太叔永生面露怒色，沉声喝道。

陆契机眉头微皱，说道："战事已起，战火正燃，双方正在惨烈厮杀之中，怕是不容易叫停吧？"

"晓之以理，动之以情。倘若他们还执迷不悟的话，那么，这烂摊子我也不管了。到时候即使嬴伯言得了天下，看他怎么样去面对深渊亿万三眼恶魔的侵袭。"

"人心贪婪。"陆契机轻轻叹息，说道，"怕是这场战争，即便院长亲自出面也调停不了。在深渊恶魔从那阴阳门大量拥出来之前，他们又怎么可能相信数万年牢固不破的阴阳界石会在这个时候突然间破碎呢？"

"那便让他们去阴阳界石前瞧瞧。"

"就算他们真的去了，也亲眼见到了，到时候，人族是否能够全力抗击深渊族仍然是个未知数。每个帝国出兵多少？强者几何？怕是每个统治者都会在心里有自己的小算盘：倘若自己的军队在此番除魔之战中损失惨重，到时候还能否保持自己帝国的实力？倘若大战之后其他强国前来攻伐怎么办？

"上一回屠龙之战结束后，九国实力排名有了颠覆性的改变，原本的第一强国大周国排名远在孔雀王朝、大武国之后，甚至还有天灵国直接被灭国了，现在变成了灵族。这一回，他们不会吸取上次的教训？"

"人心哪……"

太叔永生也相当无力。

他虽然贵为星空学院的院长，却不是人族之主。人族有九大强国，小国无数。那九国皇室又岂会听从他这个老头子的命令？

而且，九国之中又有多少股大大小小的势力？乱世之中，谁不想拼命保全自己？谁不想乘势而起？

想将九国之力拧成一股绳和深渊族一战，实在太过困难。

倘若大家各有心思，各存实力，不想死战，只想保留，到时候如何面对那如洪水猛兽一般从阴阳界石后冲过来的恶魔？

星空学院的密室里有一块明月壁，石壁之上可以映照出数万年前那次决战的部分场面，深渊族的凶残及其难以被杀死的特性让人望而生畏。

星空学院建校之后，每年都会将各国皇室的一些重要人物带到明月壁前观看那数万年前的战斗场景。居安思危，不能让他们安逸了数万年之后就忘记了深渊恶魔曾经给人族带来的痛苦和劫难。

只是，在涉及切身利益时，怕是这也没什么警示功效吧？

陆契机沉默不语。

保护人族是她的职责使命，她不愿意看到人族被灭，她也不愿意失去人族的信仰之力。

但是，倘若人族自己都不在意自己的安危，她又能做些什么呢？她的努力又有什么意义呢？

对人族修行者而言，长生不死是永恒的追求和话题。

但是，对陆契机而言，不死的生命又有什么新奇？

这一世还有一个李牧羊，下一世呢？倘若连李牧羊都不在了呢？

活着，是需要伴侣的啊！

"我将游走九国，尝试去调停这场战争，说服九国王者暂息兵戈，随我一起去阴阳界石那边看上一看。"太叔永生看着陆契机，问道，"接下来你有什么打算？"

"前往怒江之底，修复界石。"陆契机沉声说道。

"那好。"太叔永生点了点头，"李牧羊那边，暂且放一放吧，让他过几天平静的日子，他和人族的缘分……匪浅。"

"江底见。"

陆契机对着太叔永生微微鞠躬，然后跃起，化作一团火焰落入怒江之中。

"龙凤方能呈祥。"太叔永生看着波涛汹涌的江面，喃喃说道，"倘若少了那条小龙，怕是人族很难吉祥如意吧？天劫啊，都是有定数的。"

虽已是寒冬，江南亦有春色。

和天都终日灰蒙蒙的天气不同，即使已经过了腊八，江南的花未凋零，草有绿意。

落日湖畔，体内龙魂头一遭觉醒见到万鲤朝龙壮观场面的地方，是李牧羊的新居之所。

李牧羊倒想住回原处，但是，他龙族的身份被传得世人皆知，若让江南城的百姓知道那条小龙又回来了，怕是人去城空，整座江南城也剩不下几个人了吧？

李牧羊不愿意打扰别人的生活，更不愿意让别人打扰自己的生活。

他在落日湖畔一偏僻之地建了院落，又在院落四周设置了数道禁制，倘若没有枯荣境的实力，外人怕是很难闯入打扰他们。

李牧羊决定就在这里生活，倘若父母愿意，他再带着他们去遍布在神州各处的龙窟看看。

虽然李牧羊没办法帮他们实现永生，但是龙窟里有数不尽的宝石和丹药，可以让他们尽量活久一些。

李牧羊也害怕，害怕双亲老去，害怕家人尽失，自己一个人活在这世界上太过孤单。

李牧羊坐在落日湖畔，看着散发出白色雾气的湖面发呆。

风吹柳枝，水鸟轻啼。

没有人潮，没有心机，没有如影随形的刀剑，李牧羊觉得这种生活真是很舒服。

他所求的也无非如此。

"听风听雨过清明……"

李牧羊心无所思，只是想要吟诗。

他脑海里涌现出读书时先生所教的诗词，便顺口读了出来。

扑哧——

身后传来女子轻笑的声音。

"这是诗人怀念情人的作品，诗人听着凄风苦雨之声，独自寂寞地过着清明。掩埋好遍地的落花，诗人满怀忧愁地起草葬花之铭。楼前依依惜别的地方，如今已是一片浓密的绿荫。每一缕柳丝，都寄托着一分柔情。怎么，你也和人在此分别过吗？"

李牧羊点了点头，说道："还真有。"

"真的？"宋晨曦那张精致无瑕的脸凑了过来。

因为身体已逐渐康复，她的脸上有着动人的红润，皮肤不似以前那般苍白，而给人青春洋溢、生机勃勃的感觉。

活着真好！

或许，宋晨曦心里也会有这样的感叹。

"真的。"

宋晨曦的大眼睛转了转，好奇地问道："是小心姐姐？"

"你怎么又知道了？"李牧羊笑着说道。

他很喜欢宋晨曦这种带着点儿孩子气的模样，女孩子就应该有女孩子的样子，整天担心这个、忧心那个做什么？

长得好看的女孩子，没事的时候笑一笑，那笑容可比阳光还要温暖。

"大家都知道啊。"宋晨曦也学着李牧羊的模样，不顾形象地靠在粗壮的树干上，从脚下拔了一根甘蔗草放在嘴里咀嚼着，汲取着那微甜的汁液，笑嘻嘻地说道，"小心姐姐刚回到天都的时候，大家就都知道了，说江南城有一个少年和崔家的小心小姐关系密切，小心小姐就是因为这个才被崔家带回天都城的。随着你声名鹊起，你们俩的绯闻就被传得越来越多了。后来还传出小心姐姐拒绝宋家婚事的消息，大家就更加觉得那是为了等候她的心上人。落日湖这么美，你和小心姐姐之前都在江南，自然会来这边看看了。"

"确实是小心。"李牧羊轻轻点头，这种事情没有什么需要隐瞒的，"你知道吗？小心对我而言，有着特殊的意义。倘若不是她，我都不知道……"

李牧羊认真地想了想，说道："我都不知道人生应该有所追求。"

"然后呢？"

"然后我就像突然开了窍一般，看什么懂什么，记什么熟什么，做什么成什么，从班级的倒数第一名变成全校前几名，而且被星空学院这样的奇迹之所录取。你能想象吗？我以前皮肤黑得跟炭一样，你看看我现在，你看看我现在……你脸红什么？"

宋晨曦慌忙将视线从李牧羊的脸上挪开，嘟囔道："都怪你太好看了嘛。"

"说得也是。"李牧羊点了点头，说道，"我刚才对着湖水看了看，你猜怎么着？"

"怎么着？"

"湖里的鱼都沉下去了。"李牧羊说道。

"……"

"真的。不信我试给你看。"

李牧羊拉着宋晨曦的手跑到湖边，对着湖水照了照，湖里正在嬉戏耍闹的游鱼果然都像没有了知觉似的沉下去了。

宋晨曦瞪大眼睛，一脸不可思议地看着李牧羊，说道："你是怎么做到的？"

"'沉鱼牧羊'……你觉得这个名号好，还是'桃花公子'好？"

"……"

"还是'桃花公子'好。"李牧羊没能等到宋晨曦的答案，只得自己硬着头皮接下这个问题，"我以画桃花成名，所以当时有'桃花公子'的名号。'桃花公子'指的是我的才气，而'沉鱼牧羊'则偏重于外貌。相比较而言，我还是觉得'桃花公子'更低调有内涵一些。我希望大家就算骂我的时候，也会说'那该死的恶龙画画还挺不错的'，而不是'那恶龙也就是长得好看'。再说，我这人比较念旧，'桃花公子'这个名号用得久了，也不舍得轻易就将它抛弃……"

"我知道啦，"宋晨曦突然跳了起来，指着李牧羊说道，"我知道那些鱼为什么都沉下去了。"

"你知道了？"

"你是一条龙对不对？"

"也不能这么说……"

"龙有龙威。那些小鱼小虾突然感受到龙威，怎能不心惊胆战？它们不敢逃跑，不敢游动，只能傻乎乎地沉下去。"

李牧羊无语。

这丫头倒挺机灵，不过他用的不是什么龙威，而是龙气。

他稍微释放一点点龙气，这些小鱼小虾就吓呆了。若他使用堪称天神级别的龙威，这落日湖的水还不得沸腾起来？

若再来一回万鲤朝龙的场面，虽然看起来很震撼，也能让他在女孩子面前很有面子，但是万一惊动了别人怎么办？

宋晨曦开始可怜起那些被李牧羊"击"沉的小鱼小虾，说道："它们不会被吓死了吧？"

"没有没有。"

李牧羊伸手朝湖水一指，将一股灵气注入水里，那些沉到水底的小鱼小虾立即活跃了起来。

它们满眼畏惧地看了李牧羊一眼，转身便朝落日湖中央游了过去。

这些鱼虾得了龙王的这般点化，心智通达，平白增加了一些寿命。

"这就好。"宋晨曦这才展颜微笑，说道，"那些小鱼小虾也是有生命的，若因为看你一眼就死了，那得多可怜啊！"

李牧羊真想弹一弹她的脑门。

"什么叫看我一眼就死了？我长得有那么恐怖吗？你知道它们能够看我一眼是多大的造化吗？它们的祖宗一定是烧了高香——假如它们的祖宗没有被人吃掉的话。"李牧羊心里暗道。

"也不知道小心姐姐怎么样了。"宋晨曦突然间感怀道。

李牧羊沉吟片刻，说道："各人有各人的选择，她选择和家人、宗族在一起，我们也应当成全。天都城那边有那个老头子在主持大局，应该不会过分委屈崔氏，至少不会委屈她吧。"

这也是李牧羊愿意让崔小心留在天都和她的家人在一起的原因。

现在的天都城，乃至整个西风帝国，差不多都由李牧羊那个心狠手辣的爷爷掌控着。不管那个老人对崔氏存着什么样的心思，是不是如他在崔洗尘面前表演的那般大力维护，至少他不会对崔小心怎么样。

他何必为难一个手无缚鸡之力的可怜女子？

"还是我好，孤身一人，哪里都去得。"宋晨曦笑着说道，但是她一点儿也不开心，笑容中有伤感、苦涩，还有深深的担忧。

无论是西风皇室还是那个老头子都不会放过宋氏族人的，他们对宋氏族人的追杀还没有结束。

他们太清楚宋氏在天下读书人心目中的影响力了，逃跑的那些人还有不少是专门为宋氏著书传道的大家，包括西风大学的院长。

只要给那些人一点机会，他们就有可能死灰复燃。

这显然不符合上位者的利益。

可是，自始至终，宋晨曦没向李牧羊提过一句，更没有哀求过他出手帮助自己的家人。

这个女孩子，有时候心思单纯得像一张白纸，有时候睿智聪慧得像一个小妖精。

"要不要……"

"不用了。"宋晨曦打断了李牧羊的话，"倘若你是那个失败者，是被追杀的那一方，他们也不会因为谁的哀求而放过你。"

"可是，"李牧羊看着宋晨曦的眼睛，说道，"你并没有因此而放弃。"

在宋氏势大，李牧羊被整个神州的强者追杀的时候，宋晨曦一直坚定地站在他这一边。

最后，她担心李牧羊被她爷爷所杀，甚至不惜牺牲自己的性命也要保全李牧羊。

"牧羊……"

"我已经写信回天都了。"李牧羊笑着说道。

原本他并不准备把这件事情告诉宋晨曦，因为他觉得太丢脸，但是他又不忍心看到她一直这么郁郁寡欢。

"他欠我的。"李牧羊想了想，又理直气壮地补充了一句。

"牧羊，谢谢你。"

"谢什么？都是自己人。你也帮过我啊。"李牧羊笑哈哈地说道，"对了，你不是在画落日湖吗？怎么出来了？"

"啊，我差点儿忘记了，你母亲喊你回家吃饭。"

李牧羊的嘴角不由得浮现一丝笑意。

多好啊，以前他在外面玩的时候，母亲罗琦也是让李思念满巷子找他回家吃饭。

只这么简单的一句话，李牧羊就觉得自己定居江南的选择是正确的。

天都。崔府。

往日让人望而却步的崔家大宅如今被飞羽军围拢得水泄不通，身穿飞羽服的将军们左顾右盼，对着这朱红大门指指点点，就等着上官一声令下进门查抄。

崔氏，以往他们要小心翼翼面对的庞大家族啊，没想到有朝一日落魄至此！

宋孤独仙解而亡，宋氏一族几乎满门被杀，余党也正在被追剿之中。

事已至此，西风皇室就顺理成章将宋氏判定为谋逆者了。

宋氏一族意图谋反，被崔洗尘检举揭发，并且，崔洗尘受皇命亲自前去围剿叛党，戴罪立功。

陆行空和西风皇室仿佛什么事情都没有做，而是让崔家顶在了最前面。

宋氏毁了，积累千年的好名声毁了，以谋逆罪被永远地钉在了耻辱柱上。

"宋氏竟然会谋反，真是白白信任了他们那么多年。"

"宋氏文有百官，武有千将，世人只知有宋而不知有楚，还有人言'宋与楚共天下'，宋氏谋反也是早晚的事。"

"宋氏一族不得好死！"

……

当然，也有人并不相信朝廷的判决，站出来替宋氏说了几句好话。

"宋氏立族千年，有西风始，便有宋氏。宋氏一直做的事情是广播文种，教化万民，怎么可能做出谋逆叛国这等蠢事？"

说出这等言论的人很快就被推出去斩了。

崔氏原本和宋氏关系密切，在宋氏打压皇权的时候没少出力。

但是崔洗尘眼光毒辣，反应速度实在太快，一见情况不对，第一个跳出来对宋氏一族举起了屠刀。

之后，崔洗尘又前去向陆行空求情，以自毁修为的手段向皇室表明自己绝无二心，也去除了自己负隅顽抗的能力，这才使崔氏没有落得和宋氏一样的命运。

但是，崔氏死罪可免，活罪难逃。

崔氏族人可以不死，但是必须受到惩戒。

特别是崔氏族人很多位列朝班，位高权重。现在其他人掌权，怎么可能还让他们继续坐在那样的位置上？

朝堂上崔氏亲信被清洗，迅速换上了亲近陆行空、皇室或者其他上位家族的人。譬如燕家，就在这一次清洗当中受益极大。

至于崔氏族人，除了崔洗尘，所有成年男子都要被发配至西风边境为国戍边，难以再回天都看上一眼。

而且，他们还会被发配到不同的地方，或许相互之间有生之年都无法再见了。

崔氏犹然领旨谢恩，感激不已。

倘若不是陆行空发话，怕是崔氏一家老小皆要被杀，就像宋氏一般，经历一轮轮追杀过后，又能剩余几棵幼苗？

飞羽军统帅赵德祥是赵氏族人，赵氏不是西风一等一的家族，但是因为赵氏的一个女子嫁与皇室为妃，赵氏和楚氏有姻亲关系，也算和皇亲国戚沾上了一点儿关系。

赵氏族人一直紧抱楚氏大腿，深受楚氏信任。

这一次肃清了宋氏和崔氏乱党，惠帝顺理成章地将自己的亲卫队统帅换成了自己信任的赵德祥。

"将军，时辰到了，我们是否进门搜查？"一名将官凑到赵德祥面前，满脸讨好地问道。

赵德祥点了点头，说道："叫门。"

"是，将军。"将官答应一声，就要冲上前去敲门。

"等等！"赵德祥唤道，"让崔洗尘带着崔氏有品阶的男子出来迎接。"

将官一愣，瞬间明白了将军的心意，笑着说道："明白。崔洗尘一个罪人，自然要亲自出来迎接将军。"

嘎吱——

不待将官上去叩门，崔氏大宅的朱红大门就从里面被人打开了。

一身灰袍、满头白发的崔洗尘走在最前面，后面紧跟着的是崔氏数十名成年男子。

崔洗尘带领族人跨出正门，对着门口的飞羽军统帅赵德祥鞠躬行礼，朗声喊道："有罪之人崔洗尘携崔氏一族恭迎赵大将军，恭迎诸位飞羽军上官。"

赵德祥骑在马上，居高临下地打量着以前在他面前巍峨如高山，他都不敢正眼瞅上一眼的崔洗尘。赵德祥这一刻有种神清气爽，拥有了全世界的感觉。

"就是这般向上官行礼的？"赵德祥双眼看天，从鼻腔里挤出这句话来。

"还不跪下？"旁边的将官眼睛一瞪，就要上前把崔洗尘按倒。

第393章
虎落平阳

"放肆！"崔洗尘身边的小辈厉声喝道，"你知道你在做什么吗？"

崔家鼎盛之时，别说飞羽军的一个小将，就算是高坐马上的赵德祥都不敢与老爷子说话。现在赵德祥身边的一个小将竟然敢按着老爷子的肩膀让他下跪，这还真是虎落平阳被犬欺。

这些货色也当得上老爷子一跪？

看到这一幕，崔家儿孙辈皆目眦尽裂，恨不得拔剑将此人斩杀。

"我自然知道自己在做什么。"那将官眉眼一横，怒声喝道，"戴罪之人，还敢如此嚣张狂妄，还有没有把朝廷法度放在眼里？"

"我们自然将朝廷法度放在眼里，但是我崔氏之人也不是任人欺负的。"崔氏子弟喝道，"我崔氏先祖是从龙之臣，千百年来，圣眷不断。我崔氏一门三公，文官武将无数，岂是你这等卑劣小人可以轻辱的？"

"啧啧啧，这话说得好听，千百年来，圣眷不断。既然如此，你们又为何做出这等违逆朝廷的事情？你们可曾把皇室宗族放在眼里？你们可曾把圣明君主放在眼里？"赵德祥一脸冷傲地说道。

他是惠帝的心腹，自然明白上头那位主子对崔氏一族的真实想法。

若不是陆行空出言力保崔氏一族，飞羽军早就在崔氏大宅大开杀戒了。

楚氏皇族被帝国权臣压迫千年，世人皆知有宋，不知有楚，这与崔氏也有莫大的关系。若不是崔氏助纣为虐，倘若崔氏站在皇族楚氏这边，宋氏安敢如此？

惠帝心里压抑了这么多年的戾气现在终于有机会爆发了，他恨极了这些世家豪族，哪里还控制得住自己的情绪？

他奈何不了陆行空和李牧羊爷孙俩，但是对宋氏和崔氏，他可是没准备那么轻易就饶恕的。直到现在，追杀宋氏妇孺的监察司和夜枭司的人马还在外面忙活不休。

赵德祥就想不明白了，以前陆氏倒霉的时候，崔氏可不曾对陆氏手下留情。现在陆行空手握大权，难道不应当血债血偿吗？

他为何要对崔氏如此优待？

难道仅仅是因为传言所说的崔氏那位小姐和陆行空的孙子关系暧昧？若如此，陆行空简直愚蠢至极。

"你……"

听到赵德祥的话，崔氏子弟还欲反驳，却听到崔洗尘出声喝道："闭嘴！"

崔洗尘抬起头看着赵德祥的眼睛，沉声问道："赵将军，当真需要如此吗？一点儿颜面也不愿意给我这个老头子留下了？"

原本威风赫赫的一国公爵，为了保全崔氏满门，自废神功，自毁丹田，变成了一个手无缚鸡之力的垂暮老者。

现在，他竟然被迫要向一个以前地位远远不如自己的将军下跪……

落魄至此，让人心酸不已！

"什么？"赵德祥避开了崔洗尘的眼神，说道，"哦，你是说跪迎的事情啊？那都是下面的人胡言乱语，国公大人切莫当真。若国公大人不想跪的话，本将军难道还能勉强？不过，下面的人行事向来没轻没重的，若进去抄家的时候不小心伤着了府里的孩子和女眷，就算把他们斩了，也难消国公大人的心头之恨吧？"

崔洗尘整理衣衫，对着高坐马上的赵德祥重重地跪了下去。

"罪臣崔洗尘恭迎赵将军。"

崔洗尘面容憔悴，须发皆白，身体干瘦如朽木。

曾经不可一世的星空强者，国之重臣，现在只能苟延残喘，向人低头。

"父亲……您不能跪啊，不能跪啊……"

"爷爷，您快起来，快起来，我杀了这些狗贼！"

"爷爷！"

……

见崔洗尘跪在地上，他身后的崔氏儿孙也跟着跪了一地，一个个痛哭流涕，悲愤不已。

他们心中的信仰，崔氏的脊梁，就这么当着他们的面被人侮辱打倒，这比杀了他们还要难受。

"爷爷……"崔小心奔了出来，想将崔洗尘从地上搀扶起来，她眼眶湿润，泪湿双颊，着急地说道，"爷爷，快起来，起来……"

"小心，你怎么出来了？我不是交代过了？女眷待在后院不许出门。"

"爷爷，您何必如此委屈自己？您越这样……越这样，他们越不把我们当人看……"

"人在屋檐下，不得不低头。倘若爷爷不如此，怕是他们会对你们不利。老朽纵横一生，不想连一家老小的性命都保全不了……"崔洗尘也眼眶泛红，悲声说道，"若如此，我有何脸面去九泉之下见我崔氏的列祖列宗？"

"爷爷，您不要去想这些。地上冷，您的身体承受不住啊……"崔小心哽咽道。

天寒地冻，眼见今年的第一场雪就要落下。

以崔洗尘以往的身体，这点儿寒冷自然不会被他放在眼里。但是，崔洗尘才散尽一身修为，现在正是身体最为虚弱的时候。

修行如逆水行舟，不进则退。修行高手散去一身修为，并不是变成一个普通人这么简单，而是变成一个比普通人还不如的废人——丹田被毁之后的反噬之力可不是一个老人轻易承受得了的。

崔洗尘并不起身，只是抬头看向高高在上的赵德祥，说道："恭请赵大人和诸位上官入府。"

赵德祥居高临下地打量着崔洗尘——崔氏的一族之主，心里百感交集。

身居高位又如何？一旦失势，还不是像狗一样匍匐在地上向自己摇尾乞怜？

"不过，这种感觉真是美好啊！"赵德祥在心里想道，"把之前都不愿意正眼看自己的大人物踩在脚下，这种感觉真是……美滋滋。"

"赵将军好大的威风啊！"

一个冷厉的声音突然传来。

只见长街之上，一群身穿飞鱼服的男人正迅疾无比地朝这边奔来。

监察司的人！

"该死，监察司的人怎么也来了？"赵德祥眉头紧锁，暗自想道。

崔洗尘被谪了爵位，削了官职，就连这崔氏大宅也将被收归国有。此番飞羽军受命抄家，这可是个肥差。赵德祥原本是想要好好发一笔横财的，但是，若监察司的人跑来，怕是事情就不容易办了。

他少不得要分给他们一些好处。

待看到为首之人是新任监察司掌令使燕相马之后，赵德祥的心情就更加糟糕了。若是此子的话，怕是拿点儿钱财也打发不走的。

"燕长史怎么来了？"赵德祥高坐马上，冷脸相迎。

"陛下担心某些人徇私枉法，将原本应当送到国库的东西都搬到自己府里，特意让我前来监督查验。赵将军不会是对陛下的命令有所不满吧？"燕相马看到跪在地上的外公崔洗尘，脸色阴沉，心里杀气腾腾。

无论如何，他都不忍心见到外公被人这般欺凌侮辱。

这赵德祥简直是罪该万死！

"陛下有令，本将军怎敢不从？不过，燕长史此番前来，怕是有私心吧？"赵德祥一脸嘲讽地说道。

"私心？私心自然是有一些的，那就是好好为陛下办事，做好自己的差事，不然的话，那可就是辜负圣恩了。"

"怕是不仅仅如此吧？"赵德祥指了指地上的崔氏族人，狞笑着说道，"别人不知道他们犯的是什么罪行，难道燕长史也不知道？燕长史可要谨慎啊，万一羊肉没吃着，却惹了一身膻，那不是得不偿失？燕长史如此年轻，可还有着大好的前途呢。"

燕相马一步步走到赵德祥面前，沉声说道："第一，赵将军应当知道，我现在不再是监察司的长史，而是负责整个监察司工作的掌令使。

"第二，监察司有监察百官，闻风上奏的职权。倘若我心情不好的时候，让人把赵将军和赵将军身边的亲近之人全部盯住了，将你们贪了多少次赃，枉了多少次法，甚至去了几回茅房都清清楚楚记录在案。赵将军，就算你圣宠再隆，天长日久，你觉得自己的处境如何？

"第三，崔洗尘是我外公，跪在地上的大多是我的舅舅、表兄弟。我是一个记仇的人，倘若我心里记挂着谁，那就一定会想方设法去报复。刚才赵将军也说了我还年轻，还有着大好的前途，赵将军当真要和我结下死仇？"

"燕相马，你敢威胁本将军？你信不信我这就去禀告陛下，奏你私通叛贼，意图谋反……"

"据说宋孤独有一块绝品墨石，他对这墨石极其喜爱，轻易不肯示人。"燕相马咧开嘴巴，似笑非笑地看着赵德祥，说道，"赵将军，若让陛下知道那献宝之人的名字，你猜会怎么着？"

赵德祥脸色大变，双眼死死地盯着燕相马，压低嗓门问道："你待怎样？"

老话说得好：狡兔三窟。

连兔子都知道筑三个洞穴来保命，赵氏家族那么多口人，多找一个靠山又怎么了？

虽然赵氏家族千百年来一直坚定不移地站在西风皇族这边，但是当宋氏势大的时候，赵德祥暗自将自己辛苦得来的圣人墨石送了过去，以表示自己的善意。

"此事天知地知，宋氏知，自己知，怎么燕相马这个小瘪三也知道了？"赵德祥心中暗道。

那个时候，哪一家不往宋宅送东西？哪一族不想和宋氏有点儿或明面上或暗地里的联系？

谁能想到，庞然大物宋氏就这么倒了呢？

谁又能想到，那件事情被燕相马当成把柄抓在了手里呢？

赵氏和其他家族不一样，赵氏被誉为保皇第一家族，就算全世界的人都背叛楚氏，赵氏也会选择和楚氏肩并肩。赵氏不像宋氏、崔氏那般英才辈出，他们所能倚仗的也就是这份不渝的忠心。

"若让惠帝知道自己曾经干过那样的事情，赵氏才到手的荣华富贵怕是就成了过眼云烟吧？"赵德祥思索着。

"你想得到什么？"赵德祥见燕相马只是冷眼看着，却不说话，心里略慌，再次出声问道。

他知道，这次对峙自己已经输了。

燕相马这个时候跑来搅局，摆明了是要替崔氏一族出头。以上面那位主子的心思，对此应当也是极其不喜的。

燕相马抓到了赵德祥的把柄，赵德祥抓住了燕相马的软肋，原本可以拼个两败俱伤。可是，大好的日子不过，谁愿意受伤啊？

"赵将军这么说就有点儿见外了。我能要什么啊？在赵将军面前，我只是区区一个晚辈。"燕相马扫了跪伏在地上的崔洗尘一眼，说道，"天气寒冷，这么大年纪的老人家跪在地上，相马实在于心不忍。"

"我明白了。"赵德祥点了点头，看向崔洗尘说道，"起来吧。"

他又对崔氏一族的其他人说道："你们都起来吧。"

崔洗尘正欲起身，但是因为膝盖酸痛，他的身体艰难地向前挪动，却还是没办法站直。

崔小心虽然使足了劲儿，却仍然没办法扶起崔洗尘。

燕相马看得心头大恨，伸手一拽，便硬生生地将赵德祥从马背之上拉了下来，皮笑肉不笑地说道："赵将军亲自把老人家搀扶起来，也显得赵将军心胸宽广、尊老敬老不是？"

燕相马刚才那一拽用了暗劲儿，赵德祥只觉得自己被拽过的那条胳膊疼痛不已，犹如火烧，顿时脸色铁青，双眼瞪着燕相马几欲喷火。

无论如何，他现在已经贵为天子亲军的飞羽军的统帅，又是受了皇命前来处理事务，可以说等同于君主亲临。

燕相马这般行事，那就是根本不把他这个飞羽军统帅放在眼里，根本不把君主天威放在眼里。

如此这般对"钦差大臣"动手，说出去可以诛其九族了。

当然，赵德祥也只能在心里想想而已。

他知道，西风皇族积弱千年，此时正是忙着巩固权威的时候，是不可能对燕氏这等除贼有功的大家族动手的，否则就等于自掘坟墓。

"燕相马！"赵德祥强行压下心中的戾气，怒声喝道。

"赵将军不愿意？"

"你不要欺人太甚。"

"赵将军说我欺人太甚就有点儿欺人太甚了，我好端端地将赵将军从马背上扶下来，赵将军难道体会不到晚辈的爱护之心？"

"你……"

"赵将军，还是先把老人家从地上扶起来吧，若有个三长两短的，赵将军也不好回去交差不是？"

"哼！"赵德祥冷哼一声。

"崔洗尘这个老家伙死了才好，死了更合上面那位的意。燕相马嘴里所说的不好交差是在威胁自己，倘若崔洗尘这个老家伙有什么闪失，他将会对自己进行报复。"赵德祥心中暗道。

赵德祥走到崔洗尘面前，弯腰想要将崔洗尘从地上扶起来，正在这时，他膝盖一软，扑通一声就跪在了崔洗尘的面前。

此时此刻，崔洗尘对着他跪倒，他则像受不了如此重礼似的也对着崔洗尘跪倒。

事发突然，所有人都不知所措地看着这一幕。

"将军。"旁边那个小将小心翼翼地唤道，他不确定自家将军是不小心摔倒的还是主动跪下去的。

"废物！"赵德祥一副咬牙切齿的模样，怒声喝道，"还不快扶我起来。"

"是，是。"

一群人冲过去，把跪在地上的赵德祥扶了起来。

在燕相马的帮助下，崔小心把崔洗尘也扶了起来。

崔洗尘看了燕相马一眼，对着他轻轻摇了摇头。

崔洗尘虽然已自废修为，但是眼睛没有瞎。赵德祥突然跪在他面前，自然是被燕相马动了手脚。

不过，以崔洗尘的政治智慧，他自然是不赞成这种行径的。在他看来，这就是小孩子的过家家游戏。

懂得隐忍，懂得退让，然后将这笔血债牢牢地记在心里，一有机会便全力出手，不死不休，这才是一名合格的政治家！

"赵将军实在太谦逊了。"燕相马直视着赵德祥愤怒的眼神，笑呵呵地说道，"扶起来就好了，哪里用得着下跪？这事要是传出去，大家只会说赵将军高风亮节，令人钦佩。晚辈也是相当钦佩。"

"燕相马，来日方长，咱们走着瞧。"赵德祥这次实在咽不下这口气了，恶声恶气地说道。

这时燕相马脸上的笑容也消失不见，冷冷地回应："赵将军，你觉得我会担心些什么吗？"

"不要招惹我，"燕相马瞳孔充血，就像一只瞬间被激怒的野狗，"不然小心你的脑袋！"

"太冲动了，还是太冲动了。"崔洗尘坐在小院的石几旁，对着站在面前的燕相马轻轻摇头，说道，"赵德祥正得势，而且想要动我的人也不是他赵德祥，而是他上面那位。你这样当众打他的脸，让他跪在我一个罪人面前，怕是会让他怀恨在心。上面那位又会怎么想你？你打的可不只是赵德祥的脸，还有上面那位的脸啊。"

燕相马笑嘻嘻地说道："我自然知道赵德祥的用意，也知道赵德祥后面站着的人是谁。但是，我若不演这么一出，崔氏以后怕是更加艰难。连赵德祥这种靠阿谀奉承上位的货色都敢这般欺负外公，凌辱崔氏，其他人看在眼里，会怎么做？我先打断赵德祥的脊梁骨，也算杀鸡儆猴，以免千千万万个赵德祥站出来。"

"崔氏的日子不好过，崔氏已经有了心理准备。可是，这毕竟是崔氏的日子，你一个姓燕的跟着掺和什么？我上次跟你说什么来着？千万千万不要在这个时候和崔氏牵扯上关系。不然的话，那等于是在上面那位的心里扎刺。"

"我什么都不做，就能否认我和崔氏的关系？就能抹掉我母亲是您女儿的事实？您就不再是我的外公？这种血缘关系哪能分得清清楚楚？他们用我，是因为我有可用之处。等到他们不想用我的时候，我的下场……"燕相马的嘴角浮现一丝冷意，说道，"外公接下来有什么打算？"

崔洗尘见燕相马根本没有把自己的话听进心里，还欲劝说，却听到旁边的崔小心说道："爷爷，表哥长大了，他的心里自有主意。"

"就是。燕相马可不是以前的燕相马，人家现在是天都的红人，可比我们的处境好太多了。"燕相马的二舅出声说道。

崔氏终究对燕相马和燕家是存有芥蒂的。

崔洗尘摆了摆手，示意过去的事情已经过去了，谁也不要再提。

"能有什么打算？"崔洗尘轻轻叹息。

他缓缓说道："原本我死，是最好的选择。这样上面那位眼不见为净，或许对崔氏的怨恨也要减少一些。只是，我不放心啊。我若死了，崔氏一族上上下下上千口人怎么办？

"我活着，我瞪大眼睛看着，那些人也就不敢把事情做得太过分了。朝廷的旨意已经下来了，家里的男丁很快就要分散各处，为国戍边。戍边就戍边吧，崔氏食了这个帝国那么多年的俸禄，为万民所养，现在为帝国做些贡献也是应该的。

"至于未成年的子嗣以及女眷……这大宅是不能住了，上面也不会再允许崔氏占着这么显眼的宅子。回洫阳老家也不可能，上面会提防崔氏还有私心，怕崔氏养精蓄锐静待来日。崔氏在城外还有一处宅院，既不在天都城内——在城内的话让那些人看着心烦，说不定他们就来一个恶向胆边生，磕着碰着对崔氏而言都是伤筋动骨，现在的崔氏实在经不住折腾了——又能在那些人的眼皮子底下，崔氏的一举一动都能够让他们看到，他们也能放心。"

"崔氏败了……"崔洗尘感慨道。

他环视四周，端详着这处崔氏族人生活千年，繁衍生息的居所。

他在这里出生成长，他在这里功成名就，他在这里名动朝野、位列国公……

他也在这里衰败，在这里坠落。

他在这里说过无数的话，也在这里做过无数个决定。那每一句话、每一个决定，都是今日之因。

胜负成败，怪得了谁？

崔洗尘粗糙的手掌轻轻地抚摸着石桌的桌面，石桌光滑如玉，寒冷如冰。

"此生所憾，不能死在这里。"

第394章
千度遇险

燕相马推门进去的时候，崔小心正站在廊檐下发呆。

她目无焦点，也不知道在想些什么。

几个小丫鬟正在里间收拾，将可以带走的东西整理打包。

当然，她们整理的都是衣服或者书简之类的东西，若是珍贵的宝石玉器，那是没办法带走的，毕竟门口有负责巡检的士兵把守。

既然上面要抄家，怎么可能让人把贵重的物品和钱财带走？崔氏这一次着实损失惨重。

幸好崔氏家大业大，在外面也多有营生，明面上的财物可以充公，暗地里的产业却能够侥幸保存。

这种屹立千年不倒的庞大家族，又怎么可能没有一点点风险意识？

君不见大家族的宅院里都有密道，为的就是有朝一日大难临头的时候可以逃出生天。

"若有什么东西想要带出去的，交给我好了。"燕相马站在台阶下，看着崔小心的眼睛说道，"再怎么着，我现在也是监察司的掌令使，就算是君主亲军飞羽军也不得不给我一些面子。他们总不能搜我的身吧？"

"表哥升官了嘛。"崔小心嘴角轻扬，脸上带着淡然的微笑。

"都说我这个掌令使是用外公、舅舅一家人的富贵换来的。"燕相马跟着笑，话语间却有着浓烈的自嘲味道，"不然那么重要的监察司，又怎么可能交到我的手里？"

"表哥在意那些人的想法？"

"自然是不在意的。"燕相马轻轻摇头，"我都已经是监察司掌令使了，手中握着无数人的生死，和我手里的权力相比，几句风言风语算得了什么？"

"表哥，你就别骗自己了。"

崔小心抬头迎向燕相马的眼睛，就像要看穿他的五脏六腑似的。

因为最近一段时间经历了太多事情，崔小心脸颊苍白，原本有些圆润的鹅蛋脸瘦了下去，现出优美的弧度。

"你是在意的。倘若你不在意的话，就不会和我说这些了。"

"你呢？你是不是也觉得我是个人渣？"

"人渣从来都不觉得自己是个人渣。"

"也是啊。"燕相马眯着眼睛笑了起来，说道，"我比人渣要好一些，那是人什么呢？"

"人杰。"

"对我评价这么高？"

"生当作人杰。我觉得表哥做到了啊。表哥如此年轻便已经是监察司掌令使，前途不可估量，以后说不定能够位列国公，甚至比爷爷还要厉害呢。"

"那是当然了，我就是奔着位列国公去的。"燕相马一脸得意地说道，笑容也越发灿烂了。

笑着笑着，他的眼神却变得阴沉起来，轻轻叹息，说道："就算位列国公，又能如何？陆行空族破亲离，宋孤独身败名裂，还有外公……他们哪一个不是位列国公？哪一个不是手握国之权柄？又能怎么样？"

"表哥和其他人是不同的。"

崔小心心中也感慨万千。

宋氏和崔氏家族延续千年，所有人都以为他们会持续经营下去，就像参天大树，任何人都难以撼动其根基。

可是，谁又能想到，宋氏和崔氏的倒台是如此容易，而且是从根部开始腐烂，怕是再也没有重起之日了。

当然，陆氏除外。

"我希望表哥和其他人是不同的。"

"到了那个位置，怕是很难和别人不同了。"燕相马笑着说道，"想保住自己现有的，就要拼命去拥有更多。拥有得越多，就越担忧被人拿走自己已经得到的。周而复始，哪里是个头？要么跪着活，要么站着死。怕就怕，跪着也是个死。"

"表哥慎言。"

"这些话也就是和你说说，其他人面前我是不敢说的。"燕相马自然知道表妹在担心什么，于是说道，"听说李牧羊那小子回到江南了，他做了我一直想做的事情啊。想想我江南第一纨绔子弟，怎么到了天都就变成了第一'孙子'呢？"

崔小心也想到了江南，想到了那座即便在寒冬腊月也处处透着勃勃生机的小城。那座小城，哪怕只是看上一眼都能让人的心情变得愉悦起来。

天都终日灰蒙蒙的，真是很难让人开心呢。

"其实我是希望你去江南的。"燕相马佯作漫不经心地说道，眼睛却在仔细观察着崔小心面部表情的细微变化，"那里吃的好，住的好，风景也好，人也好。你要是去了，李牧羊还不得欣喜若狂，每日把你当作小仙女供起来？我觉得吧，你们俩还是很般配的。还记得以前咱们仨在江南的时候，虽然他拼命掩饰，但是看到你出现的那一刻，他的一双眼睛都会亮起来，整个人都会焕发出不一样的光彩。"

"那是以前。"

"你担心孔雀王朝那位？嘿，虽然我也听说过那样的传言，但是那根本就没办法让人相信。你想啊，孔雀王朝的公主怎么可能嫁给一条龙呢？特别是，那个公主还是要继承大位的未来女王。孔雀王不会同意，孔雀王朝的亿万子民也不能接受。"

"他们因为种种阻碍没办法在一起，我便去占据那样一个位置……"崔小心脸色平静地看着燕相马，沉声问道，"那我算什么？"

"这……那个……呵呵……"

燕相马蒙了。

感情这种事情，好像比他想象的要复杂许多啊。

"我就是随便说说，不过感情这种事情还是要主动一些。错过了一时，就是错过了一辈子。那个……我刚才说什么来着？对了，我问你有什么贵重东西需要我给你带出去。"

"几本旧书，一杯清茶，足矣。"崔小心淡淡地说道。

她的性子原本就有些冷，倘若不是遇到了李牧羊，她在江南的生活可以说简单到了极致。

一杯清茶，一本好书，就足够让她打发无数闲暇时光。

"我要带的都是书，倘若他们要拦截，便由他们吧。"

"你啊……"燕相马轻轻叹息，不无担忧地说道，"性子淡可以少去无数烦恼，倒也是好事。只是你这与世无争的态度……怕错过啊。"

"世间哪有错过？无非是缘浅情淡不敌流年。"

崔小心眼神幽深，眼睛里有着森冷的光芒。

她抬起头来，感受着雪花从遥远的天际飘荡而来，落在自己的脸上身上，不冰凉，却刺骨。

无尽山，镇龙渊。

因为龙族强大，又恶名在外，所以百姓取地名时便喜欢以"龙"字为名，同时在前面加一个字来表达对龙的痛恨和不满，以及铲除恶龙的必胜信心。

譬如屠龙之城、龙陨之地，再譬如这镇龙渊。

这深渊为何弯弯曲曲长达百里，仿若一条巨龙？

相传古时候有一条巨龙被勤劳又勇敢的百姓打倒，并镇压在这里，永生永世不得脱身。

无尽山下，镇龙之渊。

此时，这深渊中血染红泥。

孔雀王朝的公主赢千度亲自率领十万大军取大周重镇洛城，行至镇龙渊时被大周铁甲军伏击，身后又有尾随而来的大武武厉军袭击，现在落入被两路夹击的险境。

狭路相逢，勇者胜。

嬴千度一方面派遣成熟老将母强率领两万将士断后，将身后武厉军的攻势阻挡了下来；一方面又任命年轻将领祝熔为先锋，勇猛直行，强行杀出了一条血路。

十万大军一分为二，打起仗来竟然毫不示弱。

难怪世人皆言：天下雄兵出孔雀。

论单兵作战能力，其他帝国的士兵确实比不上孔雀王朝的士兵。

嬴千度站在无尽山山巅，在她身后是一支身骑孔雀的三千人的鬼舞军团。

鬼舞军团虽然人数不多，但是每一个都可敌百，是专门用来保护嬴氏皇族的。整个鬼舞军团的人数也不过五千之数，御驾亲征、坐镇中军指挥的孔雀王嬴伯言身边才有两千鬼舞军作卫队，而孔雀公主嬴千度身边则有三千之多。

在孔雀王的心里，自己女儿的性命比自己这个一国王者还重要。

可是，任谁都知道，想要攻破孔雀王朝，最好的办法就是杀死孔雀王嬴伯言。嬴伯言是一代雄才，原本就很强大的孔雀王朝在他的治理下，国力蒸蒸日上，远远拉开了和其他国家的距离。所以，嬴伯言遭遇的各种伏击或者刺杀也是最多的。

嬴千度身穿白色天蚕软甲，外面罩着黑色的大披风，黑白搭配，让她更显俊俏美艳的同时，也让她有一股冷厉肃穆的威严感。

嬴千度站在一只孔雀的脊背之上。相比其他孔雀，这只孔雀更加强壮，身上的颜色也更加绚丽耀眼。

嬴千度居高临下地看着镇龙渊的大战，沉声说道："梦蝶传音，让祝熔派遣铁荆军冲锋，以尖刀形迅速突围。"

"是。"旁边的一名将军答应一声，迅速将公主的指令传达下去。

"传令母强将军，当祝熔将军突围而出时，立即率领部下撤退，和武厉军拉开距离，然后直取洛城。"

"公主，那数万武厉军怎么办？"

"那个时候便由我们出手，"嬴千度眼里杀气腾腾，说道，"把他们留下来镇龙。"

人生幸福的事情之一：睡觉睡到自然醒，数钱数到手抽筋。

其实，这样的生活对龙族而言根本不算什么。

龙族一睡就是一年甚至好几年，倘若没有那些千辛万苦前仆后继找过来想要屠龙的人打扰，龙族能够从生睡到死，自然当得上"自然醒"这三个字了。

至于数钱数到手抽筋，那就更是小事一桩了。哪一条龙没有两三座龙窟？哪一座龙窟里没有装满龙族收藏的宝物？

当然，数钱那种事情，李牧羊是不会做的。他知道自己很有钱，却不知道自己到底有多少钱。

他每日清晨起床，洗漱，写字，等到朝阳初升的时候，便陪着宋晨曦在落日湖边散步。

宋晨曦的身体虽然有龙血滋润，但是因为以前亏损得太厉害，现在仍然需要好好休养。

不过，现在她的身体着实比以前好太多了，脸红扑扑的，沿着落日湖走上小半天路也丝毫不感疲惫。

看着眼前的美景，看着陪伴在身侧的李牧羊，宋晨曦不止一次想着，若能一直这般，那该多好啊。

"真美。"宋晨曦停下脚步，看着湖面上的粼粼波光以及从那银色的波光中跳跃起来的鱼，痴痴地说道，"可以入画。"

看到女孩子一脸迷醉的模样，李牧羊忍不住笑了起来，说道："门前的垂柳可以入画，岸边的花草可以入画，远山可以入画，明月可以入画，小鸟可以入画，兔子也可以入画……自从来了江南后，你就觉得处处都可以入画了。"

"对啊。我觉得每一处都好，每一处都美。你说，都是一些寻常的景色，为何却如此让人赏心悦目呢？这是我以前从来都不曾有过的体会。"

"那是因为你以前身体不好，终日担忧自己的病情，就算想出门游玩一趟都要再三央求，小心翼翼，哪能像今日这般轻松自在？"

"是啊。束缚——以前的我被病情束缚了，被家族束缚了，被无数看得见或者看不见的东西束缚了。到了江南之后，我不再受到任何约束，就像这落日湖里的鱼儿一样。现在，就连我画的画都有了几分洒脱闲适的意境呢。再过些日子，说不定我的画也可以入品级呢。"

"一定可以的。"李牧羊笑着点头，"倘若你一直保持这样的心境，说不定就可以丹青入道，成为修行者。"

"我不要做修行者。做了修行者，就有了追求，有了贪念。那样的话，我又要被约束起来了。"

李牧羊愣了片刻，点头说道："你倒看得透彻。"

正在这时，陆天语朝这边跑了过来，远远地就出声喊道："哥、哥，有人找。"

"谁找我？"李牧羊问道。

他们居住的地方在落日湖畔，落日湖连接太湖，又有群山相呼应，连绵数千公里，位置偏僻，又有数道禁制，很难有人能够找到这里来。

"一男一女，男的说他姓秦。"陆天语对着宋晨曦腼腆地微笑，答道。

李牧羊大喜，说道："没想到他们来得这么快。"

他转身看着宋晨曦，说道："走，我们回去。"

说完，他就快步朝他们居住的小院走了过去。

远远地，李牧羊就看到了那个大块头正候在门口。

看到李牧羊走近，大块头扑通一声跪了下来，声音哽咽，说道："公子，我们终于找到你了。"

李牧羊还没来得及将大块头搀扶起来，大块头身边的红衣女子也跟着跪了下去，红着眼眶说道："公子，你让我们找得好苦。"

"这不是找着了嘛。"李牧羊笑着说道，一手扶起大块头秦翰，一手拉起文弱弱，"我听闻你们四处找我，担心你们遇到危险，就给你们传信让你们来此处。"

"我们夫妻早就发过誓的，生生世世要跟在公子身边服侍公子。"

"就是，我们的命都是公子给的。"

李牧羊看看秦翰，又看看文弱弱，高兴地说道："你们俩……成亲了？"

文弱弱一脸娇羞，秦翰则嘿嘿傻笑起来，说道："就是随便……拜了拜月老。"

"这种事情可不能随便。"李牧羊笑着说道，"我给你们俩正式办一个成亲的仪式。既然来了，那以后就在这里住下吧。"

"是，公子。"秦翰爽快地答应了，"既然找到了公子，那所有事情听从公子的就好了。"

得到公主的命令后，先锋祝熔身边的旗官打出旗语，先锋军立即变阵，前尖后宽，犹如一把锋利的尖刀插入了大周军的腹部，并朝更深处前行。

忙于厮杀的母强将军看到前面的动静，也立即让旗官打出准备撤退的旗语。

"公主，祝熔将军正在突围。"身边的传令官汇报。

"嗯。"赢千度一直关注着下面的战斗，听到汇报后点了点头，说道，"鬼舞军团，准备迎战。"

"是，公主。"

传令官将赢千度的旨意传达下去，山巅之上的三千鬼舞军立即抽刀，准备骑着孔雀下去厮杀。

既然公主殿下说了要把武厉军留下镇龙，那他们就要将武厉军留下来，能不能镇龙暂且不知，不过，公主一定是不喜欢"镇龙渊"这个名字吧？

作为公主亲军，他们都听说过公主和那条小龙的一些传闻。

而且，上一回公主私自率领他们千里奔袭赶至白马平原，不也是为了救那条小龙的性命吗？

"杀！"祝熔挑飞了一个敌方将领，手里的长枪一指，一马当先朝前面冲去，"杀，跟我杀出去！"

由两万先锋军组成的尖刀阵紧随其后，将那些企图冲上来拦截的大周将士消灭了。

祝熔是赢千度亲自选的先锋官，他身材干瘦，但是力大无穷，悍不畏死。

此时，他手提长枪，一路前行，在身边两百亲兵的簇拥下，将眼前所见的敌人一个个地挑飞。

暮光在望，镇龙渊出口就在前方。

"杀！"祝熔嘶吼。

"杀！"数万人响应，挥刀斩杀。

"杀！"赢千度将手里的鬼脸面具戴在脸上，脑袋上白羽飞扬。

她一声冷喝，脚下的孔雀俯冲而下，朝那些对孔雀军紧咬不放的武厉军冲了过去。

"杀！"三千鬼舞军紧随其后。

在祝熔突围而出之时，大周将军项成龙便知道伏击失败，坚守下去只会平添伤亡，便立即号令手下鸣金收兵，静候来日再战。

大武国的武厉军不知前方情况，见到母强率兵撤退，还以为对方战事吃紧，于是他们想要赶上去攻击母强率领的军队。

"杀了他们，别放他们跑了！"武厉军统帅蔡重器大吼一声，挥舞着手里的七星锤朝前猛冲。

他手里的七星锤脱手而出，即将砸上他纠缠不放的将领母强时，天空中传来一声孔雀的嘶鸣。

砰——

七星锤遇到阻挡，反弹回来，朝蔡重器的头顶飞来。

蔡重器脑袋一偏，一把将那即将与自己擦肩而过的七星锤拽了回来。

七星锤朝天空中那只巨大的彩鸟轰了过去，那只彩鸟又冲天而起，蔡重器咧嘴大笑，正准备跃起直追，却发现自己已经飞到了高空中。

"奇怪，自己还没来得及跃马……"

然后，他看到了一具无头尸体正跨坐在马上向前狂奔。

嗯，身材有点儿眼熟。

嗯，盔甲也有点儿眼熟。

哦，那面用千年贝打磨而成的护心镜也很眼熟。

对了，那是自己的身体……

当他感受到无边的痛感时，那颗人头已经在急速坠落。

武厉军统帅蔡重器战死，武厉军溃败而逃。

"快跑，将军死了！"

"不要杀我，不要杀我……"

"我投降，我愿意向你们投降。"

……

有人跑，有人降，更多的人被杀。

赢千度击杀了蔡重器之后，便骑着孔雀停留在半空督阵，而鬼舞军团将士正骑着孔雀四处追杀武厉逃兵。

"公主！"一只彩鸟疾飞而来，一个身穿彩衣、头戴鬼脸面具的鬼舞骑士朝赢千度大声喊道，"祝熔将军突围成功，但在百丈原上再次遇袭！"

"什么？！"赢千度大惊，急忙问道，"是何人领军？有多少人马？"

战况惨烈，这名鬼舞骑士出声说了一句什么，赢千度没有听清楚，问道："你说什么？"

鬼舞骑士已经靠近赢千度，对着赢千度鞠躬行礼，低声说道："敌方将领张尽忠。"

"什么？"赢千度表情微僵，突然感觉到有一股危险的气息正在靠近。

她盯着赶过来的鬼舞骑士，出声喝道："你是何人？"

"小人何隆。"

何隆正是鬼舞军团的传令官之一，因此赢千度和他有过颇多接触，听声音正是此人不假。

赢千度稍微放下心来，问道："你说何人率军伏击？"

"我说……"那名鬼舞骑士抬起头来，瞳孔已经变成了红色的。

赢千度和他的眼神乍一接触，便知道情况不妙，她想要出手反击，却发现自己的心神被摄，身体根本就动弹不得。

那名鬼舞骑士突然跃起，迅捷无比地朝赢千度扑了过去。

不，不是何隆朝赢千度扑了过去，而是从何隆的身体里闪出的一团黑色的雾朝赢千度扑了过去。

真正的何隆仍然端坐在孔雀之上，表情呆滞，仿若痴儿。

轰——

瞬间，黑色的雾团将赢千度的身体笼罩住，赢千度拼命挣扎，想要驱散那团黑雾，脸上露出痛苦难耐的表情。

很快，黑雾消失了，赢千度的挣扎也停止了。

沉静！

死一般的沉静！

当她再次睁开眼睛的时候，双瞳已经变成了红色。

红得像血！

第395章
恶龙公主

"这是我母亲。"李牧羊指着公孙瑜说道。

"拜见主母。"

秦翰和文弱弱立即跪伏下去，行的是家仆大礼。只有仆人见到自己的新主人时才会如此行礼。

公孙瑜赶紧弯腰想将两人搀扶起来，并笑着说道："既然来了，以后就是一家人了。"

"谢谢主母。"

秦翰和文弱弱赶紧起身，不敢真的让公孙瑜来扶。

李牧羊又指着罗琦，说道："这也是我母亲。"

秦翰和文弱弱表情微愣，再一次跪伏下去，齐声说道："拜见主母。"

罗琦一手拉着秦翰，一手拉着文弱弱，说道："跪不得，跪不得。都是一家人，跪什么啊，我还要感谢你们对我们家牧羊的照顾呢。牧羊这孩子打小就性子腼腆，嘴拙不会说话，你们要多多担待。"

"主母可千万别这么说，我们没能照顾好公子，倒是公子对我们有活命之恩。"

"不要谈什么恩情，朋友不就是你帮我、我帮你吗？牧羊的朋友不多，以后你们好好处就行了。"

"是，主母。我们……"

秦翰人比较憨，不知道应当如何接罗琦的话，心想：公子哪里腼腆了？哪里不会说话了？昆仑墟上，牧羊公子舌战群雄，也丝毫不落下风。再说，他假扮燕相马将自己师兄弟几人耍得团团转，又哪里显得嘴拙不会说话了？

文弱弱很喜欢罗琦，觉得罗琦就像自己的母亲一般慈爱可亲。她笑着说道：

“主母，我们一定会好好侍候公子，好好侍候您，让您每天都开开心心的。对了，我还会做菜。以后弱弱每天给主母做好吃的。”

听到文弱弱的话，站在旁边的晴儿以及听雨、洗雪几个婢女满脸不乐意。

自从主母将她们赐给牧羊少爷后，少爷就一直在外面奔波不休，她们好不容易把少爷给盼回来了，少爷又拒绝她们的服侍，只让她们好好服侍他的父母双亲。

现在，又跑来一个女人说要服侍少爷，把她们几个往哪里搁？

李牧羊摆了摆手，说道：“我有手有脚的，用不着你们侍候。你们照顾好我母亲就好了。”

“果然……”

晴儿几人对视一眼，心想：不仅她们没有机会服侍少爷，其他人同样也没有机会。少爷还真是一视同仁啊。

她们心里既失落，又窃喜。

秦翰和文弱弱看向李牧羊，等着他接着介绍下去。

“怎么？”李牧羊看着他们期待的模样，出声问道。

“没有了？”

“什么没有了？”李牧羊问。

“主母，还有其他主母吗？”

“……”

“没有了？没有就算了。”秦翰一副诚挚的模样，说道，“我们也要向家主行礼。”

“我父亲他们在后山盖房子，现在的房子还不够用，还需要继续伐木建房。但陆氏家仆中有一些手艺不错的工匠，建所房子也是小事一桩。既然你们来了，也要给你们建一个院子。”

“公子，我们不需要院子，给我们一间屋子足以安身就行了。我们还要跟在公子身边照顾公子呢。”

“那可不行。既然来了，肯定是要有院子的，包括晴儿她们也都有一个小院。每个人都应该有自己的隐私，大家全住在一起算什么事儿？再说，这里天高海阔，别的没有，土地有的是，只要大家不怕辛苦，多砍几棵树、多搬些山石就行。现在你们成亲了，以后定然会有孩子，更要住得宽敞一些。"

"公子是要长期在此居住？"

"怎么，你们不愿意？"

"愿意，我们非常愿意。"文弱弱开心地说道，"公子不知道，这些年我们一直在外面漂泊，居无定所，连热乎饭都没吃过几顿，早就倦了。现在公子定居江南，我们就跟着公子定居江南。公子去哪里，我们便跟随着去哪里。"

"对，对。公子和弱弱去哪里，我就跟着去哪里。"秦翰连连点头。

"所以，既然要留下来定居，那就要住得舒服。"李牧羊拍拍秦翰的肩膀，笑着说道，"以前我父亲他们管理着一城一行省，现在只能管理一处院落，心里肯定会有些失落，且给他们多找些活计吧。"

"谢谢公子。我们夫妻俩听从公子的安排。"秦翰点头说道。

李牧羊又向公孙瑜和罗琦说起秦翰、文弱弱刚刚成亲的事情，罗琦说道："这是大事，一生一次，岂能如此儿戏？这样，既然来了，咱们就补办一下，一些必要的礼节和程序是不能省却的。"

公孙瑜也出声附和，饶有深意地看了李牧羊一眼，说道："就当先练练手。"

嗖！

赢千度突然睁开眼睛，瞳孔如血。

很快，那团艳红逐渐缩小，一点点地消失不见了。

红瞳恢复成黑瞳，可是脸上的冷漠没有被融化。

她扫视着四周，发现自己正躺在一间陌生的屋子里，红纱铜镜，香气缭绕，一看就是女子闺房的配置。

这是何地？

"殿下，您醒了？"旁边服侍的亲卫急忙问道。

行军路途不能携带丫鬟服侍，好在鬼舞军团里有女战士，这些女战士原本就是为公主培养的近卫亲兵。当公主受伤或者需要休息时，她们就能够在身边照顾守护。

"这是何地？"赢千度问出心中的疑惑。

"洛城，这里是洛城。"亲卫答道。

"洛城。"赢千度咀嚼着这个名字，问道，"洛城攻下了？"

"攻下了。"

亲卫一脸疑惑地看着公主，心想：奇怪，这不是公主亲手夺取的城池吗？怎么公主自己反而忘记了？

赢千度又问道："我睡了多久？"

"三天三夜。"

"什么?！"

"殿下已经睡了三天三夜。"亲卫回答，"洛城城破之后，殿下就说身体疲惫，睡下了。现在洛城已经破了三日，公主也睡了三日。"

赢千度沉思片刻，只觉得大脑昏昏沉沉的，好像发生了什么特别的事情，却什么都记不起来。

"外面状况如何？"

"因为殿下沉睡不醒，所以大军在洛城驻营，据城而守。"亲卫答道。

"险些误了大事。"赢千度想从床上爬起来，却发现全身软绵绵的，连站直身体都是一件艰难的事情。

亲卫赶紧上前扶住赢千度，急忙劝道："若殿下觉得不适，不如再休息一下。外面有毋强将军他们，想必也不会出什么事故。"

"三路大军同时进发，势如破竹。倘若我们这一路耽搁不前，其他两路就压力大增。"赢千度拒绝了亲卫的提议，说道，"我去和他们商议下一步的行军事宜。"

"可是殿下的身体，我怕扛不住。"

赢千度仔细感受了一番，发现一股股暖流正在她的身体里流淌，就像有人抽走了她体内的所有真气，再一点一点地返还给她。

"我没事了。"嬴千度自己站直了身体，说道，"让各位将军到大厅议事。"

"是。"

亲卫无奈，只得将公主殿下的命令传达下去。

当嬴千度赶到洛城城主府的时候，母强、祝熔、鬼舞军团团长嬴山河已经等候多时。

"殿下。"见嬴千度到来，众人立即起身恭迎。

"诸位辛苦了。"嬴千度对众人摆了摆手，说道，"坐下说话吧。"

众人不坐。

毕竟嬴千度不是普通的统帅，而是孔雀王朝的公主，未来的女皇。在她面前，他们哪里有坐的资格？

就像他们在面对孔雀王的时候，孔雀王赐他们座，他们也是不敢有丝毫懈怠轻慢的。

嬴千度明白他们的心思，也不愿意在这个事情上耽搁时间，便说道："因为我的身体，攻势暂停，大军未前行，我向诸位道歉。"

"殿下切莫如此。"

"殿下保重身体要紧。"

"殿下若觉得身体不适，不妨再休息几日。"

"我的身体很好，可能是这段时间连续作战导致身体疲惫，一觉就睡了三天三夜。"说起这件事情，嬴千度也有些不好意思。

她想不明白，为何会出现这样的事情。

要知道，修行更苦，像她这样长年累月修行破境的人是不应当在这样的情况下昏睡不醒的。

难道她即将再次破境？这是破境的先兆？

"现在，我的身体已无碍。我们商议一下下一步的行军计划。"

"按照之前制订的计划，下一步应当攻盐城。只是，洛城是大周大城，我们辛苦占了洛城，自然要派兵镇守。倘若人留多了，会分散我们的战力。倘若人留少了，不说能不能守住洛城，就是洛城里的降军都是一个巨大的隐患。"

"降军？"嬴千度脸色冷峻，说道，"杀了便是。"

杀了便是？

听到嬴千度的回答，在场诸将面面相觑。

这就是殿下的处理方式？

难道他们当真要谨遵旨意，将那些降军都杀了？

母强将军老成持重，也是孔雀王嬴伯言特意安排在女儿身边辅佐的老将，看到其他人彼此对视之后，一起将视线投到他的脸上，他便知道自己不得不站出来说句话了。

"殿下……当真要将那些降军全杀了吗？"

"母强将军觉得有什么不妥？"

"军令如山，公主殿下是一军统帅，自然言出令行。只是，老将觉得……觉得降军的人数有些多，杀之恐怕不太合适。"

"哦？有多少降军？"

"当时是公主殿下亲自率鬼舞军团从上空强行破城门的，所以洛城之内大多数士兵没有抵抗，死伤极少。洛城是大周重镇，城内有驻军六万，若将这六万人全杀了，怕是会引起洛城百姓的激烈反抗，对我们后期守城不利。"

"六万啊……"

嬴千度想了想，也觉得自己下达的命令有些荒谬。

若将这六万人全部杀了，怕是自己将落得一个"屠夫公主"的称号吧？到时候其他诸国群情激愤，定然会誓死反抗孔雀王朝的征服。

就算在孔雀王朝，怕是百姓也不愿意自己做出这种丧心病狂的事情。

可是，为何自己会说出那样的处理方式呢？

自己毫不犹豫，张嘴便说出了心中仿佛等待已久的答案。

难道自己骨子里……如此嗜血？

不仅嬴千度自己疑惑，在场所有人看向她的眼神里都带着探索和疑惑。

千度公主大度仁和、睿智善良之美名早已传遍神州，特别是孔雀王朝的百姓，当真是爱极了自己国家的这位公主，也深以为傲，向其他国家的商旅友人提起时，都是用"我们家公主"这样的称呼。

就连百姓的一桩冤案错案，千度公主都要亲自查明真相还人公道；几个伤残老兵，她都要辛辛苦苦地从战场带回，让他们与家人团聚。现在她却张口要屠杀六万名战俘？

这种事情若传了出去，怕是无数人要睡不着觉了吧？

这可是孔雀王朝的公主，未来的孔雀王朝的女皇，还有可能是整个神州唯一一个帝王。

她若有如此心性，那么，之前种种皆是伪装。那谁愿意在这样的人手下做事啊？

所以，他们不得不慎重对待。

"各位将军有何建议？"嬴千度看着母强等人，将问题抛给了他们。

"杀之不妥，对帝国和殿下的声名有损。但是，倘若简单囚禁，又不利于我们看守。降兵六万，再加上洛城百万之多的百姓，一旦哗变，怕是会反客为主，夺回洛城的控制权。"母强眉头紧皱，说道，"原本我想留三万将士接管洛城，但是这样的话，怕是三万将士就远远不够了。"

"留守将士太多对我们接下来的行动不利，倘若这样处处分兵，怕是还没打到大周都城，我们手上的兵就所剩无几了。"

"不如听殿下的，把他们都杀了。好不容易打下来的洛城，总不能被他们重新夺回去。"

"若屠了洛城的六万降军，怕是以后我们破城要投入数倍甚至数十倍的将士。敌国将士都会想，既然投降也是死路一条，不如拼命反抗，还有一线生机。"

……

观点不一，众将讨论来讨论去，也没有一个令各方满意的答案。

很快，众人的视线再次聚集在了嬴千度身上，等着她决断。

嬴千度沉吟片刻，说道："既不能杀，又不能放，那就饿着吧。"

"饿着？"

“是的，每天只给一碗稀汤。”嬴千度坚定地说道。

“殿下，俘虏倘若每日只喝一碗稀汤，怕是……损伤惨重。”母强于心不忍，出声劝道。

嬴千度看了母强一眼，坚定地说道：“战争，原本就是一件残忍的事情。”

“是，公主。”

“由汤浩鹰率领三万火器军镇守洛城，其他诸军明日开拔。还有什么问题吗？”

“遵命。”众将拱手答应。

走出城主府，母强仰头看天，脸色凝重。

祝熔走到母强身边，小声说道：“母将军心有所忧？”

“寒冬腊月，每日一碗稀汤，怕是这六万劲卒要损耗一半。这不是坑杀，却比坑杀还要残忍。殿下此举，怕是会引起大乱啊。”母强忧心忡忡地说道，“殿下非寻常人，若别人行此恶令，我们也就不说什么了。可殿下是将来……将来继承天下大统的人。这个时候行此恶令，怕是对殿下声名有损。”

“是啊。”祝熔点头说道，“诸将苦劝，殿下不允，说明她心意已决。殿下的性子我们还不够了解吗？她决定了的事情，谁能更改？就连君上也很难将她说服。”

“总觉得殿下……一觉醒来就像变了一个人。”

“啊，母强将军也有此感觉？刚才我还觉得奇怪，见到殿下时总有一种陌生感，可是，又不知道问题到底出在哪里。要是搁以前，就算我们当中有人提出这样的法子，怕是也不会被殿下采纳。这次她不仅主动说出要将这六万降军杀掉的话，还特意将‘鹰王将军’汤浩鹰留下来镇守洛城，好像怕其他将领不遵旨意，有心违背似的。公主殿下几时怀疑过咱们的忠心？”

“倒不是怀疑咱们的忠心。”母强劝慰道，“不过，我终究还是觉得此事不妥。洛城偏北，现在正值酷寒时节，这几日滴水成冰，若再来一场大雪，怕是那六万人都撑不住。我得再去和殿下说道说道，请殿下慎重考虑。”

祝熔一把拉住母强，说道：“母强将军，你这时过去，怕是只会火上浇油。

你想啊，君上为何要将你派到殿下身边，而且给你督军之权？就是因为君上觉得殿下年轻，怕她处事不够老练。殿下做出的决定，如果被你当众否定，以后别人会怎么看待殿下？殿下又怎么看待将军？"

"祝将军的意思是……？"

"不如先按照殿下的意思行事，这样也保了殿下的颜面和权威。"祝熔说道，"然后，我们梦蝶传音给君上，由君上来对此事做出纠正。到时候殿下正忙于战场上的事，自然无暇顾及洛城这边。而君上直接对汤浩鹰发布命令，难道汤将军敢抗命不遵？"

母强深深地看了祝熔一眼，笑着说道："此计甚妥，那就按照祝将军的计划行事。"

"我们也都是为殿下着想。帝国此番大举用兵，君上御驾亲征，为的是什么？为的就是有朝一日殿下能够君临天下。那个时候，殿下是神州共主，怎么能够为这种恶名所累？"

"祝将军年轻有为，以后定然是我帝国的擎天之柱。"

"还要倚仗大将军多多栽培。"祝熔对着母强深深鞠躬。

盐城，司马坡。

孔雀大军从黄土坡上直冲而下，如狼似虎地扑向了大周军。

"杀光他们！"赢千度立在孔雀之上，沉声喝道。

"殿下，他们即将投降……"

"一个不留！"

泰城，一线天。

赢千度一马当先，挥动手里的长剑斩掉一个敌将的首级，喝道："杀！"

三千鬼舞军紧随其后，手里的斩马刀挥斩而出。

历州，大河沿线。

孔雀大军追杀溃不成军的大周国士兵，那些绝望的士兵鬼哭狼嚎般扑向了滚滚大河，扑向了另外一条必死之路。

中州，中军大帐。

孔雀王嬴伯言脸色严峻，看着桌子上的一张地图久久沉默不语。

国师嬴无欲站立在身侧，出声劝慰："伯言不必忧心，千度这孩子是我们看着长大的，她如此行事，定然有其用意。将在外，君令有所不受。既然你任命她为一军统帅，那就应当给予她足够的信任。"

"二叔当真觉得，我应当给予她足够的信任？"嬴伯言侧身看着嬴无欲，说道，"难道二叔没有察觉到她和以前有些不同？"

"是和往日有些不同，或许，这也是因为身份的转变——以前的她是一位清闲显贵的公主，现在的她可是身负重任的一军统帅。"

"二叔，千度是我的女儿，知女莫若父。人会因为外力而发生一些变化，但是心性不会变化那么大。她在洛城用'一日一汤法'饿死了数千降军，她在盐城、泰城、历州等地大开杀戒，几乎不留俘虏。母强、祝熔等将军连连传信，希望我亲自出面规劝公主。他们为什么央求我出面？那是因为他们自己出面根本就难以劝止。千度以前可是不听人言的骄纵狂妄之人？"

"自然不是。"

"我让她主持一路大军，是要树其名望，立其威严，而不是让她如此嚣张跋扈，以致恶名远扬。你知道现在外面如何说她吗？说她被李牧羊那条恶龙所惑，变成了喜食人心人肝的'恶龙公主'，被她所杀的那些将士，心啊肝啊的都被'恶龙公主'挖去吃掉了。"

"这是敌国的诡计。"

"我自然知道这是诡计，但是，神州百姓知道吗？若如此任人传播，她以后还如何……如何接掌大位，成为天下共主？"

"伯言，休要动怒。"

"二叔，我要坐镇中军，没办法亲自去东路军的阵前见她。现在，只有你去见她合适，因为你说话她会听，其他人过去，怕是也难以劝止。伯言想请求二叔跑一趟历州。"

"我若去了，外面那些欲刺杀你的星空强者就找到了空隙。虽然你身边的护卫力量足够强大，但是我仍然不能安心。你要知道，你若有失，这三路大军就会自动崩溃。"

"那怎么办？我只有这一个女儿，对她期望甚高，我不能眼睁睁地看着她毁了自己。"

赢无欲稍微沉吟，说道："我心中倒有一个合适的人选……"

第396章
动摇军心

　　秦翰和文弱弱的婚礼不隆重却很热闹。因为他们都无父无母，所以罗琦收了秦翰做义子，公孙瑜收了文弱弱做义女，然后由两家的主母出面来操办婚事，应对一切烦琐程序。

　　这样一来，秦翰和文弱弱就名正言顺地拜父母高堂。磕头的时候，两人都情绪激动，失声痛哭，不知道是感怀自己早逝的爹娘，还是因为又有了新的爹娘，在人生最重要的日子体会到了那许久未有的温暖。

　　而且秦翰和李牧羊也有了一层兄弟关系，这样大家就算亲上加亲。

　　所有的仆人都是他们的亲人，一起来见证他们的幸福。大家团聚在一起，热热闹闹地摆了好几大桌。

　　连宋晨曦也高兴得不行，嚷嚷着要罗琦、公孙瑜收她为义女。

　　罗琦和公孙瑜原本就喜欢极了这个灵动乖巧的姑娘，只是碍于她的身份以及陆、宋两家的仇怨，她俩都不敢有什么想法。

　　现在听宋晨曦主动提起，两人自然是千百个愿意。宋晨曦奉了香茶，罗琦和公孙瑜每人给了她一个镯子，她便成了两家的义女。

　　现在的宋晨曦身体很健康，生活得也很快乐，偶尔眉头紧皱也是因为担心四处逃亡的亲人。

　　她知道李牧羊暗地里为她做了很多事情，由衷地感激他，自然万分欢喜。

　　只是，他们终究只是一对很聊得来的知己。

　　在李牧羊陪着她在落日湖边散步，或者两人共同完成一幅《落日湖景图》的时候，她心中难免会生出这样的想法：若能够一辈子这般该多好。

　　可惜，终究只是想想而已。

　　宋晨曦知道，李牧羊的心里已经有了爱人，是那个此时正率领大军攻城夺地的高贵女子。

自己一个破家之人，连性命都是他给的，还有什么资格奢望更多？

李牧羊很满意现在的生活状态，一家人开开心心地生活在一起，还有比这更幸福的事情吗？

只是，他还是很想念远在龙湖山上的妹妹。

紫阳真人把李思念带去了道门圣地龙湖山。据说李思念现在正在修行悟道，一时半会儿还没办法回来。

李牧羊也很想念那个正率领大军攻城夺地的女子，想念他们在星空学院经历的种种，想念白马平原上的万里营救，想念风城城墙下那生涩微凉的亲吻……

"她现在怎么样了？她在为帝国而战，也在为我而战。希望她无病无灾，不要受到任何伤害……"

"在想什么呢？"宋晨曦突然从大树后面跳出来，出声问道。

李牧羊靠在大树树干上，看着脸色红润的宋晨曦，说道："外面天凉，你怎么出来了？"

"你不也出来了？"

"我的身体好。"

"我的身体也很好，又不像以前，走两步就气喘吁吁的。你不是也说过吗？我现在就要多多运动。"

"我是怕河边的寒气重，让你受了凉。算了，来了就来了吧。"李牧羊笑着说道。

"在想什么呢？连我的脚步声都没有听到，我躲在大树后面那么久，你都没有察觉。"

"我早就发现了，只是不想揭穿你。"

"哼，骗人。"宋晨曦皱起鼻子，说道。

李牧羊眯着眼睛笑了起来，他确实是骗了宋晨曦的，刚才他正好想起和千度在一起时的种种，确实没有听到宋晨曦的脚步声。

而且，自从回到江南之后，他便不再像以前那般神经紧绷，终日提心吊胆，又有数道禁制守护，他的警惕心都减少了许多。

"是不是在想千度姐姐？"宋晨曦审视着李牧羊的脸，问道。

李牧羊一脸惊讶，瞪大眼睛问道："你怎么知道？"

"果然是想念千度姐姐，被我猜中了。"宋晨曦高兴得手舞足蹈。

"……"

"男人只有想起自己的爱人时才会露出羞涩又幸福的微笑。刚才你的脸上就是这样的笑容，所以我一猜就中了。"宋晨曦一脸得意地说道。

"算你厉害。"

"既然你想她了，为什么不去看看呢？"

"我怎么去看她？"李牧羊笑，"以我现在这样的身份，我若出现在她的身边，怕是她身边的人都要吓坏了吧？"

"其实……龙族也没有那么可怕啊。我就觉得你挺可爱的。"宋晨曦努力地替李牧羊辩解着。

"可是外界不会那么认为。"李牧羊摇头，"若我出现在她身边，站在她那一方，怕是会给她招惹来无数强大的敌人。那些想要屠龙的人定会不择手段来杀我，就连她也要跟着承受那些不必要的危险。"

"那些人真可恶，你又没做错什么事情，他们为什么要杀你啊？"

"因为……我是一条龙啊。"

"可你也是人啊。"

"杀一个人不能让他们名留史册，但是屠一条龙可以。所以，他们更愿意相信我是一条龙，他们也坚定不移地认为我是一条龙。"

"坏人，"宋晨曦生气地用脚踢着地上的野草，说道，"都是坏人。"

"是啊，外面太多坏人，所以，我们就好好地在这里生活吧，什么也不想，什么也不做。混吃等死，星空牧羊，多幸福。"

"那你永远不和她相见吗？"

"永远……"李牧羊沉吟片刻，说道，"如果这样对她好，我愿意。"

"你对她真好，千度姐姐好幸福。"宋晨曦一脸羡慕地说道。

"就怕我忍不住。"李牧羊有些无奈地说道，"毕竟，喜欢一个人，就总是想着时时刻刻和她在一起。对不对？"

正在这时，李牧羊感觉到了落日湖外围禁制遭到碰撞的声音。

李牧羊腾空而起，看到一只彩色的蝴蝶正朝这边飞来，只是前行的过程中遇到了禁制，蝴蝶一次次地冲锋，又一次次被那禁制之力反弹回去。

"何人传信于我？"

李牧羊抬手一挥，重重禁制自动打开。彩色蝴蝶翩翩起舞，迅捷地朝李牧羊的耳朵边飞来。

彩蝶传音完毕后，便化作一缕轻烟消失不见了。

李牧羊听完，面露凝重之色。

"怎么了？发生了什么事情？"宋晨曦看到落在地面上的李牧羊脸色阴沉，问道。

"孔雀王传音于我，说千度性情大变，他担心她那边有事，想要请我过去看看。"李牧羊沉声说道。

"性情大变？千度姐姐的名声极好，是神州九国最受人尊重仰慕的公主，怎么会性情大变呢？"

"我也不清楚。"李牧羊摇头说道，"我们隐居江南，从不外出，又将此地布了重重禁制，任何消息都难以传递进来，因此对神州九国的战况并不清楚，更不知道千度那边发生了什么事情。"

"那你打算怎么办？"宋晨曦问道，"你不是说你不能出现在她身边，否则会给她招惹来无数强大的敌人吗？"

"我是这么说过，但是，她现在遇到了危险，我必须赶过去才行。"李牧羊坚定地说道。

"嗯，是应该过去看看。"宋晨曦点头说道，"她现在应该也是最需要你的时候。"

"走吧，我们回去。"

"嗯？"

"回去向父母辞行。"李牧羊说道，"孔雀王亲自发来求援信息，证明事情非同寻常。如果我去晚了，千度有个什么三长两短的，那个时候就后悔莫及了。"

"好。"宋晨曦心头微酸，脸上却绽放出比花还要娇艳的笑容，说道，"对啊，一定要腾云驾雾般出现在她面前。"

李牧羊快步走在前面。

宋晨曦站在原地，看着李牧羊的背影，嘴里喃喃说道："毕竟，喜欢一个人，就总是想着时时刻刻和他在一起——原来这就是喜欢啊。"

历州，将军府。

"还请殿下慎重考虑，善待俘虏吧。"

"倘若再次出现如洛城、盐城那般的战俘大量死亡事件，恐怕于殿下声名有损。"

"是啊，公主殿下，现在外界出现了各种不利传言。当然，那是敌军的蛊惑人心之计，我们可以不用放在心上。可是，万一大周百姓相信了呢？"

……

议事大厅内，刚刚攻克下这座城池的将领们正在苦劝哀求。

嬴千度扫视全场，冷声说道："要这些降卒有何用处？不如一日一粥，既可节省我方粮食，又能消耗他们的战力，就算历州城再被大周夺走，那些降兵降将也在短时间内无再战之力。一举两得，有何不可？"

"公主殿下所言甚是。没有杀掉那些降兵降将已经是对他们仁慈，难道他们还不感念公主殿下的恩德？一日一粥能够给予他们最基本的生存保障，难道还要把他们喂得饱饱的，等他们恢复体力再次抄起刀剑来砍杀我们？那样的话，我们孔雀王朝的儿郎们不是白白战死了？"公孙乙将军怒声喝道。

他是千度公主的铁杆拥护者，拥护千度公主下的所有旨意，包括一日一粥囚禁俘虏。

公孙乙继续说道："给降军一日一粥，既节约了我方粮草，又可消耗那些降军的战力，最重要的是，无须每一座城市都留下那么多人把守。倘若不这样的话，等到公主殿下带领我们攻到大周国国都狮城的时候，殿下麾下还有多少可用之兵、可战之将？"

"公孙将军此言不妥。倘若我们走一路杀一路，以后还如何攻破城池？还如何让人开门献城？大周所有将士皆知投降必死，便只有死战一途。存了必死之心的将士是最可怕的，我们要丢下多少帝国儿郎的性命才能把城池拿下？"母强忍不住出声反驳。他是最激烈地反对千度公主杀俘虐俘的将领。

现在，嬴千度这一路大军的将领分成了两派。

一派以公孙乙为首，主张以苛刻手段对待战俘，以节省己方粮草，削弱敌方战俘的战力。

另外一派以母强、祝熔为首，主张善待战俘，拉拢敌方的军心民心，以缓解后面战局的压力。

现在双方争执不下，只能等待嬴千度做决定。

谁让她是孔雀王朝的公主呢？

"母将军，何来走一路杀一路？难道我们孔雀军是杀人不眨眼的恶魔不成？我们不仅没有杀那些降军，还为他们提供了必要的食物。"

"必要的食物？现在正值天寒地冻时节，洛城、盐城等地连降大雪，可降军每日只有一碗稀粥，这不是杀人是什么？洛城饿死冻死多少人？盐城等地又饿死冻死多少人？"

"每年都有百姓饿死冻死，难道也要怪罪到我孔雀军的头上来？我们出来是争夺天下的，不是做慈善施粥施饭的。"

"如果失去了军心民心，就算夺了天下又如何？"

"放肆！"嬴千度怒喝，眼里的红光一闪而逝，"母强将军可知自己在说些什么？"

扑通！

母强跪倒在地，沉声说道："殿下，请三思啊！"

扑通！

祝熔也跟着跪下，低头说道："殿下，请三思！"

扑通！

地上跪了一长排将领。

当然，更多的人没有跪下来，而是居高临下地站在另一侧，冷冷地打量着这些同袍。

有人的地方就有江湖，有权的地方就有争斗，军伍之中也不例外。

和母强将军相比，显然，千度公主这棵大树更能够诱惑人心。

谁不知道，倘若此番孔雀王朝得胜，面前这位年轻的女子就是神州女王，谁敢在这个时候违逆她啊？

听到众人的争吵，赢千度只觉得热血上涌，心烦气躁。

"如何处置降俘，暂时搁议。"

赢千度说完，转身便朝外面走去。

"殿下……"

呼——

赢千度站在小院里，对着阴沉的天空吐出腹中的浊气，心情仍然没有丝毫好转。

"母强此人倚老卖老，实在可恨。"

赢千度觉得，母强这个人倚仗着资历老，又有父皇给予的督军大权，完全不把自己这个公主放在眼里，处处和自己对着干，现在甚至在军队之中搞分裂，拉着一群高级将领和自己分庭抗礼。

他到底想要做什么？

他眼里还有没有自己这个公主？

"此人必杀之。"赢千度恶狠狠地说道。

"在嘀咕什么呢？"一个清朗的声音传了过来。

"谁？"赢千度猛地转身，喝道。

在她身后，站着一个白衣男子。

男子身材修长，面如冠玉，目如星辰，笑如百花，一副绝世翩翩美男子的形象，完全不似尘世中人。

"李牧羊，你怎么来了？"嬴千度一脸惊喜，瞪大眼睛看着李牧羊问道。不知道怎么回事儿，她隐隐有些担心，却又不知道自己担心些什么。

"我不能来吗？"李牧羊笑着问道。

"当然能啊。"嬴千度笑着迎了上去，伸手握住李牧羊的大手，柔声问道，"怎么没有和我说一声？"

"就是要来给你一个惊喜。"李牧羊笑着说道。

他伸手握住嬴千度的手，触感冰凉，又认真审视着嬴千度的眉眼，说道："怎么感觉像给了你一个惊吓？你不愿意看到我来？"

"怎么会呢？"嬴千度避开李牧羊的眼神，笑着说道，"我很期待啊。之前也想着要见见你，真是好久都没有见到了呢，但是最近实在太忙了，所以就一直耽搁了。"

"我知道你想见我，所以我就主动赶过来让你一解相思之情。"李牧羊笑呵呵地说道。

嬴千度抬起头来打量着李牧羊，有些诧异地说道："李牧羊，我发现你变了。"

"你可千万别这么说。"李牧羊露出紧张的模样，说道，"男人最怕女人说'你变了'这三个字。"

"李牧羊！"嬴千度横了李牧羊一眼，嗔道，"我是说，你变得和以前不一样了。以前的你总是心事重重的，好像承受着巨大的压力。虽然你什么都不说，但是我能够感觉到你内心很疲惫。现在的你完全放松下来，整个人就像沐浴在阳光下，暖洋洋的，又充满了活力。看到这样的你，真是让人开心呢。"

"你也变了。"李牧羊含情脉脉地看着嬴千度，说道。

"我也变了吗？"嬴千度抿着嘴笑，问道，"我哪里变了呀？"

"你变得任性骄纵，冷酷无情。"李牧羊脸上的笑容逐渐敛去，说道。

"什么？"嬴千度脸上的笑容也消失了，眼神不善地盯着李牧羊。

她难以相信自己听到的一切。她喜欢的男子，她心心念念的那个男子，竟然如此评价她。

难道在他的心里，她就是如此不堪？

"我在来的路上，听到了很多这样的话，说你任性骄纵，一意孤行，不愿意听从下属的建议；说你冷酷无情，心肠恶毒，杀人无数……都是关于你的不好的话。"李牧羊说道。

赢千度松开了李牧羊的大手，表情严肃，眼神冷厉，问道："你呢？你是怎么想的？我只在意你的态度。"

"王八蛋。"李牧羊说道。

"李牧羊！"赢千度眼睛喷火，瞳孔红光闪烁，人也变得杀气腾腾起来，"你说我是王八蛋？"

她是高高在上的孔雀公主，贵不可言的赢氏后裔。

在孔雀王朝，别人就算只是抬起头来和她对视一眼都是对她的一种亵渎，从小到大，连和她大声说话的人都不曾有过。

没想到的是，有人竟然敢用这样的语气和她说话，骂她是王八蛋。

倘若那个人不是李牧羊，她早就喊人砍掉那个人的脑袋了。

"我说他们是王八蛋。"李牧羊一脸笃定地说道。

他主动上前，重新握住了赢千度的手，说道："他们这么说我的千度公主，是羡慕，是嫉妒，是仇恨。所以，在我眼里，他们都是王八蛋。"

"李牧羊，"赢千度虽然还在生气，但是眉眼间的笑意藏也藏不住，"你怎么变成这样了啊？"

"变成什么样？"

"油嘴滑舌。"

"喜欢就要相见，爱就要成全。我说的，都是我心里想的。既然喜欢，哪能藏着掖着？当然要努力成全自己。"李牧羊笑着说道，"在我眼里，千度公主是完美的，是无可挑剔的。增一分则太长，减一分则太短。着粉则太白，施朱则太赤。我希望她不要有一丝一毫的改变，因为那样我担心自己会配不上她——虽然现在我也有这样的担心。"

"李牧羊啊李牧羊，你不要这样……"赢千度眼神迷醉，身体酥软，感觉身上的盔甲顿时重若万钧，压得她站立不稳。

她喃喃说道："你这样是……动摇军心，你知不知道？"

"所以，我要把我的千度公主找回来。"

李牧羊看向赢千度的眼神满是温柔，也充满了怜惜。

任何人看到这样的眼神，都能轻易被它融化，然后沉溺其中，永远不愿意苏醒过来。

"什么？"

李牧羊握住赢千度的手突然红光大作，就像有一大团火在燃烧，他沉声喝道："所以，你到底是谁？你为何要侵占千度的身体？"

第397章
邪月祭司

刺啦啦——

赢千度只觉得有一团烈火在她的手掌间燃烧，握着李牧羊的手就像握着一大块烧红的石炭。

烫！

滚烫！

"李牧羊……"

赢千度疼痛难忍，更多的是难以置信。

刚刚他还好好地说着情话，转眼间就做出这种疯狂的举动，难道他把自己当成了傻瓜？

"住手……李牧羊，你在做什么？"

"千度，你忍一忍，你的体内有个怪物，我要把他烧出来。"李牧羊并没有松开赢千度的手，担心被她大力挣脱，他甚至使上了龙爪手。

龙爪手是一门龙族绝学，可摧石断金，神鬼难逃。

"李牧羊，你疯了？我的身体里没有怪物。你快放开我，放开我……"

"恶魔，快快出来受死！"李牧羊无视赢千度的呼喊挣扎，还在不停地催动着龙气助燃手里的那团烈火。

龙血易燃，龙火焚天！

焚天龙火！

这是世间最霸道、最猛烈的火。

李牧羊以自己的龙血为引，将其点燃，想要将隐藏在赢千度身体里的那个恶魔焚毁。

焚天龙火不仅可以烧毁人的身体，甚至可以伤及人的灵魂。因此，焚天龙火也被称为"灭魂之火"！

　　"李牧羊……"

　　赢千度感觉自己的手快要被烤熟了，身体也快要爆炸了。她不仅肉体疼痛，连身体里的灵魂仿佛也在跟着战栗。

　　她脸色紫红，全身大汗淋漓，又气又恨，眼泪都要流出来了。

　　这可是李牧羊啊，是她心心念念的人，为何这般对待她？他离开的这些日子到底经历了什么？

　　"李牧羊，你快住手，你到底要干什么？"

　　"千度……"

　　"我的身体里没有恶魔，你的体内才有恶魔，你才是恶魔！"

　　李牧羊表情微僵，眼里闪过一丝哀伤。

　　赢千度失控之下说出来的这些话，如一把利刃刺向他的心口，让他疼痛不已。

　　或许，这比焚天龙火的灼烧还要让人难以接受。

　　原来，她在内心深处也和其他人一般认为自己的体内藏着一个恶魔，或者说，她认为自己本身就是一个恶魔。

　　在她眼里，龙族也是恶魔的一员，是恶魔的同胞。

　　这就是她隐藏的心思？

　　这就是她脑海最深处的真实想法？

　　倘若如此，自己所做的这一切又有什么意义？

　　一个恶魔把她从另外一个恶魔的侵占之中解救出来，正如之前龙族拯救了整个人族，结果呢？龙族又得到了什么？

　　怒江之中的红色浪涛，数万年不散的巨龙咆哮……这是龙族的不甘和委屈，是龙族的血泪和宿命。

　　或许，江南才是自己最终的归宿？

　　为何要出来？

　　为何要出来？

为何接到那样一个无关紧要的信息就慌慌张张地跑出来？自己和那个老家伙又不熟，为何要听他的话，为何要为他做事？

可是，可是……

这个女子是千度啊。

是自己喜欢的千度啊，是和自己同生共死的千度啊！

很快，李牧羊的眼神就变得坚定起来，脸上也露出一副不达目的誓不罢休的模样。

"对，我的体内有恶魔，我就是恶魔。"李牧羊死死地盯着赢千度的眼睛，沉声说道，"所以，我能够感觉到你的存在。出来吧，和你的同类打个照面。躲在一个无辜女人的身体里算什么？出来。"

"李……牧羊……"

赢千度仿若置身火海，灵魂被一把锋利的小刀一片片割裂开来。

她的身体就像一口沸腾的油锅，而李牧羊却握着她的手，还在不停地往下面添火。

肉体和灵魂的双重疼痛让赢千度连一句完整的话都说不出来了，她的脸变成了紫黑色的，眼里的红色出现又消失，消失又出现。

还有一双陌生的眼睛，仿若野兽一般的眼睛在她的瞳孔里出现。

瞳孔之中，那双野兽般的眼睛越来越大，越来越红，然后变成了一个黑色的恶魔。那黑色的恶魔被血水包裹着，若隐若现，狰狞恐怖。

"出来！"李牧羊一边拼命地催动着焚天龙火，一边对着那恶魔嘶吼道，"出来，出来！"

赢千度瞳孔里的红色更浓，恶魔的身影更清晰了。他就躲在赢千度的瞳孔里，肆无忌惮地和李牧羊对视着。

恶魔也痛苦，也在拼命地挣扎。

显然，这焚天龙火是可以伤害到他的。

可是，这带给他的更多的是兴奋。

他在嘶吼，在狂笑，李牧羊能够看到他咧嘴大笑的恶心模样。

他在嘲笑李牧羊。

他那被血水笼罩着的黑色的身体一次次被龙火所迫朝瞳孔外飞去，却一次又一次被他强行拉了回去。

"我不出来，你能奈我何？"

李牧羊甚至能够听到恶魔的心声。

"李……"

赢千度一句话还没有说出来，只觉得眼前一黑，身体便软软地朝前面扑了过去。

李牧羊伸手一拽，一把将她搂在怀里。

赢千度再一次醒来的时候，被明媚的阳光刺到了眼睛，她的睫毛颤了又颤，直到适应了外面的光线，这才重新睁开了眼睛。

不过，她仍然有种畏惧躲避的感觉。

"你醒了？"

一个熟悉的声音在耳边响起。

赢千度不应，只是眼睛圆睁，定定地看着坐在身边的李牧羊。

"你是千度，还是那位不知道怎么称呼的魔族朋友？"李牧羊看着赢千度的眼睛，问道。

他声音轻柔，眼神怜惜，就像面对真正的赢千度那般。

赢千度仍然不应，用那种沉静的、无辜的眼神看着李牧羊。

"看来是那位魔族朋友了。"李牧羊轻轻叹息，"没想到焚天龙火不但没能把你从她的身体里逼出来，反而助你夺取了她的身体。你是这次趁着她昏迷夺取了她的身体，还是之前就已经占据了她的身体，只是为了隐藏自己的行迹所以故意伪装？"

"有区别吗？"赢千度说道。

她声音冰冷，眼神更冰冷，不带一丝一毫的烟火气息。

很难让人相信赢千度竟然有这样的声音和神态。

"自然是有区别的。"李牧羊看着她说道，"倘若你之前就夺取了她的身体，那我心中的歉意就会减弱一些。倘若是我的原因导致你夺舍成功，那我心中的愧疚感就会增加许多。当然，其实区别并不大。不管是以前还是以后，我都不会允许一个恶魔占据她的身体，我都会想尽办法、用尽手段把你赶出来。"

"你做不到。"赢千度的嘴角浮现一丝冷笑，"你试过了，并没有成功。你是龙族？龙火确实很厉害，却没办法将我从她的身体里赶出去。"

"因为我舍不得。"李牧羊一脸无奈，说道，"你占据的这个身体，属于我最喜欢的姑娘。我想要把你从她体内逼迫出来，就需要用焚天龙火来灼烧她。我想要伤害你，就必须先攻击她，然后以她为载体来伤害你。你受多少伤害，她就要承受比你更多的疼痛。我舍不得让她疼，舍不得伤害她，所以我做不到。"

"以前舍不得，以后就舍得了？"

"也舍不得。"李牧羊摇头。

"所以，你做不到。"

"也许吧。"李牧羊看着赢千度，一个完全陌生的赢千度，或者说已经被那恶魔占据了主要意识的赢千度，说道，"我们认识一下吧。我是李牧羊。怎么称呼你？"

"你是人族还是龙族？"

"这个问题，我也很好奇。我觉得自己是人族，但是，我的身体里偏偏有一个龙魂，身上流淌着龙族的血脉。"

"所以，你是龙人？"

"对，我是龙人——小龙人。"李牧羊说道，"我已经介绍了自己。你呢？你是谁？据我所知，深渊族在第一次入侵神州失败之后就撤回结界了。难道还有族人留了下来？"

"兆亿深渊族大军入侵……"

"别吹牛。"

"……"

"兆亿没有，不过，百万之数应该还是有的。深渊族繁殖能力强，第一次入侵神州时，从阴阳界拥进来的三眼恶魔确实不计其数。不过，深渊之主受重伤之后，深渊族便溃败逃亡，人龙两族一路追杀，直至将深渊族重新封印在界石之后。你是当年残留下来的深渊族一员？"

"果然有龙的意识，竟然对数万年前那场战事了如指掌。不过，人族将深渊族的入侵之战称为'屠龙之战'，不知你们龙族作何感想？"赢千度脸上的笑容越发灿烂，说道，"龙族被人族利用过一次，难道还要被人族利用第二次？"

"这问题我答不出来。"李牧羊表情无奈，说道。

这种问题，还真让人尴尬啊。

正如那个恶魔所说，深渊族第一次入侵的时候，龙族拯救了人族，结果却被人族背叛，全族被屠杀殆尽，唯一留下性命的那条黑龙还不小心将龙魂寄托在了一个人族少年的身体里。

要命的是，那个人族少年对人族的感情极深，他不思进取，不图报复，龙族血仇几乎要被尘土掩埋，在岁月中流走。

等到最后一条龙——不，最后一个小龙人死亡之后，怕是世间再无龙族，后人再也不相信有龙，只当那些悠久的故事是一个个神话传说而已。

而且，龙族还是人族神话之中的反派，是那些享誉神州的星空英雄的刀下鬼怪、扬名的登天石阶。

若别人和李牧羊说起这种话，李牧羊一句"关你什么事"就可以把人打发了，既简洁，又霸气，还相当解恨。

可是，偏偏问出这个问题的是深渊族一员，是当年入侵神州的罪魁祸首。

明明是深渊族犯下的罪行，明明是深渊族入侵花语平原，结果史书上的记载却变成了龙族残暴，人族愤而屠龙，而那场有名的改变神州种群格局的"入侵之战"也变成了"屠龙之战"。

李牧羊看不到那个恶魔此时的表情——当然，李牧羊也不愿意看——不过，他能够想象到恶魔的冷嘲热讽以及鄙夷嘲弄。

"嘿，兄弟，听说你给我们背锅了？"

任谁听到这样的话都得火冒三丈吧？

要是能够把那恶魔暴打一顿的话，李牧羊绝对不会手下留情。

但是，在看到赢千度那张俏丽的脸时，李牧羊的怒气瞬间消解了。

这真是让人无语啊，因为这是千度的脸、千度的身体，就连她的体内藏着一个恶魔也让人生不出厌恶之心。

李牧羊的回应简单无力，让已经占据了赢千度意识的恶魔也有瞬间的恍惚。

这恶魔了解人族，了解人族的天性。

"这个李牧羊，完全不按常理出牌啊。你这样，让我一个恶魔怎么接？我想好的台词怎么用得上？"这个恶魔在心中暗道。

"答不出来？"赢千度表情错愕，喃喃自语，"你这是什么意思？你要再一次帮助人族吗？你要知道，现在的龙族，并不是数万年以前的龙族。人族自私自利，过河拆桥，卸磨杀驴……"

"等等，"李牧羊打断了赢千度体内的恶魔的话，说道，"我有一个问题想要请教。"

"你说。"

"你是深渊文学院毕业的吧？"

"深渊文学院？据我所知，深渊族并没有文学院，只有私塾，那是魔将们为了有朝一日入主神州，而让人族俘虏去教授勇士们人族语言的地方。深渊族只崇尚武力，所以实力强大的方能入选十八将。"

"我听你将人族词语用得很溜，还以为你一定是深渊文学院毕业的呢。"李牧羊说道，"没想到不是啊。那倒失敬了。我有一个朋友是西风大学文学院的学子，很厉害。"

"这和我们现在要谈的事情有关系吗？"

"没有。"李牧羊干脆地说道，"我就是心中好奇，忍不住问了一嘴。你继续。刚才侮辱我到哪儿了？"

"……"

"卸磨杀驴，我帮你记着呢。不过，有个问题我得纠正你一下。你怎么能把高贵的半神之族龙族和愚蠢的驴混为一谈呢？这个词语应该改成'卸磨杀龙'

才是。”

恶魔觉得自己心好累，都不想再侮辱这个龙人了。

“怎么，你不想再试试能不能说服我？”李牧羊看着赢千度的眼睛，说道，“深渊族为了入侵神州，数万年来从来不曾放弃。你骂我几句没有效果就坚持不了了？你这样的人怎么能够成就大事？”

“说服不了。”赢千度体内的恶魔说道，“我知道，你不是那种可以被说服的人。你的心中已经有了主意，如果有选择的话，你还会选择去帮助人族，和我们深渊族为敌。”

“被你看出来了。”李牧羊笑着说道，“千度很聪明，你也很聪明。”

“既然如此，那我们就没什么好谈的了。”恶魔说道，“现在的龙族已不足为惧，无论是实力还是规模，都难以和万龙腾空的巅峰时期相提并论。深渊一族数万年苦修，此番若能重振旗鼓，定然席卷神州，成为星空之主。”

“上一次你们也是这么想的吧？”李牧羊问道。

“……”

“你对第一次入侵之战的情况了如指掌，证明你至少活了数万年。你不是深渊之主，因为第一次入侵之战时深渊之主就败在了黑龙的手上，受重伤而逃。正是因为深渊之主倒下，群魔无首，那场战事才迅速结束，以深渊一族的失败而告终。你也不是十八将，十八将虽然是深渊之主身边实力最为强大的战士，但是更注重武力，缺乏谋略。你是深渊三大祭司之一？”

这时，占据了赢千度身体的恶魔沉默不语。

“看来被我猜对了。据说三大祭司是深渊族的精神信仰。十八将负责辅助深渊之主征战四方，而三大祭司则辅助深渊之主教化深渊族子民。”李牧羊说话的时候，紧紧地盯着赢千度的脸，注意着她的眼神变化，“据说三大祭司能够吸纳深渊的黑暗之力以及子民的信仰之力为己所用，最强大的大祭司实力不弱于深渊之主。不知道你是哪一位？”

沉默。

死一般沉默。

在李牧羊心中已经放弃，以为恶魔不可能泄露自己的身份时，那恶魔却沉声说出一个名字："邪月。"

"竟然是你！"李牧羊大惊，说道，"没想到竟然是你，没想到你就是邪月大祭司，是那个传说中比深渊之主还要强大、神秘的大祭司。数万年前深渊族入侵神州，你并没有跟随深渊族大军出现。世人皆言你被深渊之主留下镇守深渊，却没想到你竟然进入了人族世界，而且潜伏了那么多年。"

"人族的那些传言是真的，我确实被领主留下镇守深渊。领主对那次入侵满怀信心，正准备携百万魔众大破人族，夺得神州沃土。他将我留在深渊，等他大胜而归，到那时，他必定声势更盛，任何人都难以与其名望、权势匹敌。

"可是，我在为其占卦时，发现他入的是血煞局，踏的是白骨地。我知道事情不妥，于是第一时间朝两军交战的战场赶去。我赶至怒江之时，正是领主被黑龙所伤，深渊大军崩散而逃的时刻。我知道事不可为，此战败局已定，于是便潜入了人族世界，等待下次深渊族的入侵，那时，我便可在人族之内做内应。"

赢千度体内的邪月祭司沉沉地叹息，声音也充满了哀伤，说道："没想到，这一等，就是数万年之久，等得我都以为自己永远不会醒来了。"

"醒来？"李牧羊看着赢千度，"你是被什么唤醒的？"

"我等得太久太久了。刚刚潜入人族世界的时候，我便用深渊族的夺舍功占据了一个王爷的身体。之后，我辅助那个王爷得到了皇位，又在他掌握大权后发动了战争。可是，江山代有人才出，各领风骚数百年。无论我如何努力，无论我如何操纵局势，神州永远是人族的神州。

"三千年，或者更长久的时间里，我对任何事情都提不起兴趣，包括性命。于是，我便在一个帝王的身体里沉睡，被他的子民埋葬在所有人都不可能寻找到的黑暗之地。

"我一直睡着，一直睡着……我也不知道睡了多久，一天，耳朵里突然传来了召唤的声音。当我认真倾听时，那召唤的声音又消失了，只有砰砰砰的撞击声音。那声音是如此熟悉，那是撞击阴阳界石的声音。深渊族的儿郎们再一次撞起了阴阳界石，加大了对阴阳结界的攻势，深渊族将再一次打破疆界，攻入神州。

"我一下子清醒了过来，我知道，我的机会来了。我可以不用默默无闻地死去，我可以成为星空之下最耀眼的存在！我还可以回到深渊族，以邪月大祭司的身份回去。

　　"此时，恰逢孔雀王朝与黑炎王朝联手强攻七国，而千度公主——这个身体的主人身上紫气环绕，贵不可言，是最有可能成为神州共主之人。所以，我便趁其不备占据了她的身体——她便是我，我便是她。"

第398章

与魔共舞

赢千度的眼睛里闪现一汪红色，那红色变成了一个旋涡，越转越快，仿佛能够将人吸进去。

"她若成了九国共主、神州女皇，我便也成了九国共主、神州女皇。"赢千度体内的邪月祭司看着李牧羊的眼睛，声音变得阴冷，面目变得狰狞，说道，"这个躯体，我不能给你。"

"果然是有企图的啊！"李牧羊在心里重重叹息。

这件事情不妙，很不妙。

深渊族三大祭司之一的邪月祭司，实力不弱于深渊之主，现在占据了赢千度的身体，还想要成为这神州的帝王。

最要命的是，李牧羊竟然对此束手无策。

"你一个三眼恶魔，却妄想做神州之主，"李牧羊看着赢千度的眼睛，说道，"你觉得这有可能吗？"

"你觉得呢？"邪月祭司说道，"我知道你想阻止，但是，怕是很难做到吧？只要我占据着这个身体，只要我变成了赢千度，那么，这就不是不可能的事情。"

李牧羊一脸无奈的表情，说道："是啊。只要你占据着千度的身体，只要世人皆以为你是赢千度本人，这就不是不可能的事情。

"我不可能告诉别人千度的身体被一个魔族祭司所占据，这对千度不好，也对孔雀王朝不好。倘若世人知道此事，怕是孔雀王朝此番出征，再无任何取胜的机会。就算是孔雀王朝的子民，恐怕也难以接受自己尊重的公主是一个魔族。

"只要这个秘密不被曝光，千度就还是千度，甚至因为你的存在，孔雀王朝能够更加容易取得这次战争的胜利。若孔雀王朝征服诸国，孔雀王成为神州唯一的君主，那么，千度就无限接近那个位置。

"无论你是暂时等待，还是直接杀掉孔雀王由自己执掌大权，这对你而言都不是什么困难的事情。毕竟，你有近乎无尽的寿命，还有可与深渊之主比肩的实力。在你成为神州共主之后，你就拥有了整个神州，做到了深渊一族数万年合力都没能做到的事情。"

李牧羊轻轻叹息，看着赢千度的眼睛说道："想起来还真诱人哪，连我听了都有种想要试一试的感觉。"

"那你为何还在这里浪费时间？"

"之前我觉得我是一条龙啊，虽然被人族喊打喊杀的，但是，我毕竟是一条龙啊，是半神之族的龙族，神州之大，有什么事情是我不能解决的？听说千度有难，我第一时间就赶过来了。为了自己喜欢的女子，无论做什么事情都算不得浪费时间。

"现在我知道了，事情比我想象的更加棘手一些。我不能伤害你，因为伤害你就要伤害千度。我更没办法杀你，我要杀你，就要先杀了千度。或许，就算我杀了千度也没办法杀，你只需要重新寻找一个宿主就行了。找燕相马或者公输垣，我仍然不忍心伤害他们，也就没办法伤害你。"

"燕相马？公输垣？"邪月祭司显然对这两个名字比较陌生，问道，"他们是谁？"

"是我的知交，与我有过命的情谊。神州有这样一句谚语，我想你一定听说过：兄弟如手足，女人如衣服。他们就是我的手足。"

"我明白了。"

"你不考虑换个人？"

"暂时不考虑。"

"那我就放心了。"李牧羊很不满地看着赢千度，一副"我对你很失望"的表情。

"难道你以为依靠劝说就能够让我放弃这样的决定，放弃这个身体？"占据着赢千度身体的邪月祭司脸带嘲讽地盯着李牧羊，说道，"龙族是不是越来越

124

不堪了？虽然数万年以前被人族利用，但那个时候的龙族仍然有相应的智慧和权威。没想到数万年过去了，人族越来越狡猾，龙族却越来越不堪了。"

"有竞争就有提高。人族人数那么多，每天斗来斗去的，战斗经验丰富，大脑自然练得发达了。可龙族就剩下黑龙这么一个，而且用数万年的时间和一只火鸟纠缠，大好时光不知道上进，却整天干这些无谓的事情。所以，龙族堕落也是可以理解的。"

"现在的龙族还真是恬不知耻。"邪月祭司轻轻叹息，说道，"原本因为你的龙族身份，我愿意多和你说一些话，却没想到，现在的龙族如此不堪。倘若数万年前的那些龙都像你一样，怕是神州沃土早就落入我深渊一族的手里了。"

"你看你又在侮辱我了。要不是因为你躲在千度的身体里，我早就打你了。"李牧羊说着凶狠的话，却一点儿也没有生气的样子，"不如这样，我们谈个交易？"

"什么交易？"

"你想要孔雀王朝一统九国，想要千度成为神州共主，对不对？"

"当然。"

"我也是这么想的。所以，你看，我们不是没有共同点。"

"……"

"既然我们的目标如此一致，为何我们不能携手并肩一起完成这一伟大的壮举呢？"李牧羊问道。

邪月祭司若有所思地审视着李牧羊，说道："你已经知道，现在的赢千度不是原来的赢千度，而我已经占据了赢千度的思维意识，为何你还要帮我？你应该知道，就算孔雀王朝取得胜利，就算赢千度成为神州共主，那真正掌控神州的人是我。"

"我知道啊。"李牧羊说，"就算这样，我也不能看到千度输，孔雀王朝败。若孔雀王朝战败，作为孔雀王朝的公主，千度的处境怕是更加艰难。我不能让千度失败，不想看到她对自己失望，所以，我要留下来帮助她，也帮助你取得这场战争的胜利。"

"你还不死心？"

"在对一个女人死心之前，怎么可能对她的安危放心？若让我现在假装什么事情也没有地离开，我自然是做不到的。正如你不愿意放弃权势一样，我不愿意放弃佳人。我也并不觉得后者比前者轻一些，后者在我心里反而更加贵重。所以，你不离开，我也不会离开。"

"你想要和我做什么交易？"

"你让我留下来，我帮你征战。"

"这样怕是不妥，你的出现只会带来负面影响。一条恶龙帮助孔雀王朝征战八方，这让其他国家的百姓怎么想？他们肯定宁愿战死，也不愿意向孔雀王朝臣服。毕竟，外界已经有了这样的传闻。他们会担心，倘若你喜食人心人肝怎么办？"

"你说这些话的时候是不是很得意？"李牧羊冷笑出声，"当年你们深渊族造下的罪孽，现在却由我来承担恶果。"

"所以，人族不可信，人族不可救。"

"我救的不是人族，我救的是我最心爱的女子。"李牧羊看着赢千度的脸，嘴角浮现一丝温柔的笑意，说道，"和她比，整个人族加起来的分量都不够。"

他嘴上那么说着，心里却在想着：父亲、母亲、思念，还有诸多亲朋好友，你们多多担待，我只是想要在这个恶魔面前吹个牛、扮个情圣而已，你们的分量也很重，和千度的分量一样重。回头我把那句话对你们每个人说一遍，做龙一定要公平公正。

赢千度眼里红光闪现，脸上露出了深思的表情。

良久，邪月祭司说道："我接受交易。"

"成交。"李牧羊笑着说道。

"我之所以愿意接受这个交易，并不是因为我觉得你能够帮我做些什么。"赢千度身体里的邪月祭司显然不愿意看到李牧羊太过欢喜的模样，沉声说道，"我只是觉得，这样或许会更加有趣一些。我知道你留下来想要做什么，你想要保护她，你想要寻找机会救她。可是，我一点儿也不在意，相反，心里还隐隐有些期待。"

赢千度沉沉叹息，那叹息声不像是年轻女子发出的，更像是一个活了万年的老妖怪发出的："毕竟，潜伏人族的这数万年间，实在太寂寞了啊！"

李牧羊哑口无言。

他只是扮了一回情圣，那个恶魔就立即演上了一心求败的绝世高手，这一回装酷大比拼，他败给了技术更佳的恶魔。

"你可以留下来。"赢千度看向李牧羊的眼神中没有一丝一毫的感情，说道，"你想做什么，悉听尊便。你若想泄露我的真实身份，也任你选择。不过，你应该明白，无论你做什么，最终受到伤害的，一定是这个被我占据了身体的女子。"

"我明白。"李牧羊点头说道，"我比谁都明白这个道理。"

"我累了。"赢千度说道。

显然，她身体里的恶魔已经失去了和李牧羊这条"废龙"说话闲聊的兴趣。那恶魔原本以为李牧羊是龙族，是之前导致深渊族入侵失败的龙族，是让人心生敬仰的半神之族，现在却发现，自己真是白白浪费了大好时光。

李牧羊伸出手来，紧紧地握住赢千度的手，说道："不要担心，不要害怕，我会陪着你，永远都会陪在你身边。"

赢千度身体里的恶魔显然不太适应与李牧羊这般亲近，便想要把手从李牧羊的手里抽出来，但是因为李牧羊握得太紧，除非他选择大打出手，不然是不可能做成这件事情的。

"你应该知道，她现在没有意识，你握着的……是我的手。"

"哦。"李牧羊握得更紧了一些，"我就是想试试，用这种方式能不能把你从千度身体里逼出来。"

李牧羊松开了赢千度的手，说道："看来是我想多了。"

走出赢千度的房间，李牧羊脸上的笑容逐渐敛去，脸色变得阴沉起来。

"事情相当棘手。"李牧羊想道。

孔雀王嬴伯言亲自梦蝶传音给他，他知道事情定然不是那么容易就能够解决的。毕竟，如果是容易解决的事情，孔雀王也不会央求他前来帮助千度。

虽然嬴氏和龙族关系密切，但是作为千度的父亲，作为孔雀王朝的君王，孔雀王是一百个不愿意看到李牧羊和千度如此亲密的。

李牧羊以为是来自外部的危险，却没想到是来自身体内部的隐患。

他已经做好了心理准备，却没想到情况比他想象的还要严重一些。

不过，幸运的是，因为李牧羊表现得足够"愚蠢"，那个恶魔对他生出了轻视之心，竟然同意他留在身边时刻保护嬴千度，这样他就可以时刻想办法拯救嬴千度。

这就是李牧羊想要的效果——让这个恶魔卸掉警惕提防之心，同意他留下来。

只要稍有机会，他便可出手相救。

对那个恶魔而言，这只是一场游戏。

对李牧羊而言，这是生死时速。

因为那个恶魔占据的是嬴千度的身体，是李牧羊想要相伴一生的女子的身体。

"牧羊公子，"一个穿着武士服的女侍官走了过来，说道，"你的房间已经准备好了。"

"谢谢。"李牧羊笑着说道。

女侍官带领李牧羊走到左侧的一间厢房，推门而入，说道："牧羊公子暂时在此歇息。"

"好的。"

李牧羊对居住环境并不在意，转身看着女侍官问道："小姐姐叫什么名字？"

"牧羊公子折煞小婢。小婢名唤栗米。"

"原来是栗米姑娘。"李牧羊笑着说道，"你们家公主在生活方面，和平时

128

相比有什么特别的地方吗？我是说，和以前不一样的地方。你是她身边的人，自然对她最为熟悉。"

"特别？"女侍官沉吟片刻，说道，"没有。殿下日常作息和平时一般无二。"

"倘若有什么发现，不妨告知我一声。你是公主近侍，应该知道，你们家公主和以前是有些不一样的，对不对？"

女侍官面色难堪，犹豫不决。

良久，她扑通一声跪了下去，眼眶泛红，哽咽着说道："还请公子救救我们家公主……"

清晨，历州将军府。

嘎吱——

赢千度推门而出，正准备伸展一下手脚，就看到了等候在门口的李牧羊。

"千度同学，早！"李牧羊笑着和赢千度打招呼。

"你在这里做什么？"赢千度眉毛微挑，出声问道。

"你忘记了？以前在星空学院的时候，我们每天早晨都会一起去膳堂吃饭，然后一起去课室上课，还时常一起去图书馆看书，你最喜欢图书馆里面的诸国史料书籍了。"

"那些和你站在这里有什么关系？"赢千度仍然冷言冷语。随着那个恶魔对赢千度意识的侵占越来越完整，赢千度的神识会越来越孱弱，直至被那恶魔完全吞噬，再也发不出自己的声音。

"离开星空学院之后，我就一直怀念那个时候的生活，无忧无虑，简单幸福。最重要的是，每天起床之后就能够看到你。"李牧羊并不理会赢千度的态度，他知道这个时候的赢千度并不是真正的赢千度，"之前很多次我都在想，要是能够重回过去的时光，该多好啊。现在，我又可以像以前那样，起床后第一个对你说早安了。"

"我要召集诸将开会。"

"我陪你。"李牧羊笑着说道。

将军府，膳食堂。

赢千度正独自用餐，李牧羊端着装有食物的托盘走了过来。

他径直走到赢千度的对面坐下，将托盘放到赢千度身前的桌子上。

"你做什么？"赢千度停下手里的筷子，看着李牧羊问道。

"以前在星空学院的时候，我们每餐都一起享用。现在我们好不容易有机会再次聚在一起，当然要一起吃饭才好。"李牧羊伸出筷子去夹赢千度盘子里的肉，说道，"你不喜欢吃肉，每次吃饭的时候都会把肉夹到我盘子里让我吃。现在你还不喜欢吃肉吧？"

"我喜欢。"

"别吃了，容易长胖。"

"……"

将军府，沐浴房。

赢千度脱下身上的轻甲，正准备走进那天然石髓温泉水里泡个热水澡，门口再次传来了重重的敲门声。

"何人敲门？"赢千度出声问道。

"是牧羊公子。"女侍答道。

"问他何事。"

"千度，以前在星空学院的时候，我们都是一起泡温泉的……"李牧羊的声音从厚重的木门外传了进来。

"让他滚！"

无论赢千度做什么，李牧羊都跟随在她身边，如影随形，寸步不离。

大家见到李牧羊突然出现，原本还有些警惕和惧怕，时间久了，便也习以为常，又想起自家公主和眼前这条小龙的种种传闻，更是小心谨慎，生怕招惹了这条"心狠手辣""喜食人心"的恶龙。

当然，李牧羊不会在意别人的目光。

毕竟，他的眼里只有赢千度，其他的人和事对他而言都是空气。

除非空气影响了他呼吸。

看着挡在自己面前的一群操戈披甲的孔雀王朝高级将领，李牧羊出声说道："麻烦你们让一让，挡住道了。"

"牧羊公子，"站在最前面的母强将军眼神不善地盯着李牧羊，说道，"我们有些话要和牧羊公子讲。"

"可是我不想听啊。"李牧羊一脸认真地说道，"我很忙。"

"牧羊公子如此目中无人，难道就不怕……"

"怕什么？"李牧羊反问道，"我可是爱吃人心、人肝的恶龙，难道你们就不怕？"

"怕。"祝熔说道。

母强狠狠地瞪了祝熔一眼，大家说好了一起来劝阻这条恶龙的，你怎能临阵退缩？

"但是，为了公主殿下，我们万死不辞。"祝熔的话掷地有声，"今日，牧羊公子必须听我们一言。"

"说吧。"李牧羊看着母强，说道，"你们想让我放过你们公主？"

"正是如此。"母强朗声说道，"牧羊公子应当知道自己恶名在外，而此时神州处处皆在流传殿下被牧羊公子所惑，继而发生了诸多……诸多不符殿下性情的事情。所以，为殿下声誉计，还请牧羊公子远离殿下。"

"请牧羊公子远离殿下。"

"请牧羊公子远离殿下。"

……

李牧羊站在原地，眼睛斜乜着母强、祝熔等一班将领，冷声问道："你们觉得，你们家的公主殿下之所以做出那些事情，全都是受我所惑？"

"殿下性情温和，爱民如子，以前从来不曾做过伤及无辜的事情，更不曾杀害过一个俘虏。现在殿下变成这样，自然事出有因。"母强态度坚决地说道。

在他们看来，赢千度是一个好公主，是不可能做出那些事情的。

可是，现在他们看到的千度公主行事凶狠，杀气浓烈，对他们这些将领冷言冷语，对那些降兵降将动辄斩杀。

这些行为完全不符合千度公主的行事风格。

所以，一定是李牧羊这条恶龙在幕后指使操纵，不然的话，为何殿下性情一发生变化，他就那么及时出现在殿下身边呢？

他利用"美男计"迷惑公主，继而操纵孔雀王朝大军。

他仇恨人族，想要毁灭人族，所以利用孔雀王朝大军四处挑衅，以造成诸国死战的局面。

到时候，大家打得你死我活、两败俱伤，龙族——或许还有其他的巨龙存世——便可重新统领世界，侵占神州。

"简直无耻至极。"大家在心里纷纷咒骂。

"你们觉得，你们的公主殿下行事之所以变得如此极端，都是因为我这条恶龙在中间作祟，只要赶走了我这条恶龙，公主便还是以前的公主？"

"自然如此。"母强盯着李牧羊说道。

"你说得对。"李牧羊说道。

"什么？"众人面面相觑。所有人的视线全都聚集在李牧羊脸上，这家伙完全不按常理出牌啊。

这个时候，这条恶龙不是应该拼命辩解否认，然后他们群起而攻，舌战恶龙，最终让他承认罪行，知错能改吗？他怎么就这么爽快地承认了呢？

"我说，你们的猜测是对的。"李牧羊解释道，"千度自然是个好公主，无缘无故的，怎么可能突然性情大变呢？就是因为我的存在，她的性情才会变成如今这样，是我操纵了她，之前种种与她无关。"

众人惊呼出声。

他们仅仅是猜测，没想到竟然是事实。

"果然是这条恶龙在幕后操纵！"

“我就说嘛，公主殿下怎么可能做出这等恶事？”

“快还我们公主！”

……

第399章
强人所难

群情激愤，剑拔弩张。

这些高级将领都摆出了一言不合就要大打出手的架势。

母强知道李牧羊实力强大，也不愿意与这条龙关系闹得太僵，至于动手，那是最好不要有的。

万一这条龙发起火来，怕是他们辛辛苦苦打下来的历州城都要被夷为平地。

"牧羊公子一向与我孔雀王朝交好，更赠送给我国国君万灵玉玺这等世间奇宝，我们也深感公子大恩。这一次，还请牧羊公子成全，我们定会永生永世铭记在心。"

"我不成全，"李牧羊说道，"也不需要你们永生永世铭记在心。你们能活几年？到时我还活着，你们都死了，铭记有什么用？"

"你……"

李牧羊词锋如刀，刀刀戳人。

母强行军打仗是一把好手，刮骨疗毒也毫无惧色，但是在面对李牧羊所说的这些如刀之语时，却不知如何应对。

他难以反驳，却又有种万箭穿心的痛感。

"将军，我们不要和他多言。"

"为了公主的安全，我们和这条恶龙拼了！"

"我们人多势众，难道还怕他不成？只需将他在历州的消息放出去，怕是无数强者会前来找他的麻烦。"

……

"都住口！"母强怒声喝道。

众将噤声。

母强既是朝中重将，又是东路大军的督军，位高权重。

母强转身看向李牧羊，脸带善意，说道："牧羊公子，我知你和殿下关系密切，既有同窗之谊，又有知己之义，何必如此为难殿下呢？你可知道，殿下正值关键时刻，倘若再如此独断专行，行恶事，失民心，怕是此番征战就得铩羽而归。"

"不用担心，我会帮你们打胜仗的。"李牧羊一脸笃定地说道。

"万万不可。"

"为何？"

"若牧羊公子加入我孔雀王朝大军，怕是到时候整个天下都会与我们为敌。我们孔雀王朝若举世皆敌，这一统神州便成一句空话了，神州子民也绝对不会同意由我们孔雀王朝来统治。所以，还请牧羊公子高抬贵手。"母强表情严肃，生怕李牧羊要求加入孔雀王朝大军，"不如牧羊公子暂时隐匿，这也是为公子安全计。公子意下如何？"

"不走。"李牧羊说道，"千度不赶我走，我是不会走的。"

"牧羊公子为何如此欺人太甚？"

李牧羊沉沉地呼出一口气，说道："你们再逼迫我，我就跳出来说我和你们殿下已经生米煮成熟饭。"

"……"

"不要紧张。暂时还没有。"

"……"

"不过，我心情不好的话，说不定事情就会有某种微妙的变化。"

"牧羊公子……"

"好了好了。"李牧羊摆了摆手，说道，"我有事，先走了。"

说完，他径直从母强等一班将领的中间穿了过去。

"将军，现在怎么办？"祝熔看着李牧羊远去的背影，小声问道，并伸手做了一个抹脖子的动作，"要不，我们把他……"

"我看可以。倘若成功，不仅可为公主除恶，而且还有了屠龙之功，可青史留名。祝熔将军，此事就交给你了。"

"将军，我怕我做不来……"祝熔一脸尴尬，连连拒绝。

"这可如何是好？"母强一脸忧虑，"看来要向陛下求救了。"

天都，政务堂。

自从"瞎子皇子"楚浔离世之后，西风帝国的国君惠帝便不再理会朝政，将一应事务全都交给了左相燕东楼以及朝廷六部。

左相又称为副相，朝中权势虽然不及右相，却又有和右相分庭抗礼的资格。一些强势的左相甚至能够强压右相，将右相架空于中枢。

自西风帝国立国始，右相之位便一直掌控在宋氏族人或者亲近宋氏之人的手里。其他人争来争去的，也不过是那个偶有空缺的左相之位。

陆行空与人争执多年，求的也无非是那样一个位置——虽然最后也没能成功。

当然，这是那些不知内情的外人看到的"真相"。

至于真相如何，暂时也只有极少数身处西风帝国权力核心的人物知道。

宋氏一族覆灭，崔氏没落，惠帝却并没有将权柄更重的右相之位授予燕氏一族的燕东楼，而是给了他左相之位以示嘉奖。

至于右相之位，直到现在仍然空缺。

现在最紧要的事务便是军务，因为孔雀王朝和黑炎王朝联手强攻七国，西风帝国也难以置身事外。

更要命的是，孔雀王嬴伯言御驾亲征，率领五十万大军攻击孔雀王朝的邻居西风帝国，因此西风帝国的压力就非常大了。

倘若孔雀王想要取得一统神州的不世功业，便一定要将他的第一个征服对象成功拿下。以摧枯拉朽之势解决掉对手，方能树立起孔雀王朝大军攻无不克、战无不胜的威势，强力打击对手的信心。

所以，孔雀王是抱着必胜的信心而来的。

孔雀大军不仅要胜利，而且要胜得漂亮，胜得容易。

自两国开战始，在孔雀大军的攻击下，西风帝国已经连续失去了风城、江州、中州、楚城等重镇要地。

现在，军部那边乱成了一锅粥，正商量着如何抵御孔雀王朝强军。而原本作为陆行空嫡系被百般贬谪打击的铁壁将军许达竟然神奇地出现，成为西风帝国的军部主官，统御着这个帝国的百万大军。

燕相马没有去军部，而是直接走到政务堂后面的一座小院。

他推开院门，看着那个立于天都樱下的灰袍老人，出声说道："见过国尉大人。"

"相马来了。"老人的视线仍然停在那盛情绽放的天都樱上，就像被那粉嫩的颜色所迷。

"不知国尉大人找我有何事吩咐？"燕相马直起腰背，问道。

"若让你去迎战孔雀王，你有几分胜算？"

天色昏暗，喜寒的天都樱在这寒冬里盛情绽放。

陆行空说话的时候喷出一股雾气，让他的表情变得虚幻迷蒙起来，即便近在咫尺，燕相马也难以看得真切。

燕相马着实越来越看不懂面前这个老人了，之前的种种传闻、诸多事件不过是这老人向世人使的障眼法而已。

这个老人骗过了世人，也骗过了亲人，他一个外人又有什么资格说？

"国尉大人此言何意？"燕相马在心里斟酌着用词，语速缓慢地说道，"迎战孔雀敌军的事情，一向都是由军部那边负责的。而且，许达将军在行伍之中历练多年，是个能征善战的百胜将军，由他这'铁壁'来镇守国门，抗击恶敌，定能保我西风国土不失，敌人寸步难进。"

"国土不失？寸步难进？"陆行空嘴角浮现一丝玩味的笑意，侧脸看向站在一边的燕相马，说道，"小小年纪，倒像在官场摸爬滚打数十年的老油子。孔雀王朝已经接连攻占我西风帝国数座城池，连最重要的北大门风城都被他们占据了，你竟然觉得这是国土不失？难道风城不是我西风国土？"

"国尉大人，"燕相马的脸上堆满笑容，谄媚地说道，"我想那只是许达将军的计策。诱敌深入，消耗他们的兵马，拉长他们的补给线，只待时机成熟，便可将他们一举击溃，活擒孔雀王嬴伯言，这失去的城池终究还是要回到我们帝国之手。"

"放肆！"陆行空脸色阴沉，怒声喝道，"军机大事，岂容你如此儿戏！"

燕相马脸上的笑容逐渐消失，对着陆行空鞠躬行礼，说道："相马年幼，行为孟浪，还请国尉大人多多担待。国尉大人问相马的问题，相马也不知道应当如何回答。相马一直在监察司任职，从来不曾进入军部，更没有行军打仗的经验。所以，倘若由我来负责迎战孔雀敌军，怕是有死无生。相马死不足惜，却不敢以此身祸国祸民。还请国尉大人慎重考虑。"

这时，陆行空双眼如鹰，在燕相马的脸上身上审视来审视去。

良久，他终于出声说道："你是不敢，还是不愿？"

"相马不明白国尉大人的意思。"

"不敢，自然是惧怕战败，误国误民，更误了自己。至于不愿嘛，孔雀王朝的公主是嬴千度，怕是这个人让你极其在意吧？你不愿意与其争锋于沙场，那也是人之常情。"

"国尉大人此言甚谬。我与那孔雀王朝的公主素不相识，我为何在意？又为何不愿意与其争锋于沙场？"

"你们两人确实不相识，但是，李牧羊你是熟悉的。"

燕相马咧嘴笑了起来，说道："这小子我熟，我和他是不打不相识，现在关系铁着呢，是同穿一条裤子的交情。"

顿了顿，燕相马抬头看着陆行空，说道："不过，我跟他再熟，也熟不过国尉大人啊。虽然李牧羊姓李，骨子里流的却是陆氏血脉。李牧羊是国尉大人的亲孙子，与国尉大人是一家人。和国尉大人比，我终究只是一个外人不是？

"哦，我明白国尉大人的意思了。之前我就听闻李牧羊和孔雀王朝的那位公主关系密切，还有人说他们两人是……是爱侣关系。当然，很多传闻也当不得真。我所知道的信息有限，也不知道这件事情到底是不是真的。难道国尉大人知道些什么？"

陆行空眉头微挑，说道："你应该明白我的意思。"

"国尉大人，如果是因为李牧羊和孔雀王朝公主的关系……我想，您应当比我更加在意吧？"

"所以，你是不愿意接受这一职务了？"

"恕相马才疏学浅，难以胜任。"

"也罢。"陆行空摆了摆手，说道，"你退下吧。"

"谢国尉大人成全。"

燕相马躬身行礼，转身准备走出小院。

这个老人能不见还是尽量不要见的好，每次见到他，燕相马都有种脊背生寒的感觉，就像被一只无情的野兽盯住了，稍有不慎就会被他一口吞噬。

"哦，"陆行空突然想起了什么似的，对着即将跨出小院的燕相马说道，"你觉得你父亲燕伯来担任帝国左路大将军如何？"

燕相马脚步一顿，缓缓转身，脸色阴沉地看向陆行空，说道："国尉大人，您这是……强人所难啊。"

"左路大将军啊……"崔小心放下手里的书卷，看着燕相马年轻俊朗的脸，柔声说道，"如此年纪，便身居高位，怕是西风建国始，表哥是第一人吧？"

"有人八岁做宰相，我这算什么？一个左路大将军，而且是被人赶鸭子上架……"燕相马一脸无奈的模样，佯作生气地看着崔小心，说道，"我可不是来听你赞美的。"

"那表哥此来所为何事？"

燕相马观察着崔小心现在居住的环境，轻轻叹息，说道："和老宅比实在相差甚远，你在这边……还习惯吧？"

"有什么不习惯的？不过就是少了那些烦琐浮华的东西。在老宅那边虽然锦衣玉食的，但是每晚都睡不踏实。这里虽然简单了一些，但是吃得爽口，住得舒心，反而更加适合看书写字。我最近又看了好多书，都是以前想看而没能静下心来看的经典。柳树先生的《静斋笔记》，我仰慕已久，昨日才把它一字一句地看完，受益良多，要是早些看到就好了。还有，我的字也比以前写得好许多，表哥要不要看看？"

燕相马摆了摆手，说道："现在就不看了，你好好写，等我凯旋后再看——假如我还能回来的话。"

"表哥……"崔小心神情一震，唤道。

"怎么，替表哥担心了？这有什么？上阵杀敌，也有可能被敌所杀。那句话是怎么念的来着？'醉卧沙场君莫笑，古来征战几人回？'几人回啊，几人回……又有几人能够回来呢？"

"孔雀王朝就如此可怕？"

"孔雀王朝原本就兵强马壮，是西风劲敌。孔雀王嬴伯言雄才大略，是千古明君。又有嬴无欲统领国教，人心所向。孔雀王朝政教合一，强者如云。其臣民都视孔雀王朝为家，以身为孔雀王朝人为傲，他们愿意为自己的帝国牺牲，甚至争先恐后为自己的帝国牺牲，这样的对手难道还不够可怕？

"此番孔雀王倾举国之兵力出征，又有黑炎王朝这样的强大帮手，兵锋所向，战无不胜。想要挡下孔雀王的利剑，不是那么容易的事情。毕竟，这是想要成为神州共主一统九国的男人啊！"

"既然如此，那你还要去？"

"我若不去，去的就是我父亲了。"燕相马沉沉叹息，"我父亲只有守城之技，无拓疆之能。给他一座安逸舒适的小城，他可以治理得很好。但是，若让他率领数万将士上阵厮杀，怕是凶多吉少了。倘若让他去，不但他自己性命难保，怕是还会连累家族。现在燕氏正处于稳中有升的关键阶段，若家族里的重要人物吃了败仗，损兵折将，前期积累的功劳便一扫而空。这不正是某些人想要的结果吗？爷爷年岁已高，不宜远行。二叔要坐镇天都，而且，一介文官哪能带兵？三叔一心修行，不问世事。燕氏终究要有人站出来，这个时候，我不站出来，谁站出来？"

崔小心不再劝说。

她知道，生在官宦之家，有很多事情是身不由己的。譬如她，又何曾做过什么坏事，不也落魄至此？

"吉人自有天相，我相信表哥一定能够平安归来。从今日始，我便日日为表哥诵经，请求菩萨保佑表哥早日归来。"

燕相马笑嘻嘻地看着崔小心，说道："当年李牧羊进入幻境，生死不明。我知小心妹妹为了那小子吃斋念佛，大半年不曾中断过。没想到从今日始，表妹也要为我诵经了。看来在表妹心中，我和那小子一样重要了。这真是我这做哥哥的天大的福分。"

"表哥！"崔小心又羞又恼，生气地白了他一眼，说道，"还提那些事做什么？都过去了。"

"小心，"燕相马轻轻叹息，看着崔小心如花般的俏脸，哑声说道，"如果可以选择的话，我是真不愿意做这左路大将军啊！他日若与李牧羊沙场相见，你说，你是求菩萨让我回来，还是求菩萨让他回来？这样的事情，怕是菩萨也为难吧？"

第400章
烈火摧城

脚踏实地，身处悬崖。

崔小心的心一直往下沉，掠过流云和冷风，然后被那流云包裹，冷风凝固，整个身体也变得凉飕飕的了。

天色灰暗，却还没有下雪的迹象。

或许，那一年的冬雪来得太大太疾，造成了百年难遇的雪灾，导致接下来连续数年雪量骤减，稀稀拉拉地下不痛快，下不彻底。

老一辈的天都人都说，那一年的雪下尽了，血也流干了。

直到现在，一到阴雨天气，天都城内就仿佛鬼哭狼嚎，不少人还说听到了冤死者的嘶吼声。

当然，在巡城司再次捉了一批人之后，这样的传言已经被遏止了。

崔小心抬头看向燕相马，眼里有着听到这个消息的震惊以及对那有可能出现的恶果的担忧。

"李牧羊……他不是去了江南吗？他说他要隐居，再也不过问世间俗事。他怎么会与你在沙场相见呢？表哥是不是故意唬我？这种事情根本就不可能发生，是不是？"

看到崔小心焦急的模样，燕相马开始后悔自己对她说出真相了。

她难得归于平静，何必又将她扯入这洪流之中？

一个手无缚鸡之力的女子，在这乱世又能够做些什么呢？

燕相马眯着眼睛大笑，就像一只偷了鸡的小狐狸，说道："是啊，李牧羊隐居江南，怎么可能与我在沙场相见呢？我随口说说而已，只是想知道，在你心中是我这个做哥哥的重要，还是那个跑到江南隐居的李牧羊重要。"

崔小心握着燕相马的手掌。修行入道的缘故，燕相马的手掌温热。也正是因为这热，他才更加清晰地感触到了崔小心手心的凉意。

"你们都很重要，我不希望你们两人任何一个有事。假如……我是说假如，假如你们当真在沙场相见，无论如何，都不要刀剑相向。你们是朋友啊！"

"朋友……"燕相马满心苦涩。

沙场之上，只有阵营，哪有朋友？

在这一刻，燕相马格外痛恨那个老家伙。

倘若不是那个老家伙横插一手的话，倘若不是那个老家伙以势相迫的话，他何必和李牧羊走到这一步？

不管是许达，还是李钟，抑或是其他任何一个将领，他们去战场厮杀，与人打得你死我活，与他何干？

他就想不明白了，为什么这个老东西对自己的孙子如此狠辣？

因为燕相马知道，李牧羊一定会出现。

现在主导征战的人是谁？是孔雀王赢伯言。

赢伯言是谁？是赢千度的父亲。

赢千度又是谁？

赢伯言手里的万灵玉玺又是谁赠送的？

与其说孔雀王朝是为自己而战，不如说是为李牧羊而战——至少，与燕相马在昆仑神宫里有过一面之缘的赢千度心里便是如此想的吧？

燕相马从她的眼神里看到了她对李牧羊的浓浓情意，也从她危急时刻寸步不退的态度中看出了她与李牧羊的生死不离……

"可是，表妹怎么办？"燕相马真是很烦躁，"那个李牧羊有什么好？颜值不如我，智慧不如我，才能不如我，而且还是一条龙……你们就不能喜欢我吗？"

他真是很想替自己的好兄弟李牧羊分担一些烦恼。

"那是自然。"燕相马笑着点头，说道，"我燕相马阅人无数，没想到身边最靠谱的朋友是一条龙，你说讽刺不讽刺？"

"表哥……"

"好了好了，不是龙不是龙，是小龙人。"

"表哥……"

"这是儿歌，你小时候不也听过吗？"

"……"

"好了，不和你说笑了。我是来与你告别的；顺便看看你这边有什么需要我帮忙的。有什么事情要办你赶紧提，有什么人要揍你赶紧说，我若离开了，你可找不着这么好的免费劳力了。"

"我没什么事情要你办，也没什么人要你揍。我只盼你平安归来。"崔小心抓着燕相马的手不放，因为用力过度，她清瘦的手背上已青筋暴起，"无论如何，表哥都要保重身体。"

"放心吧。只要不遇到李牧羊，其他人想要杀我不是那么容易的。"

"就算遇到了李牧羊，表哥也要……"

"也要把他杀掉回来？"

"你们要一起回来。"崔小心坚定地说道，"我会日日为你们吃斋念佛。"

"菩萨要是觉得你这样太贪心，事情就不好办了啊。"燕相马笑着说道，"我让人买了一些书给你送过来，你闲暇无聊时可以看看。其他事情你不要去管，也不要去问，就在这小院里看书写字，静候春秋。"

燕相马站了起来，深深地看着崔小心，问道："你和思念有书信联系吗？"

"没有。"崔小心摇头说道。

"这丫头倒也公平，既然不写信，那就索性一个也不写。我喜欢。"燕相马哈哈大笑，转身大步朝小院外面走去。

"表哥！"崔小心追了出去。

燕相马头也不回地摆手，颇有股"风萧萧兮易水寒，壮士一去兮不复还"的悲凉意味，说道："不送，不要送！"

"保重！"崔小心喊道。

燕相马只是挥手，再不回头。

崔小心倚在门边，直到燕相马走了很远，背影都看不见了，她仍然没有回过神来。

"小姐。"瞎了双眼的丫鬟桃红在旁边唤道。

崔小心回到桌边，重新从案上拿起书卷，却发现自己再也看不清楚书卷上面的字。

心乱如麻！

李牧羊清晨醒来，洗漱完毕，服侍嬴千度的女侍官栗米就端来食物供他享用。

一碗稀粥，只见米汤，不见米粒。一碟小菜，三五根萝卜丝，一筷子下去都夹不满。

虽说军伍之中条件简陋，但是高级将领的生活还是会特殊照顾的，至少一日三餐要有米饭有肉，不然的话如何打仗？

这点儿食物，比普通士兵的都不如，要知道，李牧羊可是……传说中公主殿下的男人。

李牧羊看着栗米，栗米低下头不敢和李牧羊对视。

李牧羊笑了笑，说道："我知道，这怪不得你，是他们做的？"

"牧羊公子，我不敢说。"

"他们以为这样就能把我赶走了？"李牧羊对这种手段不屑一顾，声音铿锵有力地说道，"为了你们殿下，别说吃饭，就算吃……土，我也愿意留下，必须留下。"

"委屈牧羊公子了。"

"不委屈。"李牧羊摆了摆手，"记得把我刚才说的话悄悄告诉你们殿下——不是现在，以后等她神志清醒的时候。"

"……是，公子。"

李牧羊把那几根萝卜丝倒进米汤里，咕噜咕噜一口气喝下，咀嚼了几口吞下肚，问道："你们殿下呢？"

"殿下在营地，今日准备出兵镜海。"

"今日出兵？"李牧羊推开椅子站了起来，说道，"这女人怎么也不和我打声招呼？"

想起那个女人身体里还有一个恶魔，他便原谅了她的这种无礼行为，说道："我去看看。"

"牧羊公子……"

"你不要阻拦我，你知道你是拦不住我的。"

"营地在东边。"

李牧羊赶到营地时，赢千度正骑在孔雀之上，身边是让诸国闻风丧胆的鬼舞军团。

孔雀铁骑井然有序地踏过营地大门，紧随其后的是装备精良的步兵营。他们每一个人向前进发时，都会抬头看一眼高空中的公主赢千度。

那是他们的骄傲，是他们的信仰。

他们愿意为她而战！

等到所有的兵种全部进发，营地成空，李牧羊跃至赢千度身边，问道："今日出兵，怎么也不打声招呼？你忘了我们之间的约定？"

赢千度对李牧羊的行为很不喜，不愿意在人前和他挨得如此之近，更不愿意让人看到他的存在。

不过，既然将他留了下来，那她也没有出尔反尔的必要。

"你不是来了吗？"

"哈哈……"

李牧羊也没办法真的追究赢千度的责任，毕竟，现在的赢千度不是真正的赢千度，倘若惹恼了她身体里的那个恶魔，最后吃亏的恐怕还是千度，而自己也将会被驱逐。

"今日攻镜海，我能做些什么？"

赢千度目视前方，用不属于她的嘶哑的声音说道："既然不愿污我名声，那便为我破城，反正你们龙族的声誉一贯不好。"

李牧羊笑着点头，说道："自当尽力。"

赢千度一拍孔雀脖颈，那只孔雀便长啸一声，振翅高飞。

三千孔雀同时长鸣，挥舞着巨大的翅膀紧随其后。

居高临下俯视大地，只见铁甲森森，旌旗遮天。

李牧羊看着远去的鬼舞军团，脸上的笑容逐渐消失，眼神锋利如刀。

"难道当真助这恶魔一路攻城夺地，直取大周国国都？"李牧羊在心里想着，"倘若如此，怕是真的让这恶魔拿了天下。希望一切都还来得及。"

李牧羊轻轻叹息，长袖一甩，疾飞而起，朝远去的鬼舞军团直追而去。

大周国，镜海。

城墙之上，镜海城城主徐康年遥望远处，冷声说道："当年我驻扎尖峰岭的时候，没少和孔雀王朝打交道，就是他们那支被吹嘘为不败天军的鬼舞军团，我也领教过，他们不曾在我手上讨得一丝一毫的便宜。"

徐康年嘴角微微抽搐，国字脸上浮现一丝轻蔑的神情，很不屑地说道："赢伯言倒越来越狂妄自大了。他在孔雀王朝把自己的女儿狠狠地吹嘘一番也就罢了，反正也没有人敢去把他的老底揭穿。此番竟然敢任命她为一路大军统帅，难道他当真以为行军打仗是一桩容易的事情？今日我倒要看看，那个被传得神乎其神的千度公主有什么特别之处。我倒很期待，看她怎么率领大军拿下我的镜海城。"

"城主不可大意，那赢千度自出征始，攻无不克，战无不胜，直至今日，已经连取七城。"谋士柳无序出声提醒，"赢伯言虽然狂妄自大，在用兵方面却慎之又慎。倘若其女儿没有点儿真才实学，他又怎敢让她出来行险？"

"争功立威耳！"徐康年摆出一副看破世事的睿智模样，笑呵呵地说道，"那赢伯言没有儿子，只有赢千度这一个女儿，整个神州都知道，以后那个丫头就是孔雀王朝的女皇。一个女娃为皇，原本就是遭忌讳的事情，就算在孔雀王朝内部，压力也不会小。"

徐康年顿了顿，继续说道："他现在生儿子自然是来不及了，想要顺利将自己的女儿推上至尊之位，自然需要给女儿好好打扮一番，让她显得大度端庄、善良睿智，若她再能在这次出征之中取得赫赫战功，那些障碍就迎刃而解了。

"你以为那些胜仗是那个丫头指挥的？你以为那些城池是她拿下的？你看看在她身边辅佐的都是些什么人，母强、张凯、祝熔等人皆是良将，特别是母强，才能远在其他诸人之上，即便为帅也绰绰有余。有这么多良才猛将辅助，她还能输不成？"

"城主所言甚是，那赢千度徒有虚名而已。"

"一个娇滴滴的公主，哪里有行军打仗的本事？怕是见血就晕倒了吧。"

"既然她想要咱们的镜海城，咱们就把这位公主留下来献与我们的太子殿下，太子殿下定然十分欣喜。之前先皇不是还去向赢伯言提亲了吗？只是那赢伯言不识抬举，婉拒了先皇一番好意。"

……

柳无序对这些谄媚之辈绝无好感，只是城主徐康年一心认定那赢千度不是其敌手，这便犯下了战场之大忌——轻敌。

"城主，多做些防备总是好的。正如王桎将军所说，倘若能够将那孔雀王朝的公主拿下献与太子殿下，也算大功一件。"

徐康年点了点头，伸手指向城门处唯一一条可以进入镜海城的道路，说道："我镜海城三面环海，只有一条大道可入镜海城。城门外多放铁棘，多置陷阱。我辈只需闭门死守，若有敌袭便用火箭。难道孔雀王朝的大军能够从天而降不成？"

顿了顿，徐康年想到此番来的是孔雀王朝的公主，是皇族成员，而孔雀皇室重要人物身边多有鬼舞军团相助，据说这位公主身边的鬼舞军团人数达三千之多。

"就算他们从天而降，我们也绝对不会让他们讨到好处。我已经央请墨炬大人为镜海城设置了三道禁制，他们想要攻破墨炬大人的禁制都不是一桩容易的事情。

"况且，镜海城内高手云集，为的就是今日这雪耻一战。孔雀王朝敢同时向七国用兵，真当我们是吃白饭的？这一次，我定要让孔雀王朝得到惨痛的教训。"

徐康年眼神冷厉，信心满满，狠狠说道："我要让他们这一次有来无回！"

"城主……"身边的将领惊呼出声。

"何事惊慌？"徐康年神情不悦地说道。

自己刚说完那般强势的宣言，身边众将难道不应当说一些"城主威武""正当如此"之类附和的话吗？为何没有过渡就进入了下一个话题？

"城主快看，头上……"

徐康年也察觉到了头顶的异常，他仰起头来，顺着身边将领手指的方向看了过去，只见镜海城上空，一道巨大的白色身影疾飞而至。

惊雷闪电，黑云翻滚。

"那是……"徐康年瞳孔放大，满脸惊诧。

"龙！"有人答道。

话音未落，那条白色的巨龙已经在高空之中张开了嘴巴，一团带着强烈腐蚀气息的火从天而降，就像一轮陨落的烈日滚滚而来。

轰——

镜海城城楼四分五裂，镜海城陷入一片火海之中。

大帐之内，情报官正在紧急汇报各路大军军情。

"七日，殿下破镜海城。十四日，殿下破潜江、陈州。休整三日之后，殿下又连破了乐州、通州。现在，殿下正陈兵于大河渡口，只需渡过大河，攻破津州，便可直取大周国皇城。"

孔雀王嬴伯言挥手示意闲杂人等退散，然后转身看向国师嬴无欲，说道："二叔，这丫头……反而打到我们前面去了。"

"怎么，被自己的女儿超越了，心里不舒服？"嬴无欲哈哈大笑着说道。

"青出于蓝胜于蓝，我这做父亲的又怎么会嫉妒自己的女儿？只是，我觉得事出蹊跷。"

嬴无欲点了点头，说道："确实蹊跷。"

"李牧羊那小子去了千度身边之后，只传来一句'一切有我'，这是什么意思？有了他，我们就可高枕无忧？千度到底出了什么问题，他却一个字都不肯多说。你说，千度到底出了什么事？还有，李牧羊那个小子……可信吗？"

第401章
过河拆桥

"用人不疑，疑人不用。"嬴无欲看了嬴伯言一眼，说道，"当初是你请那小子去帮助千度的，现在他用力过猛，你又担心了？"

"那不是二叔提议的吗？二叔的建议几时错过？"嬴伯言狡辩着，"不过，那小子的身份你是清楚的，龙族和我们嬴氏的恩恩怨怨，我们也再了解不过了，他的心里就没有一点儿恨意？"

"恨意自然是有的。不过，这是之前那条黑龙的恨意，而不是李牧羊的恨意。"

"他终究也是一条龙。"

嬴无欲摇了摇头，说道："虽然那条黑龙留下了一滴龙王的眼泪，恰好这滴眼泪又融入了刚刚出生的李牧羊身上，但是，融合这种事情有两种情况，要么东风压倒西风，要么西风压倒东风。倘若那滴龙王的眼泪占据了李牧羊的身体，那么，李牧羊仇恨我们嬴氏，仇恨整个人族，都是应有之义。这是我们嬴氏和整个人族欠他的。

"可是，我观那李牧羊之言行，发现他对我嬴氏无恨意，对人族无仇心。那么，理所应当的是，李牧羊的意识占据了这个身体，而那条黑龙早就已经魂飞魄散了。

"当然，这只是我个人的揣测，这样的私密问题我们也不好直接和那孩子沟通，他也不可能完全信任我们。不过，我相信那孩子是个好孩子。"

"二叔，有没有这样一种可能性？"

"什么？"

"我们都被那条小龙给骗了。"嬴伯言脸色严峻地说道，"我们所看到的都是假象，都是那个小子使出来的障眼法。他隐藏本心本性，实际上就是为了最后的报复——报复我嬴氏，报复整个人族。"

嬴无欲表情一僵，说道："伯言为何有如此疑虑？倘若如此的话，此子便是大奸大恶之辈。他一个年纪轻轻的毛头小子，竟然有如此高明的演技，能够瞒得住世人？"

"希望是我想多了。"嬴伯言轻轻叹息，呼出一口浊气，好像刚才这个问题在他的心里已经搅动良久，压得他全身说不出的难受，"就是心里总觉得有些不对劲儿，自从那个小子将万灵玉玺送到我的手上，我便有了一些不好的感觉。"

嬴无欲眯着眼睛笑了起来，脸上的皱纹被牵扯得像一朵即将枯萎的菊花。

"你啊，坐在这个位置上久了，自然就更加敏锐一些，觉得这个世界上没有无缘无故的爱与恨，每个人都各怀机心。"

"无论是朝堂还是江湖，打交道的不都是人吗？人怎么可能没有私心呢？他将自己千辛万苦抢来的万灵玉玺白白送给了我，我听说昆仑神宫之内，他被数千人族高手围攻，仍然不肯后退一步，不惜死战也要把它带走，这就更加让人怀疑他的企图了。"

"或许，是因为千度和他的情意；或许，是因为他想要孔雀王朝为龙族正名。"

"或许，他是想借我嬴氏的手报复整个人族？"

"伯言，过虑了。"

"二叔！"嬴伯言猛地推开椅子站了起来，沉声说道，"如果他当真是那种心思深沉之辈，我们将他放到千度身边，千度根本就不是他的对手。那样的话，东路大军便完全掌控在了他的手里。倘若他想用这一路大军做些什么，我们又当如何？"

"只需要母强等人抗令不遵便是。"

"若借助千度的口呢？所有的指令全部由千度所说，所有的决定都出自千度，不管是饿死俘虏还是摧城杀敌，母强他们如何敢违逆千度？"

嬴无欲眉头紧锁，看着嬴伯言问道："既然你心中起疑，你准备如何处理此事？”

“我会梦蝶传音，命令东路大军暂时驻扎在大河渡口，暂缓破津州。若千度无事，李牧羊也可以回江南城过他想要的闲适生活了。”

赢无欲眉头皱得更紧了，说道：“倘若他不走呢？”

“那不更证明了我刚才的论断吗？”

“伯言，此事还需慎重。无论如何，他都是曾经高高在上的龙族啊。”

“为了千度，为了赢氏，为了神州人族，这种事情，难道不应当将其扼杀在摇篮里吗？正如我刚才所说，倘若他着实是大奸大恶之辈，那么，他利用我孔雀大军大肆屠杀他国之人，我们便是神州罪人了。”

“是人是龙，”赢无欲沉沉叹息，说道，“又当如何决断？”

一只彩蝶在面前翩翩起舞，蝴蝶嘴巴嚅动，说出来的却是人话，发的是孔雀王赢伯言的声音。

“自出征起，东路军攻无不克，战无不胜，我儿千度睿智神武，诸将劳苦功高。特别是牧羊公子，屡次出手相助，屡救我孔雀大军于危急之中。不过，我素知牧羊公子不喜杀戮，厌恶战事。此事了结，牧羊公子可自行回江南，他日定有重礼送上，以酬牧羊公子万里跋涉之恩情。”

赢千度手指一弹，那只正在说着人话的彩蝶便灰飞烟灭。

她的嘴角浮现一丝嘲讽的笑意，说道：“你怎么看？”

“过河拆桥。”李牧羊一脸苦笑，指着面前的大河，说道，“这河还没过呢，就要把我这恩人一脚踢开。”

“我之前便说过，人族是典型的忘恩负义之辈。因为你是龙族，所以他们是不可能把你当作人族看待的。而且，他们亏欠龙族甚多，本来就内心有愧，怎么可能不担心龙族报复？”

“你也要赶我走了？”李牧羊说道。

“不，我改变主意了。”赢千度眼里红雾弥漫，冷声说道，“我要把你留下来。”

她表情严肃，声音冰冷，说出来的话十分有力。

"我要把你留下来。"

任何人听到这种话都会感激涕零，欣喜不已吧。

可是，李牧羊知道，这个恶魔之所以要把自己留下来，是因为不怀好意。

"倘若我不走的话，怕是孔雀王会怀疑我居心不良，现在已经控制了孔雀公主甚至东路大军。这样的话，我和孔雀王之间就会出现怨隙，矛盾加剧。"李牧羊一脸嘲讽，说道，"你把我留下来，无非就是想要破坏我和孔雀王之间的关系，加大我和孔雀王之间的矛盾，难道还安了什么好心不成？"

"深渊之族，何来好心？"嬴千度身体里的邪月祭司一脸坦然地说道，"我原本就是为取神州九国而来的，离间你和孔雀王之间的关系不是应有之义？还有什么事情是我不能做的？倘若能够得到我想要的，杀了你或者杀了孔雀王都是理所当然的事情。"

李牧羊眼神玩味地打量着嬴千度如樱花绽放的俏脸，说道："这么不要脸的话竟是从我深爱的女子嘴里说出来的，感觉还真是很玄妙。要不你再考虑一下我的建议？我有一个朋友叫作燕相马，这些话要是从他的嘴里说出来，那就顺理成章了，而且极具韵味和美感。"

"只有这个身份才能让我拥有神州九国。"

"要不，我和孔雀王商量一下，让他收燕相马为义子？"

"你们人族，朋友之间便是如此尔虞我诈？"

"不，只有我和燕相马如此。"

"你可以走。"邪月祭司用冰冷又好看的眼神注视着李牧羊，说道，"假如你放心这个被我占据身体的女子。"

"以前你赶我走，现在又想留着我不让我走，你到底想要做什么？"

"以前赶你走，是因为我担心你龙族的身份对我的大业有所影响。现在之所以留着你，是因为你不仅不会影响我的大事，甚至还能够帮忙做不少事情。最重要的是，我需要身边有个人来说话。"

"什么？"

"我是深渊族的大祭司。在我眼里，无论是那些能征善战的将军，还是境界高深的修行者，都渺小如蝼蚁，我连看他们一眼的兴致都没有，何况要和他们说话？我在地底沉睡万年，终究是想要找个人说说话的。"

"所以……你把我留下来，就是为了与我说话？"

"也不全是。主要还是你能够在不损我方兵力的情况下帮助我迅速破城。我要拿下大周国国都，需要你在。"

"孔雀王给你的旨意是暂缓用兵。"

"人族有句老话，叫作'将在外，君令有所不受'。"

"这是抗旨不遵，后果很严重。"

"从作为龙族的你的嘴里听到这样的话，我觉得很可笑。你自己做出选择吧。你可以离开，被孔雀王利用之后像药渣一样一脚踢开；也可以留下来，像你之前所说的那般，保护那个你想保护的女子——假如你能够做到的话。"

"不用选，我留下。"李牧羊笑着说道，"你一天没有离开千度的身体，我就一天不会离开千度。"

"这样说来，我们同样深情啊。"

"不，我是深情，你是无耻。"

"……"

"报！"

"讲。"正在与众将商量破城之策的嬴伯言喊道。

"东路大军已经渡过了大河，公主殿下正率领大军直取津州。"探子高声汇报道。

"哈哈哈……果然是朕的好女儿啊，忠正勇敢，足智多谋。"嬴伯言哈哈大笑，说道，"在座诸位还需努力啊。"

"殿下英姿勃发，是我等楷模。"

"我们要努力向殿下看齐啊，殿下都要拿下大周国国都了，我们还在汉城停滞不前。"

"羞愧啊，实在羞愧。公主殿下攻无不克，战无不胜，实在让我们这些久历疆场的老家伙羞愧难当。"

……

"千度才能卓越，做父亲的心中百般欣喜。诸位也是我孔雀王朝的栋梁。若没有你们，我孔雀王朝如何能够兵临天下？"嬴伯言倒也没好意思接着夸奖自己的女儿，反而出声安慰身边这些深受打击的高级将领，"各路局势不同，战况也不尽相同。诸将只需奋勇杀敌，朕都会看在眼里，记在心里。来日我孔雀王朝一统神州，论功行赏，在座的每一位都不能少。"

"谢陛下！"众人起身跪谢。

"就按照我们刚才商议的计策做战前准备吧。"嬴伯言说道，"让儿郎们吃饱些，今日一鼓作气拿下汉城，不能让东路军笑话。"

"是。"众将听令。

等中军大帐里的将领们退下之后，嬴伯言脸上的慈爱笑容瞬间消失。他冷声喝道："我让他们驻扎在大河渡口，暂缓破津州，东路军竟然敢抗旨不遵，他们到底想做什么？她还有没有把我这个父皇放在眼里？"

"伯言休要动怒。"一直端坐在大帐角落一言不发，却又不会被任何人轻视的嬴无欲睁开眼睛，出声劝慰道，"事情真相尚不清楚，何苦发这么大的脾气？"

"二叔，你就别为那丫头说话了。从小到大，她几时听过我说的话？"

"你不是一直在我面前夸她乖巧孝顺，是你的贴心小棉袄吗？"

嬴伯言老脸微红，气犹未消，说道："为了此事，我特意梦蝶传音，让她暂停攻势，驻扎大河渡口，结果她根本就不把我这个父皇的话当回事儿，直接开拔攻城去了。

"还有，李牧羊那个小子有没有离开，是不是还在东路军大帐里？他到底有何居心？那丫头不知人心险恶。要知道，这个世界上，真正对她好的，是我这个父亲，是你这个爷爷！"

嬴伯言突然想起什么似的，转身看向跪伏在地不敢抬头的探子，问道："那李牧羊是不是还在东路军大帐之中？"

"回陛下，确实如此。"

"你看看，女大不中留啊。"嬴伯言痛心疾首，"大河天险，需造大舟方可通过。是东路军全部过河，还是鬼舞军团独自过河？"

"大军全部过河。"

"这怎么可能？"嬴伯言一脸震惊，说道，"数十万军马，一日之间便可全部渡河？"

"陛下，正是如此。"

"他们是如何做到的？"

"那个……那个……"探子吞吞吐吐，不敢多言。

"如实报来。"

"那个……牧羊公子化作一条白龙，横亘于大河之上，东路军的将士则从龙背之上通过大河天堑，直达津州。"

嬴伯言目瞪口呆，惊呼出声："这样……也可以？"

"这小子……倒放得下身段。"

嬴无欲也被这个消息震撼到了。

高高在上、不可一世的龙族，竟然愿意现出真身，任由数十万大军从自己的脊背之上踏过去，这个牺牲不可谓不大。

"这也说明，他对千度倒也是发自真心。"

"那又怎么样？"嬴伯言生气地说道，"事出反常必有妖。这小子愿意做出有损龙格的事情，证明他所图非小。他身负血海深仇，难道心里就没有其他想法？或许，他是想要辅助千度获得足够的战绩和威望，继而成为孔雀之王，也就是未来的神州之王。而他只要控制了那个傻丫头，这九国之地，不是任由他胡作非为？"

"你对他有成见，所以说话有失偏颇。你不要忘记了，他可是你亲自梦蝶传音请出来的。"

"可是，我此番也与他明言，千度身边暂时不需要他了。他不是想要隐居江南过自己的惬意生活吗？那我便让他得偿所愿。等到此番征战事了，待我孔雀王朝一统神州，我自然是要好好感谢他的。难道他就没听明白我的意思？"

赢无欲轻轻摇头，笑着说道："无论如何，李牧羊也算龙魂入体，是高高在上的半神之族，你对他这样招之即来，挥之即去的，以年轻人的心性，怎么受得住？或许，越这样，越会让他生出逆反心理。待你让他走，他还偏偏不走了。"

"如此说来，他是故意违逆？"

"那倒不尽然。他不是在帮千度攻城吗？若没有他化作神龙横在天堑上，东路军想要横渡大河怕是不容易吧？没有十天半个月去造大舟，那数十万将士如何过河？"

"现在他不肯走，二叔可有良策？"

"此时正是战时，不宜大动干戈。不如等到东路大军拿下津州之后再做决定。"

"津州之后便是大周国国都，等到他们打下大周国国都，不就成了大周之王吗？那个时候，万一那小子不想和我见面，难道咱们还得率领大军打过去？"

"东路军是孔雀王朝的东路军，将领是孔雀王朝的将领，士兵是孔雀王朝的士兵，千度是你赢伯言的女儿。你想见他，直接过去就成了，难道还有人敢阻拦不成？"

"希望如此。"赢伯言忧心忡忡，说道。他总觉得事情反常，以往千度不会这般无视他的命令。

就算她想把李牧羊留下，也会梦蝶传音与他解释一番。可直到现在，他没有等到千度传来的任何音讯。

正在这时，外面传来嘈杂的声音。

"何事惊慌？"赢伯言怒声喝道。

老侍官李连方挪着小碎步跑了进来，着急地说道："禀告陛下，李斯特将军押送的粮草在野猪林被人劫持，李斯特将军为护粮战死。"

"何人劫粮？何人敢杀我孔雀王朝的大将？"赢伯言怒声喝道。

"那人自报姓名说是西风帝国的燕相马，还说……"

"还说什么？"

第402章
释放仇恨

"还说……还说……说我孔雀王朝起不义之兵，行不义之战，定然事败国破。还说……陛下……也就赖着人多一些，以前遇到的对手弱一些，才一路攻城夺地，几无败绩。现在他燕相马来了，陛下就要……"

老侍官的声音越来越轻，显然，后面的话不是什么好话。

"燕相马？！"孔雀王嬴伯言咀嚼着这个名字，冷声说道，"无名小辈，也敢如此张狂？待到我麾下将领取了他的人头，我倒要看看这小子是不是有三头六臂。"

顿了顿，嬴伯言转身看向国师嬴无欲，说道："怎么感觉燕相马这个名字有点儿耳熟？"

嬴无欲眼角含笑，说道："你忘记昆仑神宫的事了？就是那个为了保护李牧羊不惜与父亲断绝父子关系的年轻人。你听了之后还说他一腔热血，义薄云天，可惜不是我孔雀儿郎。"

"是那个小子。"嬴伯言终于想起燕相马这号人物来，说道，"果然是那李牧羊的朋友。我还说呢，这说话的语气听起来有点儿熟悉，尖酸刻薄，跟一把刀子似的。原来他俩是知交，有过命的交情。"

顿了顿，他又补充了一句："近墨者黑啊。"

"李斯特将军老练善战，是陛下身边的一员悍将。也正是因为这个，陛下才将押运粮草这样的重要军务托付于他。没想到李斯特将军竟然死在一个西风小将手里，连粮草都被劫了。这样一来，我们倘若不能攻下汉城或者不能将粮草夺回来，军内粮草就只够用十日。兵马未动，粮草先行。倘若军内缺粮，怕是军心不稳，恐生变故。"

"是我小觑天下英雄了。"嬴伯言极其难得地自我反思了一番，"自太阳城出兵始，直至今日，孔雀大军从无败绩。这也让我心生傲意，觉得诸国将领不过如此。却没想到，一个无名小将让我陷入了两难境地。燕相马这是在别我们的战车马腿啊。"

"现在陛下有两个选择。要么夺回粮草，把粮草从那燕相马手里夺回来；要么攻汉城，只要拿下汉城，粮草之危迎刃而解。陛下如何决断？"

"燕相马为何在这个时候出奇兵夺我粮草？一是想乱我军心，另外一个重要原因就是想要让我暂缓攻城。汉城之固，天下皆知，有'铜墙将军'林诚亲自率军驻守，止水剑馆三千剑客誓与汉城共存亡，城内隐藏的修行高手无数，又有沼泽天险，荆棘密布。数天下来，我军损失惨重。"

"陛下是打算夺回粮草？"

"不，迎难而上方是朕的风格。若因为汉城坚固我便弃之不攻，止水凶狠我便畏缩不前，天下人会如何看我？我又如何做神州共主，如何让天下人信服？"

"陛下英明。"

"总不能遂了那小子的心。他想和我打游击，想在外围消耗孔雀大军的精力和注意力，我偏不上当。如果我所料不错的话，很快那小子就会派兵前来袭营。"

话音未落，就听到大帐外面有人喊道："报，左翼遭遇袭击！"

嬴伯言愣了一下，然后哈哈大笑，说道："这小子当为我人生知己。"

龙焱摧城，烈火燃烧。

整座城市陷入一片火海之中，哭喊声、嘶吼声以及金铁相击声响成一片。

在李牧羊化作一条白龙，一口龙焱熔化了津州那高大巍峨的青金大门之后，孔雀大军汹涌而至，瞬间将还处于惊愕之中来不及反抗的大周军扑倒在地。

"杀！"

一名大周将军骑在战马之上，一马当先，挥舞着长枪朝前刺去。

他一枪洞穿一名鬼舞军胸口的同时，只闻天上一声鸟鸣，一只巨大的彩鸟从天而降。彩鸟上的战士长剑一挥，白光划过，那名大周将军便身首分离。

"救命……救我……我的腿断了……"

一名士兵的双腿断了，躺在地上大声哀号，哭喊着求救。没有人回应，没有人帮忙，甚至连看上一眼的人都没有。

一匹战马轰隆隆地冲来，马蹄铁重重地压在那名士兵的胸口。

噗——

那名受了重伤的士兵口吐鲜血，当即身亡。

这时，李牧羊恢复人形，看着在地面厮杀的人族同胞。

"怎么，不忍心？"赢千度傲然而立，脚下的孔雀不停地扇动着翅膀，将疾飞而来的箭雨扫开。

"何必如此？何苦如此？"李牧羊悲声说道，"他们这样杀来杀去，或死或伤，永远和自己的父母妻儿分离，到底为的是什么？"

"为了军人的荣耀，为了立身的家园。"

"不，是为了上位者的私心。"李牧羊打断邪月祭司的洗脑，怒声说道，"军人的荣耀？军人要什么荣耀？好好活着，赡养自己的父母，守护自己的妻儿，让家人老有所养，幼有所依，这才是军人的荣耀，是天下所有男人的荣耀。至于立身的家园，他们脚下的土地是他们的吗？你嘴里所说的家园是他们的吗？倘若没有上位者的私心，倘若没有难以填满的野心，若不是你们点燃战火，若不是你们妄自用兵，他们怎么会死？他们怎么会失去家人？"

"李牧羊，你不要忘了，"占据赢千度身体的邪月祭司怒声喝道，"是你送与孔雀王赢伯言万灵玉玺，是你勾起了他吞并天下的欲望和野心，是你亲手点燃了战火，是你渴望对他们用兵。如果这一切有一个幕后之人的话，那便是你。是你造成了这一切，你才是真正的恶魔。"

"停下来！"

"你说什么？"

"我说停下来。不错，我确实送给了孔雀王万灵玉玺，我也确实想看到他对七国用兵，希望他成为神州共主。因为只有这样，龙族沉冤方能得雪，也只有这样，才有人为枉死的龙族正名，让怒江之水不再鲜艳，让断山之上不再有悲鸣之声。"李牧羊眼眶通红，指着厮杀不休的将士，指着那些受到牵连惨死的无辜百姓，说道，"倘若这一切需要牺牲他们，牺牲这些无辜的人，牺牲那些可怜的孩子，我希望这场战争立即结束。我宁愿受万世唾骂，我宁愿永生承受酷刑。"

"李牧羊，你太天真了。"邪月祭司冷笑连连，说道，"决堤的洪水如何能够倒流？出闸的野兽如何主动回到笼子里？孔雀王朝联手黑炎王朝进军七国，神州九国动用了近千万兵力，难道是说不打就不打，说停下来就可以停下来的？李牧羊，就算你是龙族，你也没有能力阻止这一切。孔雀王朝只能前进，只能按照既定的战略向前推进，要么胜，一统神州，要么败，被七国联手吞并。没有停止，没有退出。不是你死，就是我亡。没有其他的道路可选。"

"我说——停下来！"

李牧羊看到孔雀大军冲进城池，和津州军进行巷战。更多的百姓受到波及，更多的百姓遭遇劫难。

有人被刀剑所杀，有人被倒塌的房屋所压，还有人被战马撞死。当然，死伤更多的还是双方的士兵。

"李牧羊，你知道你在做什么吗？你敢用这样的语气和我说话？"邪月祭司眼神凶狠地盯着李牧羊，"你要清楚，我之所以把你留下来，是因为你和我有共同的目标。倘若我不容你的话，你早就被孔雀王赶走了。上一世你被恶人所害，你们龙族近乎灭绝。这一世你举世皆敌，只要一露头就会被无数人喊打，世人视你为野兽，人人见而杀之。难道你不想要报复？我知道，你的心里有恨意，我感觉得到。释放出来吧。"

说话之时，邪月祭司的手掌捏出一个又一个烦琐无比又诡异至极的法诀。

一团团黑色的雾气朝李牧羊所在的方向扑了过去，很快就将他笼罩住。

"释放出来吧——释放出来吧——"邪月祭司用一种极其陌生而又充满蛊惑的声音召唤道，"血债必须血偿——去吧，杀光他们，杀光他们——"

轰——

一条白色的巨龙从那黑雾之中冲了出来，腾云驾雾，翱翔九天。

嗷——

龙吟之声传遍四野。

角似鹿，头似驼，眼似兔，项似蛇。

鳞似鱼，爪似鹰，掌似虎，耳似牛。

颔下有明珠，喉下有逆鳞。

白龙仰天长啸，瞳孔血红。

白龙从天而降，在津州城上空盘旋一圈之后，停在赢千度的面前。

"释放出来吧——释放你心中的恨，释放你心中的杀意——人族不值得同情，杀光他们——

"杀了他们，他们屠杀了你的同胞——

"杀了他们，他们对你赶尽杀绝——

"杀了他们——去吧，杀了他们——"

邪月祭司的双手迅疾无比地变换各种各样的烦琐法诀，一团又一团黑雾朝白龙笼罩而去，白龙的瞳孔越来越红。

可是，白龙停顿在半空，并没有听从命令对津州城里的百姓赶尽杀绝。

"噬心咒！"白龙口吐人言，那是李牧羊的声音，"邪月大祭司的噬心咒果然名不虚传，就连我都差点儿被你所惑，成为你的杀人傀儡。"

"你知道噬心咒？"邪月祭司表情惊诧，问道。

"知道。"白龙说道，"因为数万年之前深渊族入侵时，你就使用过一次。"

"看来你的记性不太好。我说过，数万年之前的屠龙之战，我被领主留在深渊镇守，预感到战势不妙才赶到怒江。那个时候，领主已经被你体内的那条黑龙击伤，深渊族溃败逃窜。我心知回天无力，便悄悄隐藏在人族世界，几时对你使用过噬心咒？"

"你还想撒谎？"白龙咆哮，"你不是对我使用，而是对那些人族统治者使用了噬心咒！"

邪月祭司眼里闪过一丝疑惑，若有所思地打量着白龙："你知道的好像比我预想的更多一些。"

"确实如你所说，你被深渊之主留下镇守深渊，但是你不甘心。你知道，这是万年难遇的建功立业的时机。倘若这一次深渊族入侵成功，你们整个族群都可以离开那暗无天日的地方，然后拥有星空之下的整个神州，而那些征服者的名字也会被深渊族人世世代代永远铭记。

"这对任何一个修行者而言都是巨大的诱惑，谁不想与天地同寿，谁不愿与日月星辰一般不朽？其实，你在深渊大军入侵之时便也悄然赶到了怒江，却并没有急着出手。你想等到深渊之主不敌龙族，深渊族面临劫难的时候挺身而出，到那个时候，你便是深渊族的救世主，是所有族人的英雄。

"可是，你没想到的是，龙王重创深渊之主后，深渊族如洪水般泄去。那个时候，你拯救不及，回天无力。你心知龙族才是你们深渊族最强大的敌人，倘若龙族不除，你们深渊族便无论如何都不可能占据这片肥沃的土地。你知道人族统治者对龙族又惧又怕，还有隐藏在心底的仇恨。

"所以，你躲在暗处，对神州九国的统治者使用了噬心咒。你激发了他们心底对龙族的畏惧和恨意，让他们不惜一切代价对精疲力竭、损失惨重的龙族出手，所以才有了第一次屠龙大战，才有了龙族的近乎灭族。你才是屠龙之战的罪魁祸首！"

"哈哈哈……"

邪月祭司狂笑出声，指着白龙说道："有意思，还真是有意思。你体内的那条黑龙想了数万年都没有想明白的事情，没想到却被你这个毛头小子想清楚了。

"黑龙一定感到很意外，为何如此畏惧龙族的人族会突然向龙族举起屠刀。被背叛的不甘、愤怒、屈辱日日夜夜吞噬着黑龙，让黑龙生不如死。所以，黑龙想要报复，想要报近乎灭族之仇。只有毁灭整个人族，方能解其心头之恨。

"可惜啊可惜，就算留下那一缕冤魂又如何？这天地，早就不是龙族掌控的天地；这神州，也早就不是龙族主宰的神州。龙族落魄如丧家之犬，遭到唾弃，人人见而杀之。不错，这一切都是我一手操纵的。

"人族和龙族怎么能团结呢？我只有借助人族的手将龙族屠杀掉，方能解除我深渊族的一大隐患。只是，没想到的是，人族对你们龙族恨意如此之深，当我将他们隐藏在灵魂深处的恨意激发出来时，他们所做的事情，连我这个被你们称为恶魔的人都深感震惊。

"李牧羊，你和当年的我一样，既然回天无力，那便听之任之。牺牲几个无用的人算什么？只要孔雀王朝统一神州，那我便会成为神州共主。到那个时候，我为你们龙族正名，封你为我深渊国师。"

"我是龙族，我的身体里曾经居住过一条龙。"白龙的声音低沉，每一个字都像是从牙缝里挤出来的一般，"但是，我更是人族，是一个活生生的人。我不允许你滥杀无辜，不允许你拿这些无辜者的鲜血作踏板，去实现自己的野心。"

"你以为你能阻止我？数万年以前不能，现在更不能。"

"那便试试。"

白龙咆哮一声，拖着长长的尾巴，轰隆隆地朝邪月祭司所在的方向冲了过去。

"自不量力。"

邪月祭司拔出腰间长剑，一剑劈斩而来，九天之上有天雷呼应。

轰——

天雷如巨剑，朝白龙庞大的身躯斩了过去。

这一剑之威，眼看就要将那条白龙一分为二。

嗷——

白龙仰起头，张开大嘴，对着高空喷射出龙焱。

刺啦——

天雷巨剑被龙焱吞噬，瞬间便在高空中消失不见。

一剑落空，邪月祭司驱使着脚下的彩鸟朝白龙飞去。

彩鸟畏惧龙威，不敢靠近。

邪月祭司愤怒至极，于是脚尖在鸟背上一点，人便高高地升腾而起，朝白龙飞了过去。

这个恶魔心有不甘，反身一剑。

嚓——

孔雀坐骑一分为二，朝地面坠落而去。

邪月祭司身影如电，瞬间飞到了白龙的头顶，稳稳地站在了白龙的脑门之上。

白龙翻滚腾挪，想将头顶的邪月祭司甩出去。

可惜，无论白龙如何努力，邪月祭司都像是白龙身体的一部分，抓着龙角死死不放。

黑云翻滚，狂风呼啸。

邪月祭司头上的白羽被风吹走，身上的白袍被风撕裂。

邪月祭司一手抓龙角，一手握长剑。

长剑的剑刃对准巨龙的头，狠狠地刺了下去。

噢——

一剑落空。

白色的巨龙不见了，邪月祭司手里握着的龙角消失了，就连那即将插进龙头深处的长剑也无影无踪。

危急时刻，李牧羊幻化成人形，避开了邪月祭司那致命一击。

邪月祭司虽然用的是嬴千度的身体，但并不是嬴千度。

李牧羊对嬴千度的招式功法都非常熟悉，知道她的实力只是中上之境，远远不如自己。

现在这个身体所展现出来的实力非常强大，而且各种稀奇古怪的功法让人防不胜防，招式阴险、狠辣，出其不意。

深渊之地，终年不见天日。那里面的魔族想要生存，想要在有限的资源下过活，便得激烈竞争，便得同类相残。

那些能够活下来的都是强者，那些能够被强者称为强者的都是枭雄。

像邪月这般能够炼化黑暗之力为己所用，成为恶魔之族的三大祭司之一，而且是实力最为强大的大祭司，就连深渊之主都要忌惮的一个人，到底强大到什么程度？

李牧羊确实感觉到了压力。

龙族虽然体形庞大，而且有着坚硬的鳞甲和结实的肌肉，又有行云之能、驭水之技，但是在一些细微的动作上远不及人族灵活多变。

这也是高等阶的龙族都愿意化作人形去修行绝技的原因。只有这样，龙族才能再攀武道高峰，打破身体桎梏，成为真正的神族。

邪月祭司是一位修行高手，是一个恐怖的对手。他很擅长发现对手的破绽，只要有一丝一毫的机会，他就能将对手斩落剑下。

面对这样一个对手，李牧羊不敢有丝毫松懈。

"知道我这剑招叫什么名字吗？"邪月祭司手持长剑，站在高空中，看着化作人形逃过自己攻击的李牧羊说道。

"不知道。"李牧羊声音冰冷。

刚才邪月祭司站在他头顶的时候，他不是没有反击的机会，不是没有将这个恶魔消灭的手段。可是，邪月祭司用的是千度的身体，如果李牧羊反击，毁灭的可是千度啊。

"斩龙剑。"邪月祭司说道，"以前在深渊的时候，我使的是灭天剑。天地最大，所以我要灭天。灭了天，我便是世间最大的。后来，我进入人族世界，灭天剑的招式倒忘得干净，却在数万年的寂寥岁月中悟出了斩龙剑的招式。我见识过那条黑龙的强大，因此在我眼里，人族根本就不堪一击，只有那贵为半神之族的龙族，才是我真正的对手。所以，我以龙族为敌人，悟出了这斩龙之剑招。"

"不过如此。"李牧羊嘲讽道，"倘若想用这样的招式来斩龙的话，怕是要让你失望了。"

"刚才那一剑，叫作蝶恋花。蜻蜓点水，只是想要点出你的人形。"邪月祭司嘴角浮现倨傲的笑意，说道，"毕竟，龙族虽然身体强壮，但是只有化成人形时才能将实力发挥到极致。这同时证明，那个时候的龙族被情势所迫，不得不使出终极形态。你再试试我第二剑。”

突然邪月祭司的身体消失在空中，沉声说道：“这一剑名为相见欢！”

第403章
火眼金睛

"第一剑名为蝶恋花，第二剑名为相见欢，那第三剑是不是叫作西江月？"李牧羊嘴角浮现一丝嘲讽。

明明是来自深渊的恶魔之族，却偏偏学人族学子那般喜欢吟诗作对，附庸风雅。

你以为你是谁？也能和我们龙族比？

我们龙族喜欢人族的才学，那是因为我们确实有才学。

我们龙族喜欢吟诗作对，那是因为我们龙族吟的诗、作的对能够流传千古。

要知道，神州不少绝妙诗词都是龙族写的，只是因为龙族的身份太过敏感，所以一名龙族才子化名为"无名氏"。

没想到的是，之后所有的龙族才子写了诗词都以"无名氏"的名字发表。

结果，无名氏成了神州最有名气的"神秘作者"。

龙族是有底蕴的，来自深渊的恶魔之族有什么？

"第三剑名为破阵子。"邪月祭司看了李牧羊一眼，说道，"数万年岁月更替，人生太过漫长，实在无事可做的时候，我便去阅读宫中所藏的那些神州才子作的诗词，实在受益匪浅。所以我悟出来的三招斩龙之剑皆以词牌来命名。只因最喜这首《破阵子》，最喜这词中的凌厉霸道之意，所以第三剑便以这首词来命名。"

"词是好词，名也是好名，就是不知道这剑术如何。"

李牧羊实在受不了一个深渊恶魔来和他讨论人族的词作，他总觉得深渊里面全都是野蛮的恶魔才对。

"你知道深渊族为什么一直想要打破阴阳界石，入侵神州吗？"邪月祭司问道。

"不就是想要占据神州沃土？"

"这只是其中一方面的原因。如果能够离开深渊，从那不见天日的黑暗世界中走出来，走到这拥有日月星辰的土地上来，那自然是深渊族求之不得的事情。但是，这并不是全部。

"万物皆有灵，无论是人族还是龙族，抑或是深渊族，都是天地间的生灵。凭什么龙族一出生就是半神之族？凭什么人族可以读书写字，可以青史留名？深渊族又比你们缺少什么？

"深渊族有顽强的生命力，有近乎无尽的寿命，有超强的学习能力和吞噬力……倘若我们成了这片土地的主人，又将是一幅怎样的场景？走在大街上，穿着长袍的是深渊族人，开饭馆的是深渊族人，开医馆的是深渊族人，开学馆的还是深渊族人，那些学生也都是深渊族的孩童……下一个世界的文明将由深渊族来创造。想想这光景，这不是每一个深渊族的有志之士想要率领自己的族人走到的彼岸吗？"

说到最后，邪月祭司的情绪竟然变得激动起来。显然，这样的理想和目标根深蒂固地植于每一个深渊族人的脑海里、骨子深处。

走出去！

从深渊走出去！

走到人族的世界！

成为神州新的主人！

李牧羊听着都有点儿感动，但他很快就觉得自己实在太莫名其妙了。

"你有没有想过一个问题？"李牧羊问道。

"什么？"

"深渊族，也就是你的族人，到了人族世界会不会水土不服？"

"……"

"你先不要生气。"李牧羊劝慰道，"你想啊，在亿万年的历史长河中，有多少生物随着气候和环境的变化而消失！可以在水中生活又可以翱翔天空的水马，虽然长得像龙却远远没有龙族强大的恐龙，还有其他无数的鸟类和野兽……

它们，全部消失不见了。你的族人原本已经习惯了深渊，习惯了黑暗，你突然把他们带到神州，如果他们水土不服，全部死翘翘了怎么办？"

邪月祭司张嘴欲言，却发现不知道如何反驳李牧羊的话，甚至还下意识觉得，这家伙说得还真有些道理。

可是，邪月祭司又总觉得有点儿不对。

到底哪里不对呢？

邪月祭司想清楚问题的答案后，脸色瞬间变得冷酷起来。

"你所说的那些消失的种群，不是飞鸟便是野兽。"

"有什么问题吗？"李牧羊问。

"深渊族是高等级种群，是和人族共存的智慧种群。"

"你看看，你说这种话就很不智慧了。"李牧羊冷笑连连，"什么时候人族把深渊恶魔当作智慧种群了？至于龙族，除了龙族自己，其他种群都如尘埃一般。在龙族眼里，哪里还有其他种群存在？"

"李牧羊……"

"忠言逆耳。你贵为深渊族祭司，理应为自己的族群谋划一番，劝族人放弃攻击阴阳界石，好好待在深渊不要出来。还有你，把千度交给我，你自去做自己想做的事情吧。"

"李牧羊，你真是不知好歹。受到人族百般欺辱，你仍然视他们为同胞。我对你至诚至信，甚至要和你共享神州，你却为了地上那几个废物和我翻脸。那就先接下我这一剑相见欢吧。"

说话之时，邪月祭司的身体已经化作一阵黑色的龙卷风。

龙卷风朝李牧羊所在的方向笼罩而来，像要与他接触，与他亲近，与他融为一体。

那龙卷风轻轻的、柔柔的，看起来没有任何破坏力。

可是，李牧羊非常清楚，虽然这一剑叫作相见欢，但是倘若当真与其相见的话，一定不会让人欢喜。

李牧羊的身体化作一道白光，躲避那黑色龙卷风的笼罩与侵袭，白色的光华拉扯开来，犹如一条白龙。

邪月祭司是黑的，李牧羊是白的。

一黑一白在高空中缠绕、追逐，融合又撕裂，撕裂又融合。

黑色龙卷风里有黑光闪烁，一道又一道剑光从那黑风之中突兀而起，斩向身边的白龙。

白龙也不甘示弱，张牙舞爪，一次又一次朝那黑色的龙卷风咆哮着。

直到这个时候，李牧羊才真正清楚，所谓相见欢不是一剑，而是由无数小剑组成的大剑。

每一剑都凌厉无匹，每一剑都凭空而起。

龙卷风便是剑，剑藏在龙卷风之中，突兀而至，神鬼难测。

即使以李牧羊化龙后的修为境界，想要提防这无数把小剑也极其吃力。这时，龙角、脊背、腹部、四肢全都被利剑划过，或轻或重，留下了深浅不一的伤口。

幸好龙鳞是世间最好的盾牌，普通的物理攻击和法术攻击对白龙而言没有任何作用。

当然，倘若是享誉世间的星空强者，他们的攻击还是极其可怕的，一剑可拦江，一剑可断山，这样的实力堪称半神之力。

这对半神之族的龙族而言，还是非常危险的。

更要命的是，孔雀王朝是世间最富裕的王朝，嬴千度作为孔雀王朝唯一的公主，使用的自然是最好的武器。

无论是她赠送给李牧羊的桃花剑，还是她此时手里所使用的惊鲵剑，都是世间一等一的好剑，任何一把传世都会引起神州震动。

但是对嬴千度而言，这不过是一把称手的宝剑而已，和孔雀剑阁里悬挂的三千把宝剑没有太大的区别。

邪月祭司占据了嬴千度的身体，便也占据了嬴千度所拥有的一切。

李牧羊舍不得攻击嬴千度的身体，因为他怕把嬴千度打伤了。

万一邪月祭司察觉到危险，想换一个躯壳，李牧羊却一拳轰了过去，这样还处于昏迷状态的赢千度岂不是死路一条？

　　就算李牧羊舍得攻击赢千度也不成，因为赢千度身上配备着无数防御神器。其他的先不说，只是一个名列《神器·宝器谱》的琉璃镜，就能让他的攻击大打折扣。

　　打重了会伤害到赢千度，打轻了攻击力会被琉璃镜化解。

　　李牧羊只觉得这一场架打得憋屈至极。

　　邪月祭司却没有这样的顾虑，倘若李牧羊愿意降服于他，他是极其乐意的。

　　至高无上的半神之族的龙族都是他的奴隶，说出去还是很有面子的一件事情。

　　至少，他觉得比他们深渊族的领主要威风许多。

　　当邪月祭司使着赢千度的惊鲵剑，施展他的相见欢，一剑又一剑斩在李牧羊的身上时，李牧羊一次又一次在心中咆哮：赢千度，你在我身上斩的每一剑，都将在我身上留下一个疤，以后你可千万不要嫌弃。

　　此时，黑色龙卷风越卷越大，很快就将李牧羊化成的白龙笼罩了。

　　白龙消失不见了，只有那黑色的龙卷风在高空中旋转。

　　李牧羊被包裹了，或者说，他被囚禁了。

　　这是一种类似于死亡毒帐的东西，触摸不到，却实实在在地将李牧羊束缚住了。

　　黑雾之中，仿若迷宫。白色巨龙左冲右突，前面却仿佛没有边际似的，永远看不到尽头。

　　李牧羊知道了，这是一个芥子空间，在这空间里，自己无限小，而这空间无限大。

　　就像一个普通人想要用双脚丈量大地，无异于痴人说梦。

　　而且，李牧羊清楚，在这个空间里面，随着自己做出来的各种突围行动，或直冲，或上顶，这空间也在不断地增长。

　　你大，它也大。

　　你小，它还是大。

"这到底是什么功法？"李牧羊在心里懊恼地想道。

当时他只顾着防备那恶魔所说的相见欢，却没想到邪月祭司竟然另有暗招在等着自己。

邪月祭司是深渊族三大祭司之一，是能够和深渊之主分庭抗礼的强势人物，实力深不可测，这次确实给李牧羊带来了极大的困扰。

"李牧羊，你认输了吗？"

一个嘶哑的声音传了进来，在这黑暗的迷宫之中震荡，刺得李牧羊耳膜生痛。

"认输？"李牧羊冷笑出声，"只凭这一阵妖风，就想让我认输？简直是痴心妄想。"

"一阵妖风？"邪月祭司哈哈大笑，这一回，他用的是自己真实的声音，"这是用深渊的黑暗之气凝结而成的诅咒之城，人在其中，永生永世不得轮回。你既然入了我这诅咒之城，那便已经被其诅咒。倘若我不网开一面的话，你休想从这城中逃出来。"

"大家都是修行之人，自然知道给功法取名的意义何在。取名为死亡毒帐的不一定真的能够让人死亡，你这诅咒之城也不一定就真的能够让人被诅咒——唬人而已。既然是人创造的功法，就一定会有破绽。"李牧羊回应道。

沉默片刻，邪月祭司狂笑出声，说道："李牧羊啊李牧羊，你还真是狂妄自大。世间确实没有十全十美的功法，但是，就凭你，想在短时间内破解我的诅咒之城，怕是难如登天。"

"登天有什么难的？我时常登啊。"

邪月祭司差点儿没被李牧羊这句话噎死。

对普通人而言，登天确实是一桩极其困难的事情。

就算是神游天外、万里取人首级、一缕意念都能够杀人的神游高手，那个"天外"也是值得商榷的，那个"万里"也是有距离限制的，只是很高很高，却不能真正地称之为登天。

天有多高，怕是真正的仙人也不知晓吧。

李牧羊身怀龙魄，当他化龙之时，可直入云霄，傲视九重天也不是没有可能的事情。

仙人是没有的，倘若这世间当真有生灵能够登天，无疑就是眼前这个龙族少年。

邪月祭司原本想要炫耀，却没想到立刻被打脸。

他都不愿意和李牧羊说话了。

"你只当我是龙族，却不知道我早已经佛道双修。"

邪月祭司冷笑出声，说道："数万年以来，我倒听说过不少人想要佛道双修的故事。那些人即便天资卓越，是世间一等一的俊杰，想要佛道双修也是不可能的。因为这条道几乎从来不曾有人走通过。"

"恐怕要让你失望了。"李牧羊嘴角浮现一丝冷意。

说话之时，李牧羊的双瞳里浮现片片金光。

金光所及之处，片片黑雾瞬间消失。

邪不压正，正如黑暗永远惧怕光明。

这金色是大光之光、大明之明，是最耀眼的颜色。

"火眼金睛！"邪月祭司大吃一惊。

《西行记》记载，曾经有一只猴子在炼丹炉里炼了七七四十九天，方得此火眼金眼。

此火眼金睛可断妖魔，焚巨擘，窥破一切魑魅魍魉。

深渊族是恶魔之族，也属于魑魅魍魉中的一种。

李牧羊拥有这火眼金睛，只需一眼便能够窥破黑暗，寻找恶魔真身所在。

一只猴子的火眼金睛尚且这般厉害，作为半神之族的龙族拥有此神通更是让人不敢小觑。

而且，世间有"画龙点睛"的说法，龙族的眼睛是至关紧要之处。

此时的李牧羊，眼睛变成了金色的，这是不是说明，他有可能突变为金龙，成为真正的至高神族？

"李牧羊有可能再次突破？原本只是半神之族的龙族有可能打破壁垒，成为神族？"邪月祭司心中暗道。

邪月祭司再强大，也不敢与神争锋。以仙人之力，举手投足间便可令天昏地暗。

在数万年的历史长河之中，邪月祭司一直以龙族为自己的假想之敌。

他对龙族的研究最为深入，对这个族群的性格特征、优势、缺陷以及生活习性、等级划分都有着清楚的认知。

低等级的龙还没有开智，只是肉盾一般的存在。

一旦智慧开启，低等级龙很快就可以跃升为中级龙。

龙王以及十二神龙使都属于高阶龙，高阶龙不仅有着强大的神通，而且可以化作人形或者其他动物，以其他形态来生活。

譬如李牧羊体内的那条黑龙，便喜欢以人族的形态在世间生活，甚至还爱上了人族的女子。

当然，也有喜欢化身为马的，那便是人们嘴边常说的白龙马。

一般情况下，即便是龙王，也全身黝黑，仿若墨炭。此为黑龙。

黑龙历万劫而不死，就可以晋级为白龙。这是更高等级的一种龙。

等到白龙再次晋级，全身浴火披金，那便成为龙族至高无上的金龙。

当然，即便阅遍龙史，也从来不曾有过一条龙能够打破这样的等级壁垒跃升为金龙。

因为只要有一条龙晋级为金龙，整个龙族都将晋级为神族，成为大千世界的主宰，成为真正永生不死的族群。

这也是李牧羊金色的眼睛让邪月祭司大惊失色的原因。

听到邪月祭司的惊呼声，李牧羊立即转身朝身后看了过去，两根金色的光柱仿若两把巨大的金剑从李牧羊的双眼之中发射而出。

光柱所过之处，黑雾消失，一切化作虚无。

"啊——"

只听一声惨呼传来，四周的黑雾迷宫瞬间崩塌，眼前的黑暗消失。

李牧羊终于重获自由。

可是，李牧羊心急如焚。

因为，刚才那惨呼，是嬴千度的声音。

第404章

龙剑合一

"千度——

"千度，你在哪里？"

……

小仙女的身体，大恶魔的灵魂，而且那个小仙女还是自己喜欢的女子——赢千度。

每天能看到赢千度的俏脸，李牧羊是欣喜的。但是，想到她的躯体被恶魔所夺，他又开始悲伤起来。

这种打不能打，还得小心奉承请求那个恶魔如自己一般呵护赢千度身体的心情当真复杂至极，难以向外人道也。

李牧羊从那迷宫里出来之后，立即四处搜索赢千度的身影。

在不远处的高空，赢千度眉头紧皱，一脸惊诧地看着自己胸口的伤。

她身上的白色战甲都已经被浸湿染红了。

显然，刚才李牧羊用那一招火眼金睛劈开黑雾、斩破迷宫的时候，也对赢千度的身体造成了伤害。

可是，让李牧羊难以接受的是，他伤了赢千度的身体，恶魔有没有受伤还是个未知数。

这种感觉真是憋屈啊！

他想杀了恶魔救出赢千度，但是恶魔躲藏在赢千度的身体里，倘若杀恶魔，就一定要杀赢千度。

倘若不想伤害赢千度，他又如何杀死恶魔？

"你即将晋级为金龙？"赢千度好看的眸子里充满了警惕，盯着李牧羊的眼睛问道。

李牧羊眼里的金光已经散去，恢复成了人族正常的黑色瞳孔。

这样的状态让邪月祭司极其疑惑，这到底是不是典籍上所记载的晋级为金龙的征兆？

毕竟，虽然一些典籍上写过这样的事情，却从来不曾有过金龙的记载。而龙族也一直都是半神之族，没有真正地打破等级壁垒，位列神族。

"被你看出来了？"李牧羊表情平静，一副云淡风轻、看破世事的高人模样，仿佛邪月祭司问出来的这个问题以及晋级金龙这回事，对他而言都不算什么大事，"原本我也不愿意如此高调，只是你竟然使出那般阴险的招数，我便无须和你客气了。"

"《龙穴》一书中有记载，白龙晋级为金龙的时候，最先表现出来的特征就是瞳孔变成金黄色，一眼便可摧金断玉，破除邪障，无所不能。"

"那便是了。"李牧羊轻轻叹息，好像这件事情再隐瞒下去就是自己的罪过一般，"我即将晋级为金龙，成为龙族的中兴之主，将带领整个龙族成为神族。所以，你想统一神州是不可能的，你的计划也不可能得逞。倘若你识趣的话，现在就从千度身体里出来，将千度交还给我，我还可以放你一条生路，从今以后，我龙族和你们深渊族井水不犯河水。若再执迷不悟的话，就休怪我手下无情。"

"怎么个手下无情法？"邪月祭司的嘴角浮现一丝嘲讽，"杀了她？杀了这个女子？"

"定以神族之能，让你魂飞魄散。"

"哈哈哈……"

邪月祭司大笑出声，就像听到了世间最好笑的笑话一般。

虽然邪月祭司用的是赢千度的身体，笑起来很好看，李牧羊也很喜欢看，但是这声音终究有些刺耳。

"你笑什么？"

"李牧羊，我活了数万年，你竟然还将我当成无知稚儿。倘若你晋级金龙成功了的话，早就是神族一员了，哪里还容得我占据你这情人的身体不放？既然你没能晋级金龙成为神族，又有何能力让我魂飞魄散？"

邪月祭司低头看向胸口的伤，声音嘶哑地说道："难道你当真要将她杀了不成？"

李牧羊只觉得胸口一痛，有种被人捅了一刀的感觉。

但凡恶魔换一个人侵占，但凡恶魔占据的不是他亲友、爱人的身体，但凡恶魔占据的是一个他不熟悉的人的身体，他早就上去和恶魔拼命了，哪里还像孙子似的在旁边侍候恶魔那么长时间？

"不过，你能够拦截下我这第二剑相见欢，已经足够让本祭司刮目相看了。龙族就是龙族，若是普通人族，早就被囚禁在诅咒之城中永世不得超生了……"

"你都受伤了，还这么不要脸地自夸有什么意义？"李牧羊不耐烦地打断了邪月祭司的话。

看到地面上两方将士厮杀不休，李牧羊心里更加着急，嘶声喊道："停战，命令孔雀大军停止进攻！"

"停止进攻？既然已经破了城门，又有什么理由停止进攻？"邪月祭司居高临下地俯视津州城，在这座城池里厮杀的将士和哀号的伤者于他而言没有任何的意义。

他看着那战成一团的两国将士，眼神冰冷，不起丝毫波澜。

"你怜惜这些废物？你不希望他们死去？既然如此，那我便成全你吧！"

邪月祭司突然间高声说话，用嬴千度特有的高贵冷傲的声音发布命令："若有抵抗不降者，屠城！"

"是！"

孔雀大军听到公主殿下的命令，战意更旺，杀气更浓。

他们挥舞着手里的长刀或者巨剑，再一次朝着节节后退、毫无还手之力的大周国将士杀了过去，一个不留，就连普通百姓也不放过。

"恶魔！"李牧羊咬牙嘶吼。

这恶魔太可恨了，实在太可恨了！

作为人族同胞，他实在没办法看到这样的惨状在眼前发生。

"你可以这么叫我——假如你喜欢的话，不过，这改变不了任何事情。"

"我定要将你挫骨扬灰，让你魂飞魄散！"

"既然如此，你便再接我第三剑试试。"邪月祭司说道。

前面两剑没有把李牧羊斩了，让邪月祭司耿耿于怀。

他原本以为只是那条黑龙残存的一丝魂魄进入这年轻人的身体，现在的龙族已经不堪一击。

没想到的是，他使出了新悟出来的两剑，都没能摘下李牧羊的人头。

龙族，终究还是他的心腹大患啊。

如果说之前的邪月祭司还对李牧羊有轻视之心，觉得李牧羊已经无法对自己构成威胁，那么这一刻，邪月祭司心中杀念强烈，他决定此番无论如何都要斩其龙角，抽其龙筋，让世间再无龙族，让自己再无羁绊。

第三剑名为破阵子，邪月祭司早就说过了。

既然邪月祭司执意把这一剑作为第三剑，那就证明这一剑比前两剑更加厉害。

第一剑蝶恋花、第二剑相见欢便恐怖至此，那么，被其命名为破阵子的第三剑又是何等神通？

李牧羊没有从蝶恋花中体会到花与蝶的缠绵，倒是稍有不慎就会被那天雷巨剑劈中。

相见欢也没让人体会到相见的欢喜，毕竟，在迷宫之中谁能笑出声来？

破阵子，听这名字就是最后的大杀招，寻常招式根本就不敢取这名。

李牧羊心中不由得有些忐忑。

只见邪月祭司伸出一根手指，指尖跳跃出一个白色的骷髅小人。

邪月祭司的手指轻轻一挑，那个白色的骷髅小人便落在了受伤的胸口部位。骷髅小人看到鲜血，神情亢奋，一头钻了进去。

"你对千度做了什么？"李牧羊怒声喝道。

"不要担心。这是我的身体，我比你更加爱惜。在成为人族皇者之前，我是不会让任何人伤害到她的。我只是给自己疗伤而已。倘若身体垮掉了，就算我有再强大的灵魂也无济于事。"

李牧羊将信将疑，却对此无可奈何。

他总不能对邪月祭司说，"你凭什么说这是在给自己疗伤？你证明给我看看啊"。

不过，他看到赢千度的伤口确实不再流血了，想来这个恶魔说的是实话吧。

邪月祭司嘴里念念有词，左手捏法诀，右手再一次举起了惊鲵剑。

诡异的事情发生了！

野草百花瞬间枯萎，没有任何生机。

鱼虾龟蟹停止游动，就像中了毒一般漂浮在河面。

铺天盖地的黑色气体朝那惊鲵剑飞来，邪月祭司竟然抽取了空气中的黑暗元素，让原本昏暗的天色变得越来越亮了起来。

那惊鲵剑仿若一张巨兽之口，不断吞噬着周围一切有生命的东西，包括那些还在厮杀，还在拼搏，还在为孔雀王朝而战或者为大周国而战的士兵。

士兵们还保持着搏斗时的狰狞之态，当灵魂从他们的身体里消失，他们甚至都不知道发生了什么事情。

而死亡，也将他们这一刹那的表情永远定格。

深渊恶魔，邪恶之法！

李牧羊早就听闻邪月祭司最擅汲取深渊之地的黑暗力量为其所用，没想到到了这神州大地，他仍然可以用这种手段祸害生灵。

这时，连李牧羊都感觉到脑门生痛，体内气血翻滚，一股力量想要钻出身体，从头顶蹿出去，然后进入那惊鲵剑，成为无数被吞噬的力量之一。

李牧羊知道，那想要破体而出的是自己的魂魄。

战鼓声声，吹角连营。

铁马入阵，弓如霹雳。

这一剑，可毁天灭地！

黑到极致便是道。

作为深渊族三大祭司之一的邪月祭司，原本就有吞噬黑暗力量为己所用的能力。

这也是他在深渊族内迅速崛起，连有近乎不死之身的深渊之主都难以奈他何的原因。

虽然邪月祭司到了人族世界，神州大地上的黑暗力量不如深渊那般雄厚，而且一半时间属于白天，一半时间属于黑暗，但是，他终究是活了数万年的老妖怪，拥有不死的灵魂。他不断地去寻找新的宿主，等到宿主死亡，再继续寻找更加年轻也更加有用的宿主，甚至如他所说那般，还以假死之身在坟墓里生活了万年。

足够了！

以邪月祭司现有的实力，足以傲视整个人族世界！

这也是他视人族如草芥，没有任何怜悯之心的原因。

李牧羊感觉到了危险，那是一种神魂皆灭的危险。

不仅仅是身体，连灵魂也要随着那即将斩下的一剑而消失。

细长凌厉的惊鲵剑变成了一把黑色的擎天巨剑，一剑斩下，仿佛有泰山压顶之势。

天地变色，鬼哭狼嚎。

剑阵之中，有无数冤魂在愤怒、在咆哮。

邪月祭司原本就擅长抽取万物的灵魂为己所用，这一剑释放出来的，便是无数花花草草、虫鱼鸟兽以及人族的魂魄。

只是他将那些魂魄进行了淬炼，使其变成了最纯粹的黑暗力量。

轰——

一剑飞来，仿佛要分割天地。

此时，最好的应战方式是避其锋芒，寻找破绽再行出手。

可是，李牧羊避无可避。

因为他清楚，倘若自己避开了的话，整个津州城都要被这一剑摧毁，大周军、孔雀军、津州百姓无一可幸免。

以剑格剑！

以硬碰硬！

感受到惊鲵剑散发出来的无匹剑意，李牧羊腰间的桃花剑也在嗡嗡作响。

心随意至，桃花剑飞速出鞘，散发出粉红色的光辉，横在天空中。

李牧羊腾空而起，幻化成一条白色巨龙直冲九天之外。

白色的巨龙俯冲而下，绕着桃花剑一圈又一圈地飞翔。它飞得越来越快，那庞大的身躯却越来越小，最后竟然变成了一条和人身大小无二的小龙。

小龙的速度更快，仿若一道白色闪电在天空中腾挪闪现，让人看不清楚它的真实形态。

只见白光一闪，那白色小龙竟然和粉红长剑融为一体。

嗷——

桃花剑嘶鸣不已，竟然发出了龙吟之声。

龙与剑合一！

此剑，便为龙剑！

李牧羊将全身精元和一生所学都注入了桃花剑中，准备用这把桃花剑来对抗邪月祭司的惊鲵剑。

桃花剑红光漫天，带着春天的气息，给人一种生机勃勃的感觉。

惊鲵剑黑气四溢，给人死气沉沉的感觉。

一为生，一为死。

一为光明，一为黑暗。

两剑相交，强者生存。

咔嚓——

仿若两座高山相撞，两股洪水相通，两尊天神发怒……

充满死亡气息的惊鲵剑斩来之时，李牧羊化作的龙剑没有任何犹豫地迎了上去。

天空之中，发出惊天动地的巨响。

天色瞬间粉红，瞬间墨黑，继而赤红、深紫、浅白……

天色变幻莫测，人脸也变幻莫测。

那些幸存的百姓，那些早已停止厮杀的士兵，所有人都仰起脸看着正在厮杀的一人一剑。

"天啊，这是怎么回事儿？为什么感觉到世界要被毁灭了？"

"到底发生了什么？那不是孔雀王朝的公主和她身边的那条恶龙吗？他们怎么打起来了？"

"公主殿下为何和那李牧羊厮杀起来了？而且，殿下释放出来的剑气，不是殿下的剑气。"

"……"

那些对嬴千度极其熟悉的孔雀军高级将领脸色更是难看至极，在后方压阵的母强看着高空中战斗的两人，愤恨地说道："如此危急关头，为何自相残杀起来？倘若殿下受伤，大周军反攻过来可怎么办？"

祝熔也一脸着急，说道："将军，现在可如何是好？总要站出来劝阻殿下。我就知道那条恶龙没安好心，他若伤了殿下，我们就算在战场上取得再大的胜利，怕是也要人头落地。"

"劝阻？如何劝阻？"母强狠声说道，"他们在高空中，以你我的实力，如何能够到达那种地方？再说，我们站在此处都受剑气所逼，难以动弹，若想要靠近，怕是早就被剑气击中了。"

"那我们……"

"噤声！"母强喝道，"难道你没发现吗？公主殿下……有些奇怪。"

"奇怪？"祝熔抬起头来，眼神也瞬间变得冷厉起来，"这是……公主殿下吗？"

当声音停止，当天空平静。

两剑相交，僵持不下。

代表着最强生命力的龙剑，与拥有无数死亡气息的惊鲵剑撞击在一起，竟然谁也奈何不了谁。

惊鲵剑竖斩，龙剑横切。

两剑剑锋相对，都想要冲破对方的防御。

但是，龙剑有龙气护体，惊鲵剑也有死亡剑域，谁也没办法在短时间内取得先机。

"李牧羊，"嬴千度的面孔出现在天空中，整个天空中都是她娇美的容貌，"你当真要痛下杀手？"

"无论如何，我都要杀了你这恶魔！"

龙剑之内，传来李牧羊的声音。

"你知不知道，倘若你这一剑刺了进来，她就要香消玉殒，再无生机。"

龙剑气势一弱，瞬间被惊鲵剑攻进一寸。

显然，此时的李牧羊心情极度复杂。

"除非你停止屠杀无辜之人，放过这满城百姓。"

李牧羊的声音再次从龙剑之中传了出来，他说出来的话语坚定无比，没有任何讨价还价的余地。

邪月祭司看出了李牧羊的犹豫，接着说道："李牧羊，你当真要杀了嬴千度？你曾经说过这是你深爱的女子，你曾经说过你愿意为她做任何事情。李牧羊，你当真要杀了她吗？杀死这个你深爱的女子，杀死这个全心全意爱着你的女子，杀死这个为了你不惜起兵征伐七国的女子？"

"我说过，停止这场战争，放过这百万生灵，给他们留一条生路，我便可以收剑，继续为你所用。只要你让大军停战，我便仍然甘愿为你驱使，助你完成心愿一统神州。"

"不，李牧羊，你太不了解我了。我想做的事情，没有任何人可以阻挡。这满城百万生灵，于我而言没有任何意义。既然我存了毁灭他们的心思，便不能因为你的阻拦而终止。这样一来，则心意不顺，念头不通。

"况且，你何德何能，竟敢阻挡本祭司行事？倘若这次遂了你的心意，那么下次你再阻拦，又当如何？李牧羊，我就不信你如此无情无义。你本是恶龙之族，犹如过街老鼠，人人喊打，人人得而诛之。我占据了她的身体，也曾经试探着窥探她的内心，她全心全意地信任你，你却想要将她一剑杀之。

"为了保护这些想杀你的人，却要杀掉深爱自己的女子？哈哈哈……龙族实

187

在愚不可及，难怪落得今时今日的境地，咎由自取。"

龙剑的气势变弱，剑上的粉红色光辉再次变得暗淡，又一次被惊鲵剑攻进一寸。

天空中，赢千度的表情突然变得哀伤，连说话的声音也恢复成赢千度原本的声音。

"我们可是要去屠龙的人呢，需要彼此照顾才行。牧羊同学是男生，可要保护我们这些女生不被巨龙欺负了啊！"

"呦呦鹿鸣，食野之苹。我有嘉宾，鼓瑟吹笙。我以大地为席，以甘泉为酒，款待两位良友嘉宾。如此良辰美景，怎么能少了音乐？"

"无论如何，你都要好好活着。你的家人交给我来守护，你想做什么事情，那就痛快地去做吧。只有你活着，你的家人才有盼头。不然的话，他们怕是生不如死。"

……

和赢千度相处的一幕幕在李牧羊的脑海里浮现，那个初见惊艳的女子，那个朝夕相伴的女子，那个在湖水之中舍命相救的女子，那个在幻境之中坦诚相对的女子，那个在风城城墙脚下将柔软温润的嘴唇送上来的女子……

她是自己的同窗、伙伴、知己，也是自己的爱人。

她是自己的肋骨、血液，是自己生命的一部分。

这样一个全心全意为自己付出的女子，一次又一次挺身而出以千金之躯替自己阻挡危险的女子，为了恢复龙族荣耀，为了让自己一家人团聚，不惜带领大军征战的女子……

现在，自己居然要亲自出手将她杀掉？

自己怎么能亲自出手把她杀掉？

"怎么能？李牧羊，你怎么能……如此绝情？"

龙剑的剑气更弱，剑势更衰，就连剑阵那原本很浓的粉红色也暗淡了下来。

在惊鲵剑的攻击之下，龙剑嗡嗡作响，弯曲如弓。

邪月祭司感受到李牧羊的内心，立即再次蓄力加力。

咔嚓——

龙剑断成两截。

李牧羊的身体被强甩出去，在半空翻滚不休，吐血不止。

第405章
你上当了

噗——

半空之中，李牧羊再次喷出一大口鲜血，这才觉得胸腔舒服了许多。

这一剑之威惊天动地，已经伤及李牧羊的肺腑。

李牧羊脸色黝黑，瞳孔如墨，整个身体都有种坠入冰窟的感觉。

他内视自身，发现身体里有丝丝缕缕的黑气蔓延，正在朝五脏六腑侵袭。

倘若他的身体被这些黑气占满，怕是只有死路一条。

"该死！"李牧羊嘴角流血，恨恨地说道，"恶魔之族，果然无耻！"

"李牧羊，你是自寻死路，怪得了谁？"邪月祭司遥望着李牧羊所在的方向，冷声说道，"你心有牵挂，犹豫不决。你的心不够坚决，你的剑便不够坚决。这样的剑，怎可伤人？怎可伤我？等待你的就只有死路一条。"

"我只是……想给你最后一次机会而已。"

"李牧羊，别再虚张声势了，这对我而言没有任何意义，对局势也没有任何帮助。明知不敌，偏偏为之，这只会让我更加看轻你。龙族的智慧如此不堪，如何有资格成为半神之族？现在深渊之气入体，很快就会腐蚀你的五脏六腑，让你的血液变成黑色的血液，让你的心肝变成黑色的心肝，让你的皮肉腐烂……不过你不要担心，你不会死，你只会成为一个没有感情和思想的僵尸，而我则是你的主人。想想还真是期待，我从来都没有龙族追随者呢。"

"痴心妄想！"

"那便试试吧。"

李牧羊立在空中不动，嘴里念念有词，念的竟然是佛家的不传之秘《般若心经》。

《般若心经》有净化毒瘴、驱逐寒邪的作用。

李牧羊这个时候吟诵《般若心经》，自然是希望这浩然正气能够驱逐自己体内的深渊之气。

果然，当李牧羊的吟诵声响彻天空，当一个个金色的符文钻入身体，那些被深渊之气侵蚀的部位立即恢复了原来的颜色，而那深渊之气也在金色符文的逼迫之下逐渐后退，一点点地被挤出李牧羊的身体。

自古以来，邪不胜正，便是如此。

"李牧羊，你还妄想挣扎？"邪月祭司看到自己刚才强行打入李牧羊身体里的深渊之气被他驱逐出来，冷笑连连，沉声说道，"不过，本祭司倒钦佩你们龙族的学习能力了，连这佛家绝不外传的《般若心经》都被你学了去。但是，你以为将这些深渊之气驱出体外就可以逃过一死？"

"倘若不把它们驱逐，我不更难逃一死？"李牧羊应道，"为了活命，我不敢荒废任何一天的时光，只要能够让自己变得强大的，便是活命之力、保命之法。"

深渊之气没有驱逐干净，他还需要拖延时间来吟诵《般若心经》。

"这么说来，你便是传说中佛道双修的天才了？既然如此，那便再接我一剑试试。"

邪月祭司明白李牧羊的心思，便再一次举起了手里的惊鲵剑。

惊鲵剑上仍然黑气缭绕，仿佛有无数冤魂在剑域之中哭号游走，东冲西突，却难以逃离那束缚之力。

"我倒要看看，这一回，你连剑都没有了，还如何挡我的惊鲵剑。"

说话之时，邪月祭司已经一剑劈出，疾如闪电。

嚓——

明亮的天空被分成两半，一半是浅白，另外一半也是浅白。

中间那道裂痕却墨黑，就像一条泾渭分明的分界线。

又是一剑！

又是破阵子！

又是让人躲无可躲、避无可避的大杀招！

李牧羊原本就身受重伤，身体反应大不如前。而且，他体内的深渊之气犹如附骨之疽，在《般若心经》停歇中断之后，再一次席卷而来，无时无刻不在吞噬着他的血脉、他的五脏六腑。

李牧羊眼睛赤红，身体腾空而起，主动朝这一剑冲了过去。

他单手握成拳，而那握成拳头的右手瞬间变大起来，手掌变成利爪，皮肤之上结起一层层又白又硬的鳞片。

轰——

李牧羊一拳朝惊鲵剑轰了过去。

红光闪现，龙气冲天。一条幻化而出的白色巨龙冲天而起，朝那黑色的擎天大剑撞了过去。

咔嚓——

乍一接触，白色巨龙便已不敌。

龙头被削掉。

龙身被一分为二。

白色巨龙化作光影，砰的一声巨响之后，便瞬间消失在天地之间。

黑色的惊鲵剑继续下劈。

嚓——

利剑刺入皮肉的声音传来。

龙爪松开，又瞬间闭合，将那把惊鲵剑紧紧地握在爪心。

邪月祭司持剑下切，却发现长剑凝固，就像和那龙爪融为一体似的，斩不下去，拔不出来。

"你以为这样就能挡下我的惊鲵剑？"邪月祭司居高临下地看着李牧羊，沉声说道。

"不是……挡下来了吗？"李牧羊咬牙说道，他表情狰狞，满脸痛苦，额头上大汗淋漓。

此前他用真气化龙，卸下了惊鲵剑的第一重剑力。

当斩断幻化而出的那颗龙头，并且将坚硬的龙身切成两半的时候，惊鲵剑就已经力道大减，剑势大不如前。

　　加上有彩云衣覆盖李牧羊的手掌，当惊鲵剑斩断彩云衣一角的时候，剑力再次减弱。

　　第三重防御便是龙鳞的防御，龙之鳞片，坚不可摧，非神兵利器不可伤其分毫。

　　惊鲵剑是把好剑，赢千度用的剑都是好剑。

　　再加上强大的深渊之力的辅助，此时的惊鲵剑不弱于《宝器·神器谱》上的任何神器。

　　所以，即使有三重防护，惊鲵剑仍然刺入了李牧羊的皮肉。

　　痛！

　　锥心般疼痛！

　　殷红的鲜血流了出来，落到空中之时便化作阵阵白雾消失殆尽。

　　龙血性躁，连空气都能够焚烧。

　　"是吗？"邪月祭司眉头紧锁，将一股更强大的深渊之力输入惊鲵剑中，将李牧羊的手臂朝下压去。

　　长长的剑尖沾着鲜血，一寸寸地刺向李牧羊的胸口。

　　"据说龙族喜食人心人肝，今日我便将你掏心挖肝！"

　　李牧羊拼命阻拦，却仍然难以抵挡那把惊鲵巨剑。

　　剑刃一寸寸向前，刺破他身上的彩云衣，刺破他的皮肉，朝着他的心脏刺了进去。

　　"李牧羊，你一定没想过自己会这么死吧？"剑刃冰冷，邪月祭司的声音更加冰冷，"世人皆言龙族喜食人心人肝，我却偏偏想着试一试龙心龙肝的味道。怕是浩瀚神州，帝王将相、星空强者，包括深渊之主，都没有这般际遇吧？"

　　"你……休想……"

　　李牧羊幻化出来的龙爪紧紧地抓着惊鲵剑，想要将那剑刃从自己的胸口推出去，无奈他竭尽全力，仍然难以与惊鲵剑带着的磅礴剑气相抗衡。

　　剑刃继续前行，剑尖继续插入。

李牧羊感觉到，那剑尖距离自己的心脏越来越近……

"李牧羊，你真是可怜，命途多舛，举世皆敌，世人都攻击你，都想要杀你，结果，你却因为要救那些渺小的人而死于自己至爱的女人之手。倘若你死了，而赢千度又知道是她亲手将你杀了，你说，她将如何接受这样的事实？"

"她一定会替我报仇雪恨。"

"或许吧。"邪月祭司一副云淡风轻的模样，说道，"不过，那是我们之间的事情。"

或许是说了太多的话，邪月祭司觉得有些乏味了。

虽然李牧羊龙族的身份让他感觉到惊喜，或许李牧羊是他在这世间唯一的知音，但是，现在的李牧羊让他失望，不惜死亡也要拯救渺小人族的李牧羊让他失去了兴趣。

李牧羊变得和那些他从来不曾放在眼里的人一般无二。

"可惜了，半神之族的身份……"

邪月祭司的声音里带着无限的惆怅，这样的身份若给他们深渊族，那该多好啊！

结束了！

一切都结束吧！

这个世界一如既往地寂寥无聊。

邪月祭司再次催发深渊之力，准备破开李牧羊最后的防御。

"去死吧！"邪月祭司遗憾地说道，遗憾李牧羊没能与自己同路。

一股磅礴大力狂涌而入，惊鲵巨剑黑气大作，闪耀着死亡的气息朝李牧羊的心脏刺去。

李牧羊也同时加大反抗力度。

两人再次僵持，惊鲵剑寸步难入。

生死关头，李牧羊发挥出了巨大的潜能。

"龙族，也不过如此。"

邪月祭司说话之时，两眼之间，眉心深处，一只红色的眼睛显现出来。

深渊族的第三只眼！

这也是深渊族的生命本源！

只见那第三只眼一阵转动，然后便有一团恶心的绿色液体朝李牧羊的头顶喷溅过去。

"你上当了。"李牧羊嘲讽的声音传了过来。

轰——

天地之间，金光大作。

李牧羊的头上，不知何时竟然生出了一只如鹿角般的长角。

李牧羊的身体猛地上顶，那只长角狠狠地插进了邪月祭司的第三只眼里。

"啊——"邪月祭司痛呼出声。

李牧羊将那只长角插入了邪月祭司的第三只眼之后，便开始催动体内的龙气传入赢千度的体内，将布满赢千度身体的深渊之气推挤出去。

赢千度的体内原本就残留着龙血，在李牧羊的龙气的牵引之下，她体内被压制的龙血开始缓缓流淌了起来，与李牧羊输送进去的龙气里应外合，一起对抗深渊之气。

邪月祭司难以承受这天火焚身般的疼痛，拼命地挣扎扭动，可是那第三只眼被李牧羊的龙角所伤，相当于人族的气海丹田被毁，他根本难以逃脱李牧羊的控制。

"李牧羊！"这是邪月祭司咆哮的声音。

"牧羊……"这是赢千度痛苦呻吟的声音。

"我定要杀你！"

"救我……"

……

赢千度的意识开始恢复，正在与那恶魔争夺对身体的控制权。

"不要怕，"李牧羊满脸满身都沾上了恶心的绿色液体，他一脸心疼地看着赢千度，看着那不停变幻的面孔，柔声说道，"有我在，不要怕……"

"李牧羊，你敢杀我，我便杀了你的女人！"邪月祭司的声音微弱了许多，话语间的恶毒却百倍增加，"我要让你们生不如死，我要让你们生死分离，永远不能在一起……"

砰——

邪月祭司的第三只眼爆炸开来。

庞大的深渊之气四处飞散，将李牧羊伤痕累累的身体撞飞了。

邪月祭司以自毁生命本源的方式来毁掉赢千度的魂魄。

"牧羊……"赢千度轻声唤道，然后缓缓地闭上了眼睛。

她的身体飞速降落，朝着破败不堪的津州城落去。

"千度！"李牧羊嘶吼一声，冲过去抱住了赢千度失去知觉的身体。

怒江深处，阴阳界石。

老妪口中念念有词，捏出一个又一个烦琐的印诀，双手飞快地将一道又一道金色的光华打在那界石之上。

可是，撞击阴阳界石所发出的声音越来越大。

砰——

砰——

砰——

如果说之前是十八将级别的撞击，现在的力度则是祭司级别或者深渊之主级别的撞击。

"倘若是深渊族三大祭司或者深渊之主亲自出手攻击阴阳界石，那么，他们已经迫不及待了吧？"老妪在心里想道。

咔嚓——

咔嚓——

阴阳界石之上，细碎的纹路越来越多，也越来越密集。

乱石翻滚，整个地底结界都在嗡嗡颤动。

老妪口中的咒语念得更快了，一个个符文就像流星一般朝阴阳界石涌去。老妪的双手挥舞如飞，一道又一道金色的光华也不断支持着那阴阳界石。

砰——

砰——

砰——

可是，对方的攻击同样在加快，仿佛两个绝世高手隔着一扇大门在进行巅峰
对决。

正在这时，老妪突然睁开了眼睛。

噗——

她的口中吐出鲜血。

"阴阳界石将破！"老妪满脸惊恐。

第406章
言不由衷

噢——

一团紫红色的火焰落在了怒江江底，陆契机从那火焰之中跳出来，快步冲上去搀扶着老妪，关切地问道："你怎么样？"

"我没事。"老妪摆了摆手，勉强坐直了身体，嘶声说道，"只是这些年来殚精竭虑，加上年纪大了，怕是油尽灯枯，力不从心。刚才听到那边战锤声声，我心急如焚，所以……"

老妪摆了摆手，表示自己只是小伤，并无大碍，同时问道："你怎么来了？只有你一人过来？"

陆契机脸色难看，说道："孔雀王朝和黑炎王朝突然向七国用兵，九国正处于激战状态，可用之人全都加入了战争。一些星空强者即便还没有出手，也被各国皇室深藏了起来，关键时刻用以保命。院长正四处联络，想来九国皇室总要给学院一些面子。"

"给学院面子，却没有一人前来守界？"老妪冷笑连连，"这些人私心甚重，只在意自己眼前的利益得失，殊不知，覆巢之下，焉有完卵？倘若这阴阳界石破碎，神州之地被深渊之族占领，他们哪里还有生路？"

"至少，九国皇室都很在意学院的立场。星空学院无论站在孔雀王朝一方还是七国一方，都能够影响无数星空学子在大战之时的阵营选择。无论如何，他们都会派人前来勘察支援的，姥姥莫急。"陆契机轻声说道。

她不是一个擅长安慰别人的人，说了几句安慰的话后，她自己都觉得越来越心虚，因此声音也越来越小了。

老妪看了陆契机一眼，嘴角浮现一丝淡淡的笑意。这一笑，她脸上的皱纹便更深了，就像被一刀一刀刻上去的年轮。

"能够让永生不死的凤凰喊一声姥姥，实在是一桩值得骄傲的事情。这一回，老身方才觉得这阴阳界石没有白守。"

陆契机侧过脸去，不愿意和老妪对视。

对方的称赞让她有种羞涩、不知所措的感觉。

"我们为人族尽心尽力，结果人族自己不争气。正如你刚才所说，就算他们看在太叔永生和学院的面子上来了，也不过是敷衍了事。他们敷衍得了自己人，敷衍得了对面那些恶魔吗？你看看那阴阳界石，随时有可能被魔族打破。在此危急关头，倘若整个人族不能立即停止战争，同仇敌忾，怕是很快就会有浩劫降临。"

听了老妪的话，陆契机久久沉默，沉沉叹息。

她知道老妪所说的是实话，可是，她也无可奈何。

她总不能用刀剑逼着九国皇室派人前来守护结界吧？怕是到时候他们不会派人过来，反而会集结高手把她给灭了。

虽说凤凰一族是人族的母族，可是，在权力争斗的过程当中，九国皇室会给她面子吗？

"那条小龙可有动静？"

陆契机神情黯然，说道："有。"

老妪看着陆契机的表情，说道："看来，他做了一些让你很不喜欢的事情。怎么，不愿意给我这个老太婆讲讲？老婆子好多年没有走出怒江了，对外面世界发生的事情还真有些好奇。"

"他陪在孔雀王朝的公主身边……"

"嗯？"老妪的嘴角再次浮现出笑意，那笑意很浅很淡，她不敢让陆契机看到，"那条小龙陪在孔雀王朝公主的身边，所以，你的心里有些不是滋味？"

"我只是……觉得他变了。"

"变得让你不喜欢了？"

"也不是不喜欢——我从来都不曾喜欢过他。就是……好端端的半神之族，为何要掺和这九国之战，还像一个将军似的替孔雀王朝的公主攻城夺地，甘做人梯？如此行径，他还有没有将自己视作龙族？难道他不知道，他越帮助孔雀王朝征战他国，这场战事就越惨烈，短时间内也休想结束？这阴阳界怎么办？这深渊族怎么办？"

"言之有理。所以，你吃醋了？"

"吃醋？我为什么要吃醋？"

"你喜欢他。"

"我现在很讨厌他，看到他就生气！"

"傻丫头，你们一龙一凤，原本就是天生的祥瑞。只是啊，那条小龙却偏偏喜欢人族女子，你的心里有些怨念也理所应当。"

"什么天生的祥瑞？我和他是不死不休的敌人！"

"言不由衷！"

"……"

"你喜欢他，他却终日守护在那个孔雀王朝公主的身边。唉，又和数万年前龙族的那位王者一般，更神奇的是，他们喜欢的还都是赢氏女子。难道赢氏女子就是龙族的克星不成？龙族见到赢氏女子就走不动道了？"

"……"

"不过，喜欢这种事情是藏不住的。你若当真喜欢那条小龙，索性告诉他便是了。有些男人啊，就是喜欢装糊涂，明明心里什么都知道，你不说，他便和你打马虎眼。装着装着，女人就老了。"

老妪不知道想到了什么，脸上的笑容逐渐敛去，眼里的神采也缓缓消失，取而代之的是深入骨髓的失望和寂寥。

"姥姥……"

"我就是听了你的事情之后心有所感，随口那么一说。老婆子年纪大了，哪懂你们年轻人这些情情爱爱的事情？"

"……"

"不过，应当争取的就要去争取，以你的性子，倒不是婆婆妈妈的没有胆子。你是人族之母，是高高在上的神族，配他那条小龙绰绰有余。他有什么不满意的？"

"姥姥，我不是这个意思。我生气是因为……觉得他最近做的一些事情有些出格。"

"嗯？"

"他们……出了很多苛刻的军法，动辄虐待俘虏，攻城之时，手段更是十分残忍。这和他一向的性子不符。所以，我担心……"

"这便是战争啊，不是你死就是我亡。战争中求仁慈，寻宽恕，这是不可能的。"

"是啊。"陆契机点了点头，说道，"所以，眼不见为净。他在外界征战，我便在这怒江江底陪姥姥守界。"

"陪我守界又能守多久？这界破了，便无界可守。这界破不了，也不需要你一个年纪轻轻的小姑娘帮我守。想做的事情还是要去做，喜欢的人也要好好去喜欢。你们这一龙一凤两个冤家也算纠缠万年了，该有个结果了。"老妪一脸慈爱地看着陆契机，劝慰道。

这个紫发紫眸的女子是凤凰一族的后裔，把她每一世的岁数加起来，怕是有数万年甚至更长久的时间。

还有人说有天地始，便有凤凰神族。

可是，此时的陆契机只是一个骄傲、美艳的小姑娘的模样，虽然性子有些冷，但是心肠是极好的。

在这段时间的朝夕相处之中，老妪也总是情不自禁地将她当作晚辈来看待。

倘若自己有孙女的话，不也正是这样的模样吗？

"可惜啊……"

陆契机感受到老妪的心意，语气也柔和了许多，说道："倘若这阴阳界石被深渊族攻破，怕是整个人族都将陷入劫难，人族还能不能存在都是未知数，我哪里还有心情去考虑其他？"

"你这样想就太悲观了。"老妪摇了摇头，看着陆契机那美若星辰的眼眸问道，"你觉得人族怎么样？"

"什么？"

"和其他族群相比，你觉得人族怎么样？"

"我不明白姥姥的意思。"

"和龙族比，人族矮小。和凤族比，人族短寿。和深渊族比，人族生命力不够顽强。和狮虎比，人族不够凶残。可是，为何那么多比人族强大，比人族生命力顽强，比人族更有资格在这个世界上生存的生灵都灭绝了，偏偏有诸多缺陷的人族能够历经数万年而不绝，反而欣欣向荣，越来越好？"

陆契机看着老妪，没有接话的意思，她知道答案早已经在老妪的心中。

"因为人族惜命。饿了知道吃饭，冷了知道加衣。知道吃生食不好，所以人族发现了火，然后寻找到了各种可以入口的食材，又苦心研究烹饪之法。人族还学会了种麻、纺织、裁衣、缝制。热了有扇子，下雨有伞，行路有车、有马，还驯养各种各样的生灵为己所用。只有怕死的人，才会想方设法在这个世界上活着。还有比活着更加重要的事情吗？"

"是啊。"陆契机轻轻点头。

"嗯？"老妪看向陆契机，问道，"你也深有感触？"

"我想到了李牧羊。自出生起，直至今日，他所有的努力、所有的拼搏、所有的挣扎和酸苦，都只是为了给自己争一条命，想要让自己活着而已。"

"是啊，李牧羊虽然身份特殊，但是和千千万万的人族一样，对他来说，活着是天底下最大的事情了。"老妪附和着说道，"我为何说你对人族太悲观了呢？因为，人族每到生死存亡的危险时刻，都会有举世瞩目的英雄人物出现。他们一次次地带领人族战胜恶魔，取得胜利，也一次次地使人族得以延续，香火不灭，子孙不绝。"

老妪指着那块阴阳界石，说道："对面那些深渊恶魔不明白的是，即便他们打破了这道结界，他们也打不破人族对生存的渴望，打不断人族挺立的脊梁。到危急时刻，仍然会有人族强者站出来，率领人族和恶魔们抗争，再一次将恶魔们赶回深渊。这一次和上一次没什么区别。只是人族需要流血，需要牺牲，需要付出惨重的代价。我们为什么这么辛苦地守界？为的便是让人族不要流血，不要牺牲，不用付出那么惨重的代价。但是，这并不代表人族就没有了希望。"

陆契机想转身走人。

"既然你们人族那般厉害，那我们神族就不掺和人族的事情了。"她在心中暗道。

"或许，这一次拯救人族的还是那条小龙。"

听了这句话后，陆契机决定还是留下来帮人族一把。毕竟，凤凰神族是人族之母，做母亲的哪能不保护自己的孩子呢?

"驾——"

"驾——"

马蹄声阵阵，泥水飞溅。

马上的年轻将军拼命地抽打着马背，奈何胯下坐骑长途跋涉，现在已经精疲力竭，实在难再加速。

"将军，前面是乌江渡口。"一名斥候打马回来，高声汇报。

年轻将军抹了一把脸上的雨水，出声问道："可有船只?"

"没有船只。"

年轻将军眉头紧皱，说道："掉头。"

当他掉转马头准备率领手底下数百名士兵朝西北方向奔去的时候，却听到身后传来马蹄声，大队人马如一股黑潮朝这边汹涌而至。

"将军，是孔雀军!"

"往东南方向去!"

燕相马看了看身后追兵的规模，知道对方人多势众，己方的数百人远远不是对手。

对己方而言，唯一的解决方式便是逃，像之前一样继续逃命。

可是，当燕相马再一次掉转马头，率众向东南方向奔走之时，发现头顶之上有鸟鸣声传来。千只彩鸟在高空中翱翔，挥舞着绚丽的翅膀，将天空也映衬得五颜六色的。

"将军，那是孔雀王的卫队！"

燕相马勒马止步，抬头看着头顶的彩鸟狂笑出声，说道："没想到啊，真是没想到啊，孔雀王赢伯言如此重视小将，为了我一个小小的燕相马，竟然派了四路大军前来围剿，就连自己的亲兵卫队都派了出来，我燕相马何德何能啊！"

"将军，"身边小将擦掉脸上的雨水，问道，"将军，前面是乌江，东南西北还有高空中都有追兵，我们如何行事？"

"如何行事？"燕相马冷笑连连，猛地抽出腰间长剑，说道，"既然已经无路可走，那么，唯有死战而已！兄弟们，跟我杀！"

燕相马一马当先，手舞长剑，主动朝东南方向的孔雀军冲杀过去。

身后，是数百名身穿灰色盔甲的西风士兵。

狭路相逢，唯死而已！

第407章
铁骨铮铮

嚓！

燕相马手里的长剑一撩，刺中一名孔雀王朝士兵的身体。

那名士兵瞪大双眼，一脸不可思议地看着燕相马。

那名士兵怎么也想不明白，这个敌国将军的生命力怎么会如此顽强，身边的人都死了，他还在拼命地厮杀反抗，宁死不降。

因为用力过猛，燕相马的身体朝前面踉跄扑倒。

嚓！

燕相马将手里的长剑插进黑土里，这才阻止了身体的坠势，没有一头栽在泥土里。

"来啊，你们再来啊，来杀我！"燕相马抬起头来嘶吼着，眼睛血红，盯着围拢在四周的孔雀王朝的将士。

燕相马很累很累，自从昨天晚上偷袭孔雀军的营地失败之后，他便率领着数千人一路逃跑。结果身边的人死的死、伤的伤，到了这乌江渡口，原本三千人的队伍最终剩下不足三百之数。

不足三百人的队伍，面对十倍以上的敌人，又一路奔波，一路厮杀，就算铁打的人也精疲力竭，难以支撑。

现在，他身边的两百多人全部倒在了暴雨之下的泥土里，再也没办法站起来了。整个队伍只剩他一个人。

身上的盔甲因为太重早就被他解下丢掉，身上的衣服早已被雨水浸湿。

冰凉的衣服贴在身上，他却感觉不到丝毫寒冷。

倒是满腔的热血在沸腾，在燃烧，在一次又一次催化着生命潜力，使他再一次举起了手里的长剑。

他的脸上、身上伤痕累累，都是一些飞刀流箭划出来的口子。

虽说伤势不重，可是，这些伤口也足够致命。因为每一道口子都在流血，随着身体大量的血液流失，他体内的真元劲气也逐渐消失，继而身体越来越虚弱。

他知道，他承受不住那些人再一次的攻击了。

他不明白，为何那些人不进行新一轮的冲击。

还有在高空中盘旋的孔雀王的卫队，自始至终都没有出手，一直在静静地观战，仿佛这场厮杀于他们而言只是一场大戏，一场以对方悲剧收场的大戏。

"燕相马，你还要反抗吗？"

"快快束手就擒，方能获得一条生路。"

"若不是我王想要亲手了结你，我们早就取了你的小命！"

……

听到周围的吆喝声，燕相马这才明白为何他们一直没有将自己杀掉，为何头顶的孔雀王的卫队一直没有出手。

原来是孔雀王要亲自出手了结他，一国之君将他这个小人物记在心里，可他一点儿也没有觉得荣幸啊。

"告诉你们的孔雀王，他相马爷爷只会战死，是不可能投降的。"燕相马狼狈不堪，狂笑着说道。

说完，燕相马突然有点儿后悔了。

他有个好兄弟叫李牧羊，李牧羊有个女友叫赢千度。

赢千度的父亲是孔雀王赢伯言，而他称赢伯言为"孙子"，那么，李牧羊、赢千度要称呼他什么？

关系有点儿复杂！

"混账，敢辱骂我王！"

"杀了他，不识抬举！"

"不投降，便只有死路一条！"

……

"死又如何？你们以为我怕死不成？我告诉你们，我是江南城第一纨绔子弟，可是什么事情都做得出来的。今天你们不杀我，他日落到我手里，我定让你们生不如死！"

这时天空之中，出现了一轮燃烧着的"烈日"。

轰——

"烈日"从天而降，直直地砸在了燕相马的头顶。

燕相马惨呼一声，再也没有任何声息。

对神州九国的百姓而言，这一年的冬天格外寒冷，不仅有随着寒流到来的暴风雪，还有因为九国间的战争而流淌的血。

孔雀王朝联合黑炎王朝征战七国，七国自然不甘被其侵略，尽起大军誓死抵抗。

无论是主动征战的那一方，还是即将被征服的那一方，百姓心里都是忐忑不安的。

战争终究有人伤，有人亡，有人胜利，有人失败。

胜了固然好，败了更凄凉。

可是，无论胜败，对寻常百姓来说又有什么意义？

那入伍的亲人可能回归？

那死去的儿郎可能复活？

每个人都小心忐忑，等待着一个未知的结果。

最为人津津乐道的，还是孔雀王朝的公主赢千度。据说她率领大军攻伐大周，一路过关斩将，攻无不克，战无不胜，几无敌手。

只需攻破津州城，她率领的大军便可直入大周国国都。

可惜，关键时刻，她却被恶龙所控制，在攻城时与那名为李牧羊的恶龙厮杀于津州城上空。

此战万众瞩目，最终的结果却众说纷纭，有人说他们两败俱伤，也有人说他们同归于尽了。

不过，众所周知的事情是，孔雀王朝的那位公主消失了，同时消失的还有那条恶龙。

而孔雀王朝中路军与西风帝国的战事也越发激烈。

西风帝国感受到了孔雀王朝带来的巨大的压力，便从四方调集兵马前来支援，两国大军相逢于乌江。

两军隔江相望，大战一触即发。

可是，有一件事情仍然横亘在孔雀王朝所有的将士和百姓心中。

"千度公主到底是活着还是死了？"

"倘若千度公主遭遇不测，那么帝国大位又将发生怎样的变化？"

……

最为愤怒的自然是孔雀王嬴伯言，自从津州的消息传来后，他已经砸坏了好几张桌子。

嬴伯言膝下只有一女，他一向将其视若珍宝。得知自己的宝贝女儿消失不见了，嬴伯言咆哮如雷。

"浑蛋！李牧羊这个浑蛋！我就知道他不安好心，我就知道他赖在千度身边不走必有所图！

"他敢伤害我的女儿，我定要让他求生不得，求死不能！

"找，无论如何都要找到他们的下落！活要见人，死要见尸！"

……

"陛下！"国师嬴无欲眼神深邃，褐色的瞳孔里仿佛有星河在转动，"此事过于蹊跷，或许其中另有隐情。"

"隐情？什么隐情？母强的梦蝶传音你没听到吗？津州城上空，他竟敢对我的女儿出手，这是数十万人亲眼所见的，难道有假？李牧羊这个小贼，倘若千度有个好歹，我定要诛其九族！慕容铁马，你立即带人去江南，寻找那个小贼之前的隐居之所。"

"陛下，万万不可！"嬴无欲极力劝阻，"切莫在此时行极端之事。"

"极端之事？"听到嬴无欲劝说的话，嬴伯言心中火气更盛，他眼睛血红，俊雅的面庞略显狰狞，狠声说道，"那条恶龙……他当着数十万人的面伤了我的女儿。现在，千度是死是活都不知道。我让人去寻他的家人报复，不是理所当然的事情吗？二叔觉得我行事极端，难道就不觉得恶龙行事恶劣？倘若千度有个三长两短，就算把他九族全给诛了，也难解我心头之恨！慕容铁马，你还站在那里干什么？还不速去拿人。不是说那条恶龙最在意亲情吗？我要你把那条恶龙的家人悉数拿来，带到朕的面前。"

"千度生死未知，陛下让人此时去抓李牧羊的家人，倘若千度还活着呢？倘若千度现在仍然在李牧羊的手里呢？陛下此时用他的家人去激怒他，实在不明智，更于千度无益。"

"难道我们就束手无策了？我的女儿被那条恶龙带走了，我却什么事情都做不了？"

"如今至关紧要的是多派些人手，四处搜索李牧羊和千度的下落。只有找到他们的行踪，我们方才可以施展各种手段。是打是谈，也好迅速做出决定。"

"那若寻不到呢？"

"倘若我们寻不到，那也有寻不到的办法。"赢无欲说道，"从以往种种行事来看，那条小龙重亲情，也重友情。我们不是捉了一个叫燕相马的人吗？据说那条小龙和燕相马交情甚厚，当时在昆仑神宫里，与千度一起舍命挡在小龙身前，不惜与家族决裂，与父亲断绝关系的便是此子。"

"二叔的意思是，我们以那燕相马为饵，诱使李牧羊主动现身？"

"不错。"赢无欲点了点头，说道，"除非那条小龙并不像外界所传的那般重情重义，不然的话，他是一定不会眼睁睁看着自己的挚友受害的。"

"二叔所言甚是。倘若他来了，那便用燕相马的命来换我女儿的性命。若他不来，就先将那燕相马给砍了，以解我心头之恨。"赢伯言冷笑出声，说道，"来人，传令四方，西风前锋燕相马落在我军手里，七日之后，不，三日之后当众斩首。"

"是。"赢伯言身边的内侍答应一声，立即去办。

赢伯言看了慕容铁马一眼，说道："你率领铁血营亲自去搜寻公主的下落，活要见人，死……若公主不在了，你们就转道江南城，杀掉那条恶龙身边所有的人！"

"是，陛下。"慕容铁马躬身行礼，转身离开。

嬴伯言收回视线，仰脸看向昏暗的天空，沉声说道："是时候去见一见那个小子了。"

"有没有烤鸡？我要热乎的，刚刚烤出来表面还流着金黄色油水的烤鸡。"

"……"

"鸡翅膀总有吧？来两个鸡翅膀，肘子也行。行军在外，我也不是不可以将就的人。"

"……"

"喂，你们听到我说话没有？你们知道我是谁吗？我可是江南城第一纨绔子弟燕相马，没有什么事情是我做不出来的。你们得罪了我，小心我让人打折你们的双腿，挖了你们的眼睛。"

"……"

"本公子是你们孔雀王请来的贵客，你们就是这么对待客人的？整天给本公子吃粥，你们这是打发乞丐呢？"

"……"

燕相马对着外面的几名守卫招了招手，一脸谄媚的模样，说道："要不，咱们商量一下，你们去给我搞一只烤鸡进来，我把身上的这块玉佩给你们。我可告诉你们，本公子的这块玉佩是我家的传家之宝，价值连城。现在机会来了，一只烤鸡就能换，改变你们人生的机会到来了。"

"……"

无论燕相马是威逼还是利诱，监狱里的这些士兵都一言不发，就连一个眼神交流都没有，完全将他视作疯痴之人一般。

燕相马一屁股坐在地上，轻轻叹了口气，说道："就算要砍头，也要让人吃一顿饱饭啊。"

"来人，给燕将军上烤鸡。"

一个清朗的声音突然传了过来。

燕相马抬起头来，看到一个身穿紫袍的中年男人大步朝他的狱房走来。

中年男人龙行虎步，不怒自威。燕相马是头一回见到此人，但只是一眼，便猜测出了此人的身份。

"最好再来一壶烈酒。听说孔雀王朝的神仙醉不错。孔雀王远征，身边自然不缺少这等美酒吧。送来一壶，给本公子暖暖身子。"燕相马大大咧咧地说道。

孔雀王嬴伯言脸带笑意，眼神却在燕相马的身上上下审视着，说道："再给燕将军拿两壶神仙醉。"

"是。"身边的内侍答应着。

很快，烤鸡和神仙醉都被送到了燕相马身边。

燕相马也不客气，撕下一只烤鸡腿就大口吃了起来。

自从三日前被孔雀军俘虏，他这几日每顿只有一小碗稀粥，饿得头晕眼花，前胸贴后背。现在闻到肉味，他自然要大快朵颐一番。

烤鸡香气四溢，一吃满嘴油水，确实满足了他刚才提出的对烤鸡的"苛刻"要求。

他又为自己倒了满满一杯神仙醉，等到嘴里的鸡肉咀嚼干净，又大口将这杯酒饮尽。

"呵——"烈酒入喉，燕相马长长地舒了口气，一脸幸福地说道，"有烤鸡，有烈酒，给个神仙都不换。"

"你不怕酒水有毒？"嬴伯言站在狱房外面，看着一脸陶醉模样的燕相马问道。

"反正都是死，能死在这么好的酒上，死也甘心。"燕相马笑呵呵地说道，"再说，孔雀王若当真想要杀我，直接在米粥里下毒就好了，用得着送我神仙醉？孔雀王不想让我死，若想让我死的话，也不会亲自过来看我了。"

"我说过，我要亲手砍下你的脑袋。"嬴伯言冷声说道，"自你抢了我军的粮草，杀了我的将军之后，我便决定要亲手杀了你。"

"原来如此。"燕相马一副若有所思的模样，说道，"难怪孔雀王一定要生擒我燕相马。不过，现在看来是发生了什么变故吧？还是说，孔雀王爱才惜才，突然想要招揽本将军了？我可告诉你，我燕相马可不是一个随便的人。你让人出去打听打听，便知晓我在西风帝国的身份地位，没有王侯或者国公的身份待遇，我是绝对不可能向你们孔雀王朝投降的。"

第408章
大局为重

　　孔雀王赢伯言若有所思地看着"铁骨铮铮"的燕相马，说道："倘若我给你国公或王侯的地位，你当真降服于我？"

　　燕相马愣了愣，连嘴里咀嚼鸡腿的动作都停顿了下来，抬起头来一脸不可思议地看着赢伯言，说道："我就是随便说说，你真的要答应啊？"

　　"怎么，自己又想要反悔了？君子一言，驷马难追。说出去的话就如泼出去的水，自然是不可能再收回来的。"

　　"你这么说就不对了。"燕相马笑着说道，"君子一言，驷马难追，那也要看是什么马了。譬如火云马和麒麟马，怕是你一句话还没说完，它就已经追到前面去了吧？还有，那泼出去的水就更容易收回了，我自己就知道有三十七种把泼出去的水收回来的神功。对孔雀王而言，那就更是小菜一碟吧？"

　　赢伯言的脸色变得难看起来，他盯着燕相马说道："你不愿降？"

　　"也不是不愿意，就是你还没打我，我自己就降了，这显得太没骨气了不是？这件事情要是传了出去，我江南城第一纨绔子弟燕相马还有脸见人吗？我心中还有喜欢的姑娘，倘若那姑娘知道我做了这样的事情，怕是要避而远之了吧？"燕相马喝了口酒，一脸认真地说道。

　　"哦，你这是在指责本王没有对你用刑？"

　　"原本是应当用刑的。"燕相马说道，"正如孔雀王刚才所言，我抢了你们的粮草，杀了你们的将军，死在我燕相马手上的孔雀王朝的士兵更是不计其数。如今你们不仅没有砍我的脑袋，对我严刑拷打，高高在上的孔雀王还亲自下狱看望，又送我烤鸡和神仙醉。所以，你们所图甚大，至少是比我这条小命更加重要的东西。"

　　燕相马大口撕咬着鸡腿肉，说道："孔雀王如此厚爱，相马就怕承受不起啊。"

"你真聪明。"嬴伯言轻轻叹息，看着燕相马说道，"你猜得不错，我不准备杀你了——至少现在不准备杀你。"

"那么，你想要我这条小命来做什么呢？逼迫他们打开洛城城门？怕是要让孔雀王失望了。倘若守城将领当真在意我燕相马的生死，就不会派遣我这个先锋官在城外四处骚扰孔雀军了。谁不知道这很容易走上绝路？"

"你也太小看我嬴伯言了。孔雀王朝攻下洛城，不过是时间问题而已。待到时机成熟，我举手投足间便可拿下洛城。"嬴伯言一脸骄傲地说道，"我留着你，是因为还有更重要的事情。你这条命，比你所想的要重要一些。"

"什么事情？"

"李牧羊。"

"那条恶龙人人得而诛之，我与他不熟。若寻到机会，我自然不会放过他。"燕相马一边用力地咀嚼着烤鸡，一边义正词严地对嬴伯言说道。

"你骗得了别人，却骗不过我嬴伯言。先前昆仑神宫里舍身相救，不惜对抗父亲，与家族决裂，这不是一个陌生人能够干出来的事情吧？"

"恶龙凶狠，而且修为不凡，我是想先取得他的信任，然后给他一个突然袭击。你不懂……"

"燕相马！"嬴伯言厉声喝道，打断了燕相马的胡言乱语，"李牧羊带走了我的女儿嬴千度，而你……而你却落在了我的手里。倘若李牧羊乖乖将千度还回来，你自然也安然无事。倘若千度有个三长两短，或者李牧羊完全不顾你的死活，三日之后，便是你的死期。"

"我明白了。"燕相马点了点头，笑着说道，"难怪你觉得我的命比我想象的要重要，因为你想用我的命去换孔雀王朝公主嬴千度的命，公主的命自然是贵重的。不过，你确定李牧羊会与你交换？你就这么肯定我在他心目中有如此重要的地位？我可不是很有信心。"

"总要试一试才行。"嬴伯言冷声说道，"我正派人四处搜索李牧羊的下落，倘若你能与他联系……"

赢伯言手指一弹，一只翩翩起舞的蝴蝶便扑扇着翅膀，飞到了燕相马的面前。

"用这只梦蝶给他传音，告诉他，倘若他不能在三日之内带回我的女儿千度，你便只有死路一条，还有他的家人，也都休想活命。"

"我试试吧。他来不来我就不知道了。"燕相马云淡风轻地说道，"这神仙醉果然是好酒啊，要不要喝一杯？"

赢伯言深深地看了燕相马一眼，转身朝监牢外走去。

"看好他，别让他跑了，更别让他死了。"

"是。"

狱中守卫纷纷跪送。

赢伯言率领着一众护卫离开，监牢里再一次恢复了死一般的安静。

燕相马啃完一只大鸡腿，喝了一杯神仙醉，又把手指头伸进嘴巴里将上面的油水舔干净，之后看着面前飞舞的那只梦蝶陷入了沉思。

良久，他才轻轻叹息，对着梦蝶说道："我喜欢你，却不知道你在哪里。虽然你上次拒绝了我，但是若还有机会，我希望能再当面被你拒绝一次。或许……我得不到你，至少我看到了你。"

他还想再说些什么，却发现张嘴难言。

他原本想说的话太多太多，这一刻却又不知道要说些什么。

他想表达的情感太重，又怕惊扰了女孩子的心境。

那个女孩子总是那般开心，笑起来总是那般灿烂，自己这样一个粗鄙的男人，真是与她天生一对啊。

"可惜，她怎么就不喜欢我呢？没道理啊！我燕相马要钱有钱，要权有权，要身材有身材，要相貌有相貌。难道我上次的告白不够深情？对了，对了，一定是这样。"

燕相马挥了挥手，那只梦蝶便飘然而去。

"李牧羊，你这个浑蛋，"燕相马躺倒在地上，狠声骂道，"要不是看在你有一个可爱妹妹的分上，真是不愿意和你做朋友啊。你看看你招惹的都是些什么人物。连你自己的女人都拐，你还是个龙吗？”

中州，城主府。

大将军许达正高坐在帅椅上，听麾下将领报告战况敌情。

“红魔将军蔡勇率领五万磐石军强攻我军左侧，日夜不休，左侧城墙破裂，无法修复，怕是难以坚守。”

“猛虎将军率领麾下的两万猛虎军强攻我军右侧，他们来无影去无踪，又有鲁般战车这等神器相助，我军损失惨重。右侧城墙也多现裂缝凹槽，凡去修复的，对方便射以利箭，怕是也难以坚守。”

“飞扬将军李明远率领铁骑三万坚壁清野，中州城怕是成了一座孤城。”

……

许达眉头紧皱，显然，将领们汇报的消息都算不得什么好消息。

而且，情况还相当严重。

倘若中州失守，孔雀铁骑便可长驱直入，再无天险可挡，再无强城要攻，直至天子脚下——天都。

“鲁般战车，”许达抬眼扫视四方，出声问道，“我们不是也有吗？为何不配发给各军使用？”

“将军有所不知，”器械营管事胡清站出来禀报，“老公爷在的时候，与公输一族关系密切，公输一族也全心全意辅助我军制造军器，派遣人手前来指导维护。我军有冠绝天下的神兵利器，自然攻无不克，战无不胜。可是，自从老公爷出事之后，公输一族便降服于风城，被那……被那新的风城城主纳为己用。而公输一族原本给我军制造的战车因为年久失修，现在能够摆上城墙的已经没有几辆了。更糟糕的是……”

“更糟糕的是什么？”许达脸色阴沉。

“公输族人都跑了。”

“跑了？”

“是的。鲁般战车精巧强大，工序烦琐，只有公输一族的族人可以维修和使用。"胡清看到大将军已经处于发飙的边缘，汇报起来更是小心翼翼，低声说道，"公输一族的子弟原本都在器械营任职，只是这几个月之内，他们都神不知鬼不觉地离开了。"

"神不知鬼不觉？你们都是白痴吗？长眼睛是让你们看人看事的，不是让你们用来呼吸出气的！"

"公输一族的手段让人防不胜防，我们不知道他们什么时候挖了地道，那地道的入口就在他们的帐篷里面，从上面踩上去和平常无异，谁也没想到他们会从那里逃跑了。"

"饭桶！统统都是饭桶！"许达暴跳如雷，"既然知道此事，为何不早些汇报？"

"那个时候，"胡清缩了缩脖子，小声说道，"大将军尚未到任。"

许达有种胸口一窒的刺痛感。

不在其位，不谋其职。

他那个时候正因为陆行空谋反案而被隐藏了起来，性命难保。而这中州城的城主又不是己方人，就算是己方人，以那个时候的恶劣环境，许达又能做些什么呢？

局势混乱，大家只能自扫门前雪，谁会多管闲事，去过问他人职责范围内的事务？

器械营管事自然也遵循着多一事不如少一事的原则，能瞒的就瞒，能掩的就掩。现在许达问起来，他只能站出来应付差事。倘若许达不问，他有必要跑去向上级报告自己管辖范围内出了这么大的事故吗？

"你们这些废物！你们可知道，公输一族对我军有多么重要。拥有的时候不知道珍惜，现在每日承受公输一族的战车攻击和强弩扫射的时候，才知道他们有多么难得吧？"许达还想再骂，但是也知道这样根本无济于事，"可有抵御战车之法？"

众将沉默，无人应答。

所有人都知道鲁般战车的厉害，百车齐发的时候，无数利箭漫天如雨，穿墙破壁而来，让人防不胜防，别说抵御，就连躲避都是一件极其困难的事情。

正是因为孔雀军有了这鲁般战车，中州城的西风军才据坚城而守却仍然占不到任何便宜。而且孔雀军士兵素质远胜于其他诸国之兵，这场仗他们实在没有太多胜算啊。

许达即便有"铁壁将军"的称号，对能不能守住这中州城也心中没底。

不过，作为一军统帅，这样的情绪自然不能在属下将领面前表露出来。

"怎么，都哑巴了？在座诸位都是我西风重将，食君之禄，为君效死。现在孔雀军都跑到我们家门口来作威作福了，你们就没有任何反击之策？"

"其实，也不是没有。"器械营管事胡清小声说道。

"嗯？胡管事有何良策快快说来，倘若可用，就以此策将功赎罪。"

"风城城主是小公爷，现在由他镇守风城，风城上下唯他马首是瞻。倘若小公爷愿意站出来帮助我们，送我们数百辆鲁般战车，或者将一部分公输族人送来，这中州城之困不就迎刃而解了吗？"

"嗯？"许达若有所思地看着胡清。

"众所周知，公输一族现在全都居住在风城，认了小公爷做主公。倘若小公爷愿意站出来帮我们，公输一族能拒绝？"胡清看着许达，笑着说道。

"办法倒是个好办法。"许达斟酌着用词，说道，"那么依照胡管事的意思，谁去找小公爷说这件事情呢？"

"这……"胡清脸色剧变。

陆氏一门因谋逆之罪近乎被灭门，老公爷陆行空"战死"岚山，小公爷陆清明身受重伤，近乎废人。

虽说这一切都是宋氏在幕后操纵，但是，皇室归根结底也是有责任的。现在让小公爷站出来帮助西风帝国，他心里能乐意？

胡清讪笑连连，说道："听闻大将军一向与小公爷交好，若大将军能给小公爷去一封书信，想必小公爷不会拒绝您的请求。"

许达摇了摇头，说道："正因为我与清明是朋友，所以，我不能向他开这个口。否则，到时候，清明是帮我还是不帮？陷朋友于两难之境，不是我许达能够做出来的事情。"

"大将军，国难当头，还请大将军以大局为重。"

第409章
权力继承

"还请大将军以大局为重。"

"若中州城破，无数百姓又将卷入战火，生灵涂炭，死伤者不知凡几。"

"望将军看在亿万西风子民的分上，怜之助之。"

……

许达脸色阴沉，眉头紧皱。

显然，一边是国民责任，一边是兄弟情义，让他陷入了两难境地。

"将军，"胡清知道事情有戏，扑通一声跪了下去，"还请将军修书给小公爷，请他出来主持大局，救民于水火。就算小公爷心中有再多的委屈、再多的怨恨，他也是我们西风的小公爷，是我们无数将士心目中的老公爷之后。"

"请将军修书给小公爷，请他支援中州，解百万城民之危。"

"将军！"

……

哗啦啦的下跪声音响起，所有人都一脸诚挚地哀求，希望许达能够修书给陆清明，请陆清明出来主持大局，并派遣公输一族的能工巧匠前来支援中州。

不然的话，中州危矣。

许达端坐高位，俯视全场，沉声说道："你们起来吧，我这便修书。成与不成，便看天意吧。"

"谢将军。"众将齐声高呼，磕首道谢。

许达摆了摆手，说道："诸将各司其职，用心做事。城在人在，城亡人亡。无论如何，中州城不能破。"

"是。"众将高声回应。

许达满意地点了点头，推案离席，转身朝城主府后面的小院走了过去。

他在小院门口停了下来，轻轻地叩了叩小门上的兽环，然后侧身站立一旁，恭敬小心。

西风大将军，中路军统帅，数十万西风将士的首领——许达，就像是一个城主府的小厮一般，安静地等待着里面的回应。

嘎吱——

小门被人轻轻拉开。

一个黑袍少年看了许达一眼，做了一个邀请的手势。

许达不敢怠慢少年，低声问道："将军休息了吗？"

"将军在等你。"黑袍少年声音冰冷，并没有因为来人是一军统帅而有丝毫的尊敬。

"有劳了。"许达对黑袍少年点了点头，然后大步跨进了小院。

此时正是隆冬，天寒地冻。

天色灰蒙蒙的，仿佛随时有大雪要落下。

身穿灰袍的老者坐在院子的石椅上，面前有一盏灯、一壶酒、两碟下酒的小菜。老者喝一口酒，落一颗子，正在自个儿与自个儿下棋。

许达走到老者身边，躬身行礼，说道："好久没有见到将军下棋，打扰将军雅兴了。"

灰袍老者指了指对面的石椅，示意许达坐下，头也不抬地说道："年纪大了，就人见人厌，鬼见鬼烦。以前还是有几个棋友的，闲暇时刻，大家喝喝茶、下下棋，倒也是一桩悠闲解闷的乐事儿。现在人不人鬼不鬼的，想找一个下棋的人都找不着了。你说，这样活着还有什么趣味？"

"将军，"许达提起酒壶把老者刚刚喝尽的酒杯斟满，轻声劝慰道，"将军日理万机，哪里有闲暇下棋啊？再说，将军若想下棋，可以找我许达嘛，我想张泽成、李思轩、林劢都是非常乐意陪将军下棋的。"

"和你们下棋有什么意思？你们变着花样地让子，我赢得也无趣。"老者摇了摇头，索性将手里的棋子丢进了棋盒里，无奈地说道，"我要找的是不需让子、执意争胜的棋友，你们啊，就知道哄我这个老家伙开心而已。"

许达嘿嘿傻笑，说道："将军棋艺精湛，我等确实不敌。他们有没有让子我不知道，反正我许达没有让过。"

"好了，说正事吧。情况如何？"

"自从津州事件发生之后，孔雀王心中憋闷，满腔怒火便朝咱们中州倾倒了。这些日子，孔雀军加大了攻城力度，他们原本就兵强马壮，又有鲁般战车这等神器相助，我方损失惨重，守城困难。"

在这个老人面前，许达没有丝毫隐瞒。因为他心里非常明白，这个老人知晓得比他更加清楚，对战事的了解和对未来战局的预计更是远胜于他。

欺骗这样的老人是一件极其愚蠢的事情。

想想，连崔洗尘和宋孤独那样的对手都败在了这个老人的数十年布局之上，还有何人能是他的对手？

"倘若没有强援出现，或者没有其他强军来分散他们的注意力，怕是中州城很快就要被他们攻陷。"

沉吟片刻，许达给出了一个非常不利于己方的推论。

老者点了点头，说道："孔雀王亲自坐镇中军，而且直奔我西风帝国而来，为的便是以摧枯拉朽之势将我方击败，以此立威。他心里非常清楚，我西风经历了百年的多方制衡，军部之中又多安插各方亲信，可谓旗头林立，遇功则抢，遇战则散。

"再有，我假死一事，也着实伤了西风将士的心。后来的大清洗，更是动摇了军心国本。这个时候再想将他们拧成一股绳，不是一桩容易的事情。归根结底，我也是有责任的。倘若不是我的话，或许局势也不会混乱至此，就算孔雀王赢伯言再狂妄自大，也休想那么轻易跨入我西风国境一步。"

"将军切莫自责，您也是被逼无奈，我等为了自保才行此计策，实在……"

"罢了，罢了，你就不要替我辩解了。错便是错，对便是对，没有什么理由，私欲尔。私心作祟，怪得了谁？"

老将军把话说得这么赤裸直白，许达便不知道如何接下去了。

"外部情况我已知晓，远在天都的时候，案头的情报就已经堆满了。现在军心如何？可还能用？"

"今日众将跪地请求，希望我能够修书给小公爷，请小公爷出面主持大局，并且支援我们公输族人和鲁般战车。"许达抬起头看了老者一眼，又迅速低下头来，就像窥探到了什么私密之事却又急着避嫌似的，"我应允了他们的请求。现在，可以请小公爷出来主持大局了。小公爷来了，群雄有首，军心安定。此战，便胜负未知。"

陆行空早就已经"死"了，"死"在了宋孤独之手。

陆行空"死"了，带着悲剧以及无数人的同情而"死"。

而且，陆行空的"死"是起源，是诱因，是西风皇室出手铲除以宋氏为主的企图谋朝篡位自立新君的叛逆集团的开端，也是后来西风帝国政权版图一次又一次发生变更的由头。

"死"过的人突然间活了过来，那么，这一切便值得商榷，值得推敲，这一切也就变得如同儿戏。

到时候，自然会有人去思考：既然陆行空是假死，那么，神剑广场之上，宋孤独亲手杀掉陆行空是不是障眼法？

既然陆行空没有死，那么，他为何眼睁睁地看着陆氏一族被追杀？他所图的到底是什么？

既然陆行空没有死，那么，宋孤独有没有死？宋氏一族有没有叛逆？崔氏一族是不是政治斗争的牺牲品？

等等等等。

世间之事，最怕"用心"二字。

一旦有人在这上面用心，在这上面琢磨，那么，破绽就会越来越多，真相就会越来越清晰明了。

陆行空老谋深算，自然不愿发生这样的状况。

所以，他既然已经"死"了，那就只能永远做一个不声不响、不言不语的"死人"。

他可以躲在幕后操纵这一切，但是，有些事情必须有人在明面上站出来。

自然，远在江南的陆清明就是最好的选择。

陆清明是他着力培养的儿子，也是他的独子。陆清明要能力有能力，要威望有威望，是权力继承最好的选择。

陆氏一族能否再次腾飞，或者成为如以往的宋氏那般将皇室都掌控在手中的西风第一家族，陆清明是一个非常关键的人物。

陆清明正是壮年之期，怎能跑到一个人迹罕至的地方去隐居呢？

所以，陆行空要把自己的儿子召唤出来。

世人皆以为陆清明还在风城，是风城之主，也还以为风城仍然在他的掌控之中，包括公输一族也仍然在为他效力。

只有陆行空以及极少数的陆氏核心人物才知道，陆清明早就被自己的儿子带出了风城，到一个谁也不知道的地方开始了新生活。

风城，此时可以说是孔雀王朝的风城，而公输一族也在为孔雀王朝效力。

这也是孔雀王朝突然有那么多辆鲁般战车参与战斗的原因。这着实打了他们西风军一个措手不及啊。

要知道，以前陆行空在位之时，公输一族一直是他的左膀右臂，为他打造冠绝天下的神兵利器。

没想到今日他们却投入敌方阵营，而己方更承受着那战车之攻击。

许达刚才为何当众演了那么一出？为的就是给陆清明的复出寻找机会。

陆清明不能是自己出来的，任何人都知道，自己送上门的东西一般是不值钱的。

陆清明必须是别人哭着喊着求着跪在地上请出来的，那样，他来到中州时，便可一呼百应。

论落子布局及人心谋划，没有几个人是这个老人的对手。

所以，许达抬头看了老者一眼，就赶紧低下头去。他不想让这位老人知道自己将其所有的手段都看了个透彻明白，他希望在老人的眼里，自己只是一个只知用兵、不懂权谋的将军。

低下头时，许达心里又后悔了。这不是欲盖弥彰吗？以老人家的智慧，什么事情看不明白？

"你啊，"老人深邃的眸子看了许达一眼，笑着说道，"就是喜欢做这些自以为聪明的事情。"

许达心神微震，深深地低下头去，羞愧地说道："让将军笑话了。"

老人摆了摆手，说道："一家人，说这些话做什么？"

许达心中大喜，知道自己所做的事情正好契合了老人的心意，脸上却不动声色，于是沉声说道："这也是无可奈何的事情。局势糟糕至此，孔雀大军的攻势一日胜过一日，原本我们有坚城可据，有高墙可守，但是，孔雀大军用上了鲁般战车之后，这坚城和高墙便不再保险。经过这几日的攻击，墙体塌陷，中州城墙损毁严重。

"我询问过诸将，可有办法对付那鲁般战车，众人纷纷摇头，无一人可献良策。能够应对鲁般战车的，只有同样的鲁般战车。所以，倘若小公爷能够出来主持大局，支援我们，则人心可用。而公输一族若能够到达中州城，则孔雀大军围城之局可解。此乃一举两得之计，所以许达才胆敢答应诸将修书给小公爷的请求。"

老人点了点头，说道："既然你已经答应了，那便按照计议行事吧。不过，怕是修书过去，也难以将他请出来。"

"小公爷生在西风，长在西风，又在军伍之中多年，这中州城中的撼山军、岳山军及碎星渊军都是小公爷的旧部亲信。人心都是肉长的，我相信小公爷一定不会置兄弟袍泽于不顾。"许达一脸坚定地说道，"我有信心请小公爷出山。"

"那便由你去吧。"老人点头说道，"牧羊那边……还没有消息？"

"津州城破，小公子与孔雀王朝的那位公主大战一场之后，两人便同时消失了。我们派遣了大量的斥候前去寻找，结果直到现在仍一无所获。原本我们还担心小公子被孔雀军所俘，但是，后来我们打探到孔雀军也在搜寻他们的下落，便打消了这种念头。据说孔雀军现在也没有任何进展。"

"继续寻找。"老人沉声说道，"活要见人，死要见尸。"

"是。"许达恭敬地应道，"还有，燕家的那位被孔雀军所俘，今日暗探来报，说是三日之后就要斩首，我方是否要做些什么？"

"燕家那小子？燕相马？"老者面露思索的表情，说道，"这倒是一棵好苗子。"

第410章
北溟有鲲

"难得听到将军夸人，"许达笑着说道，"还是夸一个年轻人。"

"你有所不知，在天都之时，我便和这年轻人有诸多接触。又因为他和牧羊是莫逆之交，所以我对他也颇为关注。先皇还活着时，便对他起了招揽之心。虽然他明面上拒绝了，暗地里却为皇室做了不少事情。

"燕氏原本与崔氏有血缘关系，但是他察觉出了危机，屡次帮助燕氏家族脱离险境，最后甚至不惜与宋氏翻脸，与崔氏疏远。倘若不是他，燕氏早就被崔氏拖入汪洋大海了，存活尚且艰难，更不用说如此时一般获得巨大利益了。现在的燕氏一门二公，还有一个大将军，可是深受陛下信任的。"

"是啊。我也多次听人说起过，此人年纪轻轻的，便已展现出将帅之风。他担任先锋将军的时候，一出手便劫了孔雀王朝中路大军的粮草兵器，并且杀了孔雀军大将。据我所知，这个燕相马是初次领军。初次领军就能让麾下将士心服口服、甘愿效死，这样的将领可不多见。

"我们得到情报，跟随燕相马出城骚扰孔雀军的六千将士全部战死，除了燕相马一人被孔雀王下令生擒外，没有一人逃跑，没有一人畏战。这样的年轻人，确实当得将军称赞。"

顿了顿，许达看向老人，沉声说道："可是，将军……他是陛下的人。"

老人抬头看向许达，褐色的眼睛里闪现一丝让人见之生寒的杀意，说道："许达，你是什么出身？"

扑通——

许达立即跪在地上，朗声说道："许达出身贫寒，原本只是军中一卒，蒙将军看重提拔，方有今日。将军之恩，如同再造，许达一生做牛做马都难以报答万一。"

"那个时候，我可嫌弃你的出身？"陆行空语气严厉地说道，"你想想，我们能够有今时今日的地位，能够与宋氏、崔氏甚至皇室抗衡而不倒，依靠的是什么？就是擅用人才，重用人才。只要是有才之人，不论出身，我皆会重用。因为燕相马是宦门出身，又深得陛下看重，所以你便让他引兵城外，袭扰敌军？你知不知道，你这么做，是置人安危于不顾！你觉得他活着是运气，死了也没有关系，反而让你少了皇室的监督羁绊，是也不是？"

"……是！"

"不管他是陛下的人，还是我的人，他都是我西风的人，是帝国的人。若他被人砍了，我西风便痛失人才，岂不可惜？"

"许达知错！"

"去和孔雀军谈判，看看能不能把他要回来。"

"听说是孔雀王赢伯言要杀他……"

"赢伯言要杀他，就不会昭告天下，更不会等到三天以后。赢伯言留着燕相马的性命，必是有所图谋。他需要什么，我们尽量满足他的要求便是了。"

"是，将军。"许达恭敬地应道。

"去忙吧，就不要再陪我这个老头子耗费时间了。"

"是。"许达答应一声，便起身朝门外走去。

"碎星，送送许达将军。"

黑袍少年走了出来，许达连连作揖，口称"不敢"。

等到许达离开，老者起身看着天色，轻声说道："你亲自去吧，去把牧羊给找回来。"

"可是将军身边……"

"没事，有他们在，你不用担心。"

老人摆了摆手，黑袍少年消失在小院当中。

噗——

噗——

噗——

一只雪白的动物在海面上跑来跑去的，嘴里不停地吐着泡泡。

它每吐一个泡泡，海面上的水元素便活跃一分。等到那些泡泡越来越大，越来越多，整个黑色大海的海面都跟着荡漾起来。

噗噗噗——

雪球高兴极了，挥舞着毛茸茸的小爪子，更加卖力地吐出一个又一个泡泡。

正在这时，雪球感觉到鼻孔发痒。

它小嘴微张，可爱的五官拧成一团。

它拼命努力，可那酝酿已久的喷嚏就是没办法惬意地释放出来。

"啊——"这时雪球的嘴巴张得更大，脑袋上仰，嘴里发出长长的音，然后猛地打出这个喷嚏，"嚏——"

一男一女被雪球从嘴巴里喷了出来，在空中立定，竟然是外界正在搜索的"恶龙"李牧羊和孔雀王朝公主赢千度。

李牧羊将赢千度抱在怀里，看着赢千度昏迷不醒的模样，眼里浮现浓浓的悲伤。

李牧羊为了将赢千度体内的邪月祭司杀死，故意引诱邪月祭司现出真身，也就是让他露出第三只眼，然后趁其不备，用自己的龙角将他的生命本源毁掉。

李牧羊毁掉邪月祭司生命本源的同时，也毁掉了正处于昏迷不醒状态的赢千度。

邪月祭司死了！

赢千度也命悬一线！

人有七魂六魄，赢千度七魂已去其六，六魄已去其五，只存一魂一魄被李牧羊封印起来，勉强维持身体微弱的生机。

千度不能死！

无论如何，千度都要活过来！

李牧羊在脑海里搜索救人之法，终于发现了一些端倪。那条黑龙曾经看过一本书，书上介绍说：终北之北有溟海者，天池也，有鱼焉，其广数千里，其长称焉，其名为鲲。

又有一本书上记载：以鲲之魄熬汤，可药死水。

也就是说，只要找到那只鲲，取了鲲之魄，就可以恢复赢千度的魂魄，将她救回来。

可惜，李牧羊到了北溟数日，却没有找到那只鲲的任何踪迹。

"雪球，你有没有感知到它的气息？"李牧羊出声问道。

噗——

雪球回答。

李牧羊轻轻叹息。

雪球是水元素之母，连它都感受不到那只鲲的气息，那么大的一条鱼，到底能藏在哪里？

难道神话都是骗人的，世间根本就没有鲲这种动物？

李牧羊不敢想，也不愿意想。

无论如何，他都要心存希望。

除此之外，他也实在不知道如何能够救回赢千度了。

噗噗——

雪球连续吐出两个泡泡。

李牧羊看向雪球，问道："怎么了？你不赞成我的想法？这个世界上其实是有鲲的，对不对？你知道鲲在哪里？"

李牧羊和雪球心意相通，李牧羊心里想什么，雪球是有可能知道的。

噗——

李牧羊摇头叹息，将赢千度更紧地抱在怀里，叹息道："我真是疯了，竟然把希望寄托在一条狗身上。"

噗噗——

雪球对着李牧羊的脸狂吐泡泡，张牙舞爪，一副"我很生气，我不是狗"的"狗"模样。

李牧羊一把按住它的脑袋，说道："好了好了，是我错了。我们继续找鲲吧，总要把它找到才行。"

李牧羊的视线重新回到赢千度的脸上，沉声说道："谁也不知道她还能坚持多久。"

噗——

雪球吐了个泡泡。

李牧羊有些烦了，说道："你把红狼王吐出来，它还能陪我说说话。"

听了李牧羊的话，雪球的身体开始膨胀起来，越来越大。

噗——

它猛地张开大嘴，一只全身浴火的红色巨狼被它吐了出来。

嗷——

红狼王翱翔高空，仰天长啸。

李牧羊无语地看着红狼王，他实在搞不懂这个族群，有事没事就喜欢仰着一张脸大喊大叫。

要不要改一改自己的登场方式？

这么想着的时候，李牧羊也想仰天长啸几声了。

他的心里实在太憋屈了。

当然，他忍住了。

"李牧羊！"红狼王长啸一声之后，这才主动和李牧羊打招呼，"我即将破境并拥有实体，到时候，即便回不了凤麟洲，我也可以在这个世界自由自在地生活。"

"我答应你的事情，就一定会做到。"李牧羊说道，"当时我说得到弱水之灵后就借给你使用三年，现在看来不需要三年，你就可以凝结成实体。这倒比我想象的还要快一些。"

红狼王的红脸更红，不好意思地说道："以前我以为弱水之灵是一件宝器，我需要吸收那宝器的能量方能凝聚实体晶核。"

红狼王扫了雪球一眼，继续说道："没想到它是如此模样。它肚子里的水元素是最充沛、最纯粹的，而且取之不尽，用之不竭，我修行起来也就事半功倍了。再给我半年时间，我便可还你弱水之灵。"

顿了顿，红狼王一脸幽怨地看着李牧羊，说道："弱水之灵从来都不是我的，我只是……被弱水之灵吞进肚子里了而已。它一直在你身边为你做事。你所说的将弱水之灵借给我三年，也不过是我跟在你身边三年，这和我们之前的约定完全不一样。"

"不要这么悲观。"李牧羊说道，"我若不让它把你吞进肚子里，你能怎么办？就像刚才那样，我让它把你吐出来，它就把你吐出来了，你也很无奈是不是？但是，我不是那种说话不算话的人。君子一言，驷马难追。我们龙族最讲诚信。"

"我相信你。"红狼王一脸诚挚地说道，"我们现在也算……朋友？"

"是的。"李牧羊点头，"我们现在是朋友。"

"我发现，不管是龙族还是人族，都有一个名字。"

"你也想要一个名字？"

"对。我想有一个名字，和你们一样有个名字。你能帮我吗？"

"没问题。"李牧羊爽快地答应下来。

取名这种事情是大事，不能敷衍。

李牧羊低头深思，很认真地想了想，说道："你觉得'二哈'这个名字怎么样？"

"姓二？感觉这个姓……太罕见了。"

"罕见的才容易被人记住。不过你不喜欢也没关系，我们再换一个就是了。哈士奇，你觉得这个名字如何？"

"姓哈的话……好吧，那我以后的名字就叫哈士奇。既然我们是朋友，你以后就不用再尊称我为狼王了。"

"我没有尊称你为狼王啊。"李牧羊说道，"不过，我以后还是叫你哈士奇吧。关键还是要你喜欢，你若不喜欢，我们还可以再换。"

李牧羊看着这一眼望不到边际的大海，说道："慢慢想，不着急。"

"就哈士奇吧。"红狼王态度坚决地说道，"不知道怎么回事儿，一听到这个名字，就觉得和我特别契合。”

“我也有这种感觉。”李牧羊说道。

噗噗噗——

雪球急了，拼命地吐着泡泡，挥舞着小爪子飞到李牧羊的面前，表示它也想要一个名字。

于是，李牧羊也非常认真地想了想，说道：“以后，你便叫作……雪球吧？”

噗噗噗——

雪球吐着泡泡，表示对这个名字非常满意。

“两个傻家伙！”李牧羊在心里想道。

“雪球？”红狼王看着李牧羊，一脸迷惑地问道，“之前你不是就称呼它这个名字吗？”

“哈士奇闭嘴！”李牧羊呵斥道。

雪球拥有了自己的名字，挥舞着小爪子飞到红狼王面前吐泡泡，一脸得意地炫耀。

红狼王很同情地看着它，说道：“雪球，以后我也称呼你为雪球。我们也是朋友。你可以叫我哈士奇。”

噗——

雪球对着红狼王吐了个泡泡。

“好了好了，互相介绍的环节结束了。”李牧羊抱着赢千度跃到了红狼王背上，说道，“雪球，下到海底四处搜索，看看能不能找到鲲的踪迹。北溟太大，无边无际，想要寻找鲲实在太难太难。不过，鲲是极大之物，书中记载，‘鲲之大，不知其几千里也’。就算书中多有夸张，鲲怕是也不会小，至少百里长。雪球是弱水之灵，可以感知水元素，看看哪里的水元素比较特殊，帮我将它找出来。”

噗——

李牧羊跨坐在红狼王脊背上，对雪球说道：“我们在海面上巡视，看看海水是否有什么波动。倘若发现鲲的踪迹，你立即过来告知我，千万不要打草惊

‘鲲’。明白了吗？”

雪球点了点头，一头钻进了北溟之海。

第411章
鲲鹏展翅

李牧羊拍拍红狼王的脊背，说道："哈士奇，我们也出发吧，用你的鼻子帮我搜索海中巨兽的踪迹。不管是不是鲲，只要是对你而言有危险的巨大的海兽，你都要第一时间告诉我。"

"我明白了。"红狼王答应道，"这个女人对你很重要？"

"是的。"李牧羊答道。

"她有名字吗？"

"她叫千度，"李牧羊说道，"赢千度。"

"她也是你的朋友吗？就像我和雪球一样？"

"不，她是我的爱人，"李牧羊低头，看着陷入沉睡之中的赢千度的如花俏脸，柔声说道，"是我一生的伴侣。"

"听你说话的语气，就知道这个叫千度的女人比我和雪球重要得多。"红狼王有些吃味地说道，"你提起她的时候声音更加低沉，表情也更加哀伤，而且，我能够听出你对她的深厚感情。你对我和雪球说话就轻描淡写，很是随意。"

"不一样。我和你们……"李牧羊想着安慰红狼王一下，毕竟，他现在还骑坐在人家背上，未来一段日子还需要与它们并肩作战呢，"我们是……人狼有别。我们是兄弟，是伙伴。而她是我的伴侣，是可以与我结婚生子、厮守一生的女子。"

"我们也可以。"红狼王说道。

"……这个真的不行。"

"我也可以一生与你厮守，只要我凝结出实体。"

"我现在心情很糟糕，我不想说话，你让我静一静。"

"好吧。"红狼王点头说道。

飞了一阵之后，红狼王又忍不住开口说道："人族女子的寿命不过区区百年。而你是龙族，有着近乎不死的寿命，能够与你一生厮守、终身相伴的只有我和雪球。"

"……你不是喜欢仰天嗥叫吗？你现在叫几声听听。"

"为什么？你不是不喜欢听我嗥叫吗？"

"我更不喜欢听你说话！"

"……"

北溟很大很大，大到无论往东还是往西，无论往南还是往北，仿佛永远都走不到尽头。

北溟不分昼夜，永远是灰蒙蒙的黑白交隔之间的颜色。

海水黑暗，犹如一汪墨池。

偏偏这墨池又无边无际，偶有几条小鱼跃出来，也只不过溅起三两朵浪花。

因为没有白天和黑夜之分，李牧羊也不知道自己在这上空搜索了多久。

幸好红狼王体力惊人，这么一直飞翔也不觉得疲惫。若是一般修行者，怕是早就掉落深海淹死了。

"可是，鲲在哪里？"

李牧羊心急如焚。

雪球钻入了深海之中，直到现在还没有任何动静。

他抱着赢千度骑狼游海，也没有发现那只鲲的任何踪迹。

李牧羊知道，这北溟不在神州之地，而在另外一个结界中。在这个结界里，或许只有北溟这一个地方。

那么，这到底是一个怎样的结界？是可无限延伸之地，还是虚空幻境，肉眼所见皆是虚无？

李牧羊觉得自己肉眼可以看穿许多东西，但是，他又不确定自己看到的到底是不是正确的。

很多时候，李牧羊都在自我怀疑。

怀疑自己寻找的地方到底是不是北溟。

怀疑北溟里到底有没有鲲。

怀疑那条黑龙到底有没有看过有关鲲的书。

怀疑自己到底是不是被一条黑龙入体。

南柯一梦！

一觉醒来，是不是一切归零，自己还是那个有点儿黑、有点儿笨，时时被人欺负却又生活无忧的江南少年？

这一切只不过是一场逼真的梦境？

可是，怀里的女子是真实的，自己对她的感情也是真实的。

无论如何，自己都要救她。

"你不要担忧。"红狼王感受到李牧羊情绪焦虑，出声劝慰道，"担忧也没用。"

"……"

"雪球是弱水之灵，天生与水元素联系紧密。或许别人没办法在这汪洋大海中寻找到鲲，但是雪球一定可以。"红狼王说道，"我相信它。"

"谢谢你，哈士奇。"李牧羊感激地说道。

"就怕它忘记了这件事情，跑出去玩了。"红狼王补充了一句。

"……"

噗——

噗——

噗——

黑色的海水中，雪球在不停地吐着泡泡。

每一个泡泡吐出来，便能够在海底变幻出无数个泡泡。

无数小鱼小虾围拢在雪球身边，看着这个陌生的会吐泡泡的怪物。

噗——

雪球游到一只鬼面蟹旁边，对着它吐了个泡泡。

鬼面蟹高兴坏了，对着雪球伸出自己的两只大钳子，想要把它捧起来。

雪球一个灵活的甩尾，雪白的身体已经飞到了一群小青鱼的面前。它张开小嘴，对着长得最漂亮的那条小青鱼吐了一个泡泡。

噗——

小青鱼们高兴坏了，对着雪球舞了起来。

突然，雪球一个三百六十度回旋，急速冲到了一条长相怪异的小蓝鱼面前。眼看两人——不，一鱼一"狗"就要撞头，雪球一个急刹车，稳稳地停在小蓝鱼面前，看着它的眼睛，对着它的小脸吐出一个小泡泡。

噗——

小蓝鱼咧嘴笑了起来，甩动着尾巴跟在雪球的身边旋转起来。雪球也跟着旋转，一鱼一"狗"在海水之中快乐地跳起了贴面舞。

这个时候的雪球就像舞会中的王子、鸡群中的仙鹤，受万众瞩目，是当之无愧的焦点。

雪球一边伴着小蓝鱼跳舞，一边对着它吐出泡泡。

那条一尺来长的小蓝鱼显然很喜欢雪球吐出来的泡泡，一边伴随着雪球跳舞，一边张嘴吞噬着那些泡泡。

雪球一边跳舞，一边快速朝海面游去。

小蓝鱼则紧紧跟随，朝海面疾追。

它们很快就脱离了鱼群，整个海里仿佛只有这一条小蓝鱼和一只小白"狗"存在。

噗——

雪球从海面上冒出来，对着天空吐出一长串泡泡。

那条小蓝鱼嗖的一声从海水里蹿出来，高高地跃起，张开嘴巴吞噬着那些小泡泡。

雪球的身体迅速膨胀起来，变成了一只比红狼王还要大的大白"狗"。

然后，雪球高高地跃起，张开巨嘴，猛地朝那吃掉泡泡之后即将坠进海水里的小蓝鱼扑了过去。

这一变化既疾又快，让人目不暇接。

谁也没有想到，雪球将这条小蓝鱼引诱出海面，就是为了在这个时候给其凌厉一击。

这只"狗"果然不是凡"狗"。

啾——

声破长空！

那条小蓝鱼突然变成了一头庞然大物，这庞然大物挥舞着一对翅膀，就像大鹏一样展翅高飞，避开了雪球的致命一击。

鲲鹏展翅，其翼若垂天之云。

北溟大，鲲鹏更大。

《神异经》云："其鸟铭曰：有鸟希有，绿赤煌煌，不鸣不食，东覆东王公，西覆西王母，王母欲东，登之自通，阴阳相须，惟会益工。"

这些记载也从侧面说明：大鹏有绿、红双色，不鸣叫也不进食；仅仅背上小片没羽毛的地方，就有一万九千里，可见它体形多么庞大。原来，从西昆仑到东海的距离，也不过是大鹏的长度。

这只鲲兽也极大，非常大，一眼看过去，遮天蔽日，天上地下，仿佛只此一兽。

但是，它并不像文人记载的那般，有从西昆仑到东海的距离那么长。

而且，这只鲲兽并不似记载的那般有绿、红两色，而是呈深蓝色，犹如海水一般的蓝色。

鲲兽在高空中盘旋，眼睛凶狠地盯着雪球，一副"我那么相信你，你竟然想要吃我"的气愤模样。

"你是何物？"

鲲兽竟然能够口吐人言。

雪球明显愣了一下，然后兴高采烈地挥舞着小爪子，对着鲲兽吐出了一个小泡泡。

噗——

"这是何意？"

噗——

"你的身体四周充满了最纯粹的水元素，就连你吐出来的泡泡也是如此。你到底是何物？"

鲲兽对雪球的来历非常好奇。

这鲲兽终年生活在大海之中，主要靠吸纳北溟之中的水元素来修行和强大自己。

它不知道自己活了多少年，不知道自己吃掉了多少海中生物，也不知道自己吸纳了多少水元素。

这只怪兽吐出来的泡泡让它有种从来没有体会过的愉悦感。

"没想到的是，它竟然想要吃掉我。"鲲兽很伤心。

噗——

雪球能够回应它的只有一个简单干脆的"噗"。

"你能够在我强大的气息之下毫无异样，我却感觉不到你的存在。"

噗——

雪球吐泡泡吐得有些不耐烦了。

要打就打，这鲲兽怎么那么多废话啊？

"它是弱水之灵。"

高空之中，传来一个年轻男子的声音。

一团"火焰"从远处急速飞来。

那团"火焰"正是全身长满红毛、仿佛燃烧起来了的红狼王，狼背之上坐着李牧羊和赢千度，说话之人自然是李牧羊了。

刚才李牧羊正骑坐着红狼王巡视北溟，四处搜索却没发现任何鲲的踪迹，突然他心生异样，然后便感受到了西北方有强大的巨兽气息。

李牧羊精神为之一振，立即催促红狼王朝这边赶了过来。

他来得及时，恰好看到了正在向雪球追问的鲲兽。

鲲兽翱翔高空，每扇动一次翅膀，北溟海面便波涛汹涌。

鲲兽的左右双翼犹如蓝云，就像他们身下的大海似的，一眼望不到边际。

红狼王是红月之子，体形也算庞大了。但是，红狼王在鲲兽面前就像大象面前的一只蚂蚁。

"弱水之灵……"鲲兽沉吟不语，就像陷入了沉思，良久才出声说道，"那便是万水之母吧？难怪天地之水皆为其所用。"

"是的，万水之源头。"李牧羊附和，"就连这北溟之水，也在它的控制范围之内。"

"你又是谁？"

"我是李牧羊。"

"你是人族？"

"是的。"

"撒谎！"鲲兽怒声喝道，"我从你身上感受到了龙族的气息。万万年来，从来不曾有人族能够找到这里。只有那些不死的老家伙才能到达这里，才能来到北溟。"

"那倒说不定。人族对你有所记载，倘若他们没有见过你，又怎么知道你的样貌和形状呢？"

"你怎知那些书是人族所著？"

"这……"

李牧羊表情微滞。

他一直以为那些书是人族所著，因为人族来过北溟之地，见过鲲兽，所以才会这般书写。

问题是，倘若见过鲲兽的是其他族群成员呢？譬如，龙族？

"既然是龙族，你来我这北溟之地做什么？"鲲兽警惕地盯着李牧羊。显然，李牧羊的存在让它感觉到了危险。

龙族是半神之族，和鲲兽是同一个级别的。

倘若双方厮杀起来，鲲兽心中也没有胜算。

况且，来者不善，这条龙不仅仅自己有着极高的修为，而且还带来了一个万水之源的弱水之灵。

就连他骑坐的那只红狼也不是凡物，只观其模样也知其厉害。

这样的组合，是鲲兽自诞生之日起遇到的最强大的敌人。

"借你晶魄一用。"李牧羊说道。

"什么？"鲲兽显然没想到李牧羊会提出这样的要求，忍不住再问一次。它怀疑自己没有听懂人言。

"我说，借你晶魄一用。"李牧羊不无愧疚地说道，"这个女子对我极其重要，但是，她已失六魂五魄，现在只有一魂一魄被我封存起来，暂时保住了性命。"

"所以，你要借我的晶魄来修复她的魂魄，拯救她的性命？"

"是的。"李牧羊沉声说道，"还请鲲……先生能够理解。"

"理解？"鲲兽显然被李牧羊的话给逗乐了，它在笑，发出了与人族一样的笑声，"你要取我晶魄，就是要取我性命，却让我对你的这种无耻行径表示理解？"

"你别这样。"李牧羊有些为难地说道，"我之前就单纯地以为你是一条大鱼，虽然比别的鱼大一些，但是……终究还是一条鱼，和其他鱼一样，煮了就可以享用。没想到的是，你竟然能听懂人言，这让我情不自禁地把你当成人族看待。"

"有天地始，便有我族存在。鲲族比你们龙族寿命还要悠长，你们龙族听得懂人言，变得了人样，难道我们鲲族学会人族之语有什么奇特？"

"龙族懂得人族之语，那是因为龙族一直和人族保持密切的关系。"

"鲲族过目不忘，凡是见过一次的人或物，包括文字，便会永远地储存下来，放在晶魄之中。"鲲兽说道，"你现在竟然要取走我的晶魄，还让我对你的行为表示理解？"

"也罢。"李牧羊沉沉叹息，说道，"理解不理解都无所谓了。既然今日见到你了，那你这晶魄给也得给，不给也得给。你的晶魄，我非取不可。"

为了修复赢千度的魂魄，救回赢千度的性命，李牧羊不惜做一回恶龙。

况且，只是杀一条鱼而已。

再大的鱼，它也只是鱼。

第412章
主动挑衅

鲲兽被李牧羊的态度激怒了，怒声喝道："你以为凭你们几个，就可以取走我的晶魄？真是不自量力。"

就像为了示威，鲲兽猛然扇动着双翅。

轰——

狂风呼啸，波涛汹涌。

刚才还平静的大海突然间翻涌沸腾，就像正在遭遇一场海底地震一般。

飞翔在半空的雪球没留神，一下子就被千尺巨浪打进了海水之中。若不是红狼王停留的地方更高，眼见情况不对立即和那鲲兽拉开了距离，怕是李牧羊和他怀里的赢千度也要被海水淹没。

李牧羊搂紧怀里的女子，她没有知觉，比新生儿还要脆弱。她的生死完全系在李牧羊的身上，她将自己的一切都托付给了另外一个人。

无论如何，李牧羊都不能让她失望。他不能让这个信他爱他的女子就此香消玉殒，更不能让她死在自己的手里。

噗——

雪球从海水里爬了起来，对着鲲兽不停地吐泡泡，张牙舞爪。显然，它对鲲兽的突然出手很愤怒。

"看来只有强取了。"红狼王说道，"你想要的东西它不可能给，就像你当初想要我的晶魄一般，我也是宁死都不可能给你。"

"……"

李牧羊觉得红狼王有时候也挺烦人的。

这个时候谈什么骨气？

好端端的谈什么骨气？

万一鲲兽没什么骨气，膝盖一软就答应将晶魄借自己一用呢？

你这么说，鲲兽就算想投降也没有了立场，难道它还不如这只红狼？

鲲兽仰天长啸，喝道："愚蠢的家伙，你们以为人数占优就可以夺我的晶魄？刚才只是小试牛刀而已。北溟寂寥，今日便将你们留下来与我做伴吧。"

"你说错了。"红狼王一脸认真的模样，说道，"我是红月之狼，雪球是弱水之灵，李牧羊是半龙半人，你是半鱼半鸟——这里面没有一个纯粹的人，何谈人数占优？"

呼——

鲲兽气急败坏，再一次狠狠地拍打着一双巨大的翅膀。

大浪滔天，黑云翻滚，仿佛整个世间都要被这巨大的黑潮淹没。

鲲兽觉得这些人——不，这些怪物很讨厌。

"你们是来取我晶魄的，又不是来搞辩论赛的，用得着在言语上也要争个输赢？"它心中暗道。

李牧羊将赢千度放在红狼王脊背之上，对红狼王说道："照顾好她，无论如何，都不许让她受到一点点伤害。"

"我明白。"红狼王说道，"受到伤害她就死了。"

"……"

李牧羊觉得心脏猛地一痛。

这个该死的家伙，不说话不行吗？

他有些想念红狼王被雪球吞进肚子里出不来的安静时刻了，之前为什么要让雪球把它吐出来呢？

李牧羊站在狼背之上，看着鲲兽说道："既然如此，那我便亲手来取。"

说话之时，李牧羊已经朝鲲兽跃了过去。

他人在半空，一拳轰出。

轰——

一条白色巨龙从天而降，以摧枯拉朽之势朝鲲兽冲了过去。

惊龙拳！

245

惊龙拳有九阶，李牧羊只能变身为黑龙之时，能够使用的是惊龙拳前三阶。当他晋级为白龙时，使用的惊龙拳便是中三阶。

秘籍记载，倘若能够化身金龙，惊龙拳才能真正地发挥出全部实力。

当然，化身为金龙这种事情在龙族心里都是一个传说，所以，惊龙拳到底有多厉害，更是一个传说。

可是，仅仅是中阶的惊龙拳也足够平山断海，打破时空。

"愚蠢至极。"

鲲兽无视那急速冲来的白色巨龙，展开翅膀挥舞起来。

一股强大的气旋凭空出现，转得越来越快，中间的孔洞也越来越大。

轰——

白色巨龙一头钻进了那气旋之中，不见踪迹。

那个气旋便是时空之门，鲲兽竟然能够在这么短的时间内打开一道时空之门，瞬间就将李牧羊轰出来的白色巨龙送进了另外一个时空，由此破了威力极大的惊龙拳。

不得不说，这一幕确实挺惊"龙"的。

李牧羊也可以在短时间内打开一道时空之门，将一只怪兽送到另外一个不知名的时空去。

可是，鲲兽虽然懂得人言，但终究只是一只怪兽。

而且，被它送进另一个时空的是李牧羊制造的白龙，他很清楚那条白龙的破坏力有多大。

可是，白龙就那么无声无息地被鲲兽送走了。

一拳落空，李牧羊表情凝重起来。

这鲲兽比他想象的还要厉害一些。

李牧羊伸出手来，大量的海水被他从大海里抽取出来。

那些黑色的海水在半空堆积，然后互相渗透、融合。

那如山一般的海水变成了一根水柱，然后继续浓缩，成了一把巨大的黑色水剑。

李牧羊伸手一招，那把黑色水剑便到了他的手里。

入手温暖，李牧羊能够感觉到水流在手掌之间流淌的那种酥痒。

充沛的水元素蕴含在这把大剑之中，等待着给敌人以致命一击。

李牧羊双手持剑，身体高高地跃起。

他居高临下，一剑劈出。

鲲兽体形庞大，李牧羊这一剑斩出，让它躲无可躲，避无可避。

嗖——

破空之声传来。

高空之上，就像一块灰色的幕布被切成两半，而中间的部分露出一截白边。

大海之中，就像一块巨大的石墨被斩成两块，左边是黑色的，右边是黑色的，中间却横着一条白线。

可是，让李牧羊难以相信的是，那巨大的鲲兽消失不见了。

这一剑也落空了。

嗖——

一条蓝色小鱼浮出黑水面，学着雪球的模样对高空中的李牧羊吐出一个泡泡。

噗——

它在主动挑衅李牧羊。

它不仅挑衅了李牧羊，还挑衅了雪球。

因为一直以来，只有雪球才这么"噗"，就连红狼王也从来没有这么"噗"过。

雪球很生气。

它觉得鲲兽是在抢夺自己的卖萌专属权，在抄袭自己的卖萌方式。

雪球肉乎乎的身体朝海面扑去，举起雪白肥大的爪子，一巴掌朝着那条蓝色小鱼扇了过去。

啾——

那条蓝色小鱼变成了一只蓝色小鸟，欢快地翱翔在高空之中，嘴里还发出悦耳的鸣叫声。

雪球收势不及，一巴掌拍在黑色的海面之上，顿时，海水轰鸣，大浪翻滚，犹如引发了一场海啸。

这些怪兽都不是普通的怪兽，动辄是活了数千年甚至万万年的老家伙。像雪球和鲲兽这种生物，怕是有天地始，它们便一直生存着。

它们的威能实在太强大太强大了。

李牧羊为了救赢千度，竟然妄想取这样一只怪兽的晶魄，也幸好他生了一颗龙胆，普通人族根本就干不出来这种蠢事。

雪球一掌落空，身体像一个皮球似的反弹回去，又迅速升空，张开大嘴朝那蓝色小鸟咬了过去。

它要一口将这只小鸟吞进肚子里。

只要鲲兽进肚，那便进入了弱水之灵的领域，是杀是剐，就任由雪球来决定了。

蓝色小鸟的动作更加灵活。

嗖——

在雪球的大嘴即将将其吞噬时，那只小鸟已经灵活地蹿了出去。

雪球继续追去，小鸟在前面疾飞。巨大的白色雪球和灵活的蓝色小鸟就像玩起了猫捉鼠的游戏。

雪球怒了。

它停在半空，张开大嘴，猛地朝小鸟所在的方向吸了过去。

嗖——

灰云、狂风、黑水以及蓝色小鸟全部朝雪球的嘴巴飞了过去，它们很难与雪球巨大的吸力相抗衡。

见蓝色小鸟正被自己吞噬，雪球欣喜若狂，立即停止吸纳，准备闭上嘴巴，将这一切死死地锁在肚子里。

可在牙齿缝隙即将合上的一刹那，那只蓝色小鸟变成了一条小鱼，从雪球的两颗牙齿的缝隙间掉落下来，即将落到海面的时候，那条小鱼又幻化成一只蓝小鸟飞向了高空。

滑不唧溜！

狡猾至极！

到嘴的鲲鹏飞了，雪球有些气急败坏。

噗——

它怒吼一声，再一次朝那只自由自在飞翔在天空中的小鸟飞去。

李牧羊知道这只鲲兽不好对付，不想让雪球一个人被它欺负，也主动出手加入了战斗。

李牧羊和雪球这一人一"球"，一个攻上，一个攻下，一个攻前，一个攻后，还时不时来一个混合双打。

轰隆隆的声音不绝于耳。

可是，一人一"球"忙活了半天，不仅没有伤到那鲲兽分毫，反而把自己累得气喘吁吁。

噗——噗——喀喀——

雪球连卖萌都卖得相当吃力了。

李牧羊脸色阴沉，气息紊乱，血液翻腾。

他打出去的每一拳都落空了，踢出去的每一脚都踢偏了。

他每一记强大的杀招都被鲲兽送进了异时空，每一次和雪球的默契配合都被鲲兽化解于无形。

李牧羊对自己的实力有信心，对雪球的实力更有信心。无论如何，李牧羊和雪球这个组合都不可能碰不着鲲兽的皮毛。

可是，事实便是如此，那鲲兽就像有天神护体似的，李牧羊和雪球无论如何都碰不着它，伤不着它。

"有古怪。"李牧羊在心里想道。

雪球和李牧羊对视一眼，它也觉得事情有些奇怪。

噗——

雪球对着李牧羊吐了一个响亮的泡泡，表达自己此时此刻的不满。

"愚蠢的家伙！"鲲兽时而变成小鱼，时而变成小鸟，还时不时变成一只乌龟，仿佛可以变幻成任何肉眼可见的东西，"你们以为这样就可以夺得我的晶魄？真是天大的笑话！在这个世界里，我才是唯一的主宰。你们只是一些无关紧要的小鱼小虾，只要我一张嘴，你们就会被我吞噬，成为我肚子里的食物。"

鲲兽无比贪婪地看着雪球，舔了舔舌头，说道："特别是你——弱水之灵，既然到了我的地界，就休想逃离。只要我将你吃掉，便可以增加万万年的修为，一跃而晋级为神族也不可知。半神之族，终究不是神族。我要成为真正的神，无所不能的神。"

听到鲲兽的话，李牧羊心头一震，眼神如电紧盯着它，说道："我明白了，我明白了。这里不是北溟，而是你的领域，是你制造出来的芥子空间。这里的一切都是你幻化出来的，而我们寻找到的并不是北溟，而是你的领域。

"难怪我们碰不着你，难怪我们伤不了你，也难怪你可以自由自在地变化，可以随意地将我们的攻击送到任何一个空间。因为这空间便是你的领域，是完全由你掌控的芥子空间。在这里，你是神，是真正的主宰，没有任何人能够伤害到你。"

"哈哈哈……"鲲兽又幻化为鲲鹏，变成遮挡天地的庞然大物，"龙族果然还是龙族，竟然被你看出了破绽。你说得不错，这整个北溟都是我幻化出来的，是我制造出来的芥子空间。李牧羊，你现在知道自己有多么愚蠢了吗？你一头撞进了我的芥子空间，却想着要取我的晶魄，你是不是觉得自己很可笑？"

"……"

李牧羊觉得，自己确实很可笑。

他应该早就想到的，应该早就想到这种可能性。

难怪《逍遥游》一文中记载：鲲之大，不知其几千里也。

只要在自己的领域里，鲲就可以自由变换形态，所以体形绵延几千里也只是小事一桩。

这整个北溟是鲲的芥子空间，那么，真正的北溟在哪里？

既然鲲在这里，那么，这里就应当是北溟。

难道先有鲲，而后才有北溟？

可是，又是何人进入过北溟，看到过绵延几千里的鲲？

第413章
领域力量

当然，现在不是考虑这个问题的时候。

这里是不是北溟，或者说有谁曾经到过北溟，李牧羊可以完全不在意。他在意的是赢千度的安危，在意的是赢千度能不能得到救治。

他把赢千度带到这里，不仅没能为她取得鲲鹏的晶魄，反而即将被这鲲兽一口吞掉。

李牧羊觉得，自己简直就是千度人生中的灾星。

"李牧羊，你没事吧？"红狼王发现情况异常，询问道。

李牧羊对红狼王使了个眼色，秘密传音道："一会儿我会主动攻击鲲兽，你寻到时机，立即把千度带走。"

"不行，你不走，我也不走。我要和你们一起走。"红狼王很讲义气地说道。

"闭嘴。"

"……"

"带她走。"李牧羊再次用传音之法叮嘱道。

"哈哈哈……"鲲兽哈哈大笑起来，看着李牧羊说道，"怎么，之前想要取我的晶魄，现在却想趁机逃跑？李牧羊，你以为，没有我的同意，你们还能走出北溟吗？"

"总要试试才行。"李牧羊出声说道，"再说，你的晶魄我还没有取到，我不能走。"

"直到现在还如此狂妄！"

鲲兽显然动怒了。

它张开大嘴，对着李牧羊所在的方向吹了一口气——一口寒气！

呼——

那口气成了一股寒风，寒流袭过，世间万物皆被冻成冰雕。

李牧羊被冻成了冰雕，雪球被冻成了冰雕，红狼王被冻成了冰雕，就连吹拂的风、天边的云，以及海里的水，也全都在这一刹那结成了寒冰。

李牧羊的身体被寒冰束缚，有心想动，却发现根本无法施力。

这整个北溟皆是鲲兽制造的空间，在这芥子空间里，它是独一无二的主宰。

它想这里是春天，这里便百花盛开。

它想这里是冬天，这里便冰雪覆盖。

它想让人生，那人便生。

它想让人死，那人便死。

想来也是恐怖，那只鲲兽到底有何等神通，竟然能够凭空制造出这么大的一个空间？

李牧羊也可以制造芥子空间，但是，他绝对没办法制造出如北溟这般可以以假乱真的空间，而且，也不会有北溟这么辽阔。

李牧羊在骑着红狼王巡游北溟的时候，便已经知道这是无边之海。没想到这无边之海是一只怪兽的领域，那么，这只怪兽的神通就相当惊人了。

"感觉如何？"鲲兽说道。

它身体一阵晃动，竟然变成了人形——一个和李牧羊一模一样的人。

鲲兽飞到李牧羊的身边，近距离地观察着李牧羊，身上的一些细节也开始进行调整，鼻梁更高了一些，眼睛更大了一些，肤色更白了一些，耳朵圆润了一些，鼻毛也短了一些。

"我知龙族一向喜欢幻化成人族，一直好奇做人族到底是什么感觉。"鲲兽说话的声音和神态都开始模仿李牧羊，"现在看来，做人族也是一件很容易的事情嘛。"

"你想做什么？"李牧羊心头微震，问道。

"假如我把你吃了，再扮作你出去，你觉得会不会很有趣？"

"会的。"李牧羊说道，"你会被整个人族打死的。"

"这是何意？"

"因为，每一个人族修行者最大的理想就是屠龙。"

　　鲲兽幻化而成的李牧羊愣了一阵子之后，哈哈大笑起来，说道："有意思，还真是有意思。越听你这么讲，我还越想要去人族世界走一遭了。我倒要看看，人族到底想要怎么屠我。"

　　"这样吧，"李牧羊说道，"你把你的晶魄留给我，帮我治好那个女人之后，你把她一起带出去吧。我就留在这北溟之中，此生再不出北溟一步。"

　　"我怎能容忍另外一个和我一模一样的人活着呢？"

　　鲲兽幻化而成的李牧羊伸出右手，五指合拢，整个空间都开始咔嚓咔嚓地扭曲起来。

　　李牧羊只觉得那股束缚感越来越强，他脸色紫红，呼吸不畅，身上的寒冰挤压得越来越厉害，他全身的骨头都仿佛要被捏碎了。

　　李牧羊知道，这只鲲兽动了杀机，想要将他以及他的"宠物天团"全部消灭。

　　"李牧羊！"

　　远处传来红狼王的声音。

　　李牧羊没办法回头，但是只听那焦虑的声音，便知道那边情况极其不妙。

　　红狼王是一个骄傲的家伙，倘若是它能够解决的问题，它是愿意表现出自己的从容笃定的。

　　"千度不行了，全身都在流血……"红狼王满脸忧虑，着急地喊道。

　　它全身被冰雪包裹着，拼命地催动红月之力想要将身体燃烧起来，但是，那满身的红毛被寒流凝结成一根根红色的细针，没办法飘荡起来。

　　赢千度的身体原本就虚弱，李牧羊用龙族秘法才吊着她的最后一口气。倘若不是李牧羊出手，在津州城上空的时候她便一命呜呼了。

　　现在因为空间严重扭曲，加上赢千度全身覆盖着寒冰，身体受到寒冰的挤压，她的皮肤渗血，骨头变形，倘若不是红狼王在拼命支撑的话，她早就被压瘪了。

　　"千度！"李牧羊嘶声吼道，瞳孔血红，"千度！"

他的双手握成拳，一股股白色的气流从丹田处涌出，袭遍全身。李牧羊感觉自己的身体就像要被烈火烧着了一般。

龙血沸腾，他的身体从上到下冒出滚滚白烟，就连身上的彩云衣也承受不了那种热量而开始萎缩起来。

哗啦啦——

雪水滴落，大块大块的冰融化。

李牧羊想用龙血的力量将囚禁自己的冰块融化掉，这样他才有机会去拯救赢千度。

可惜，那些冰块才刚刚融化，便有更多的寒冰堆积而来。李牧羊身体四周的寒冰不仅没有减少，反而在海量地增加。他的整个身体都被冰覆盖了，在他站立的地方出现了一座悬浮在半空的冰山。

那是一座巍峨壮观的冰山，而李牧羊的身体则被埋在那冰山里！

中州广场。

广场中心，有一座用一整块巨型青金石打造而成的高台。这座高台被中州百姓称为刑台，也叫断头台。

这里原本是历任中州城城主施以刑罚斩杀重犯的地方，每年有许多颗头颅要在这里和主人分离。

长年累月，血水浸入了青金石内部，那原本呈青黄色的巨石变成了让人望而生畏的红褐色。

今日，中州广场人山人海，无数百姓簇拥至此，观看那一场事先被宣扬开来的斩首仪式。

孔雀王赢伯言御驾亲征，先是派遣鬼舞军团高空袭击，从内部打开了中州城大门，继而十万孔雀军如潮水般涌入，中州城易主。

入城的十万孔雀军比之前的中州军还要守规矩一些。据说，一个中级将领因为在城里最大的酒楼喝酒不愿意给钱，被上官当众抽了鞭子。

但不管怎样，中州城的气氛还是有些紧张，这两日街道上巡逻的士兵也增加了不少。

据说孔雀王的宝贝女儿赢千度被一条恶龙所伤，生死未知，孔雀王心情极度恶劣，下面的将军们自然小心行事，不敢有差错，不然的话，怕是少不得挨一顿板子。

相比较孔雀王朝公主的失踪，西风帝国前锋将军燕相马被擒实在是一桩不值一提也极少有人关注的事情。

现在正是孔雀王朝征战七国的关键时刻，双方厮杀惨烈，死去的城主没有一百也有几十个，甚至还有皇族或被擒或被杀，大武国能征善战的六皇子就被砍了脑袋。

和他们比，一个小小的前锋将军又算得了什么？

战局之中，大部分人都是棋子，包括那些以为自己博弈天下的下棋人，或许也身在局中，被人落子。

但是，听说这个燕相马和那条名满神州的恶龙李牧羊是莫逆之交，而且，孔雀王之所以要生擒燕相马，并亲自下旨当众斩杀这个小小的前锋将军，就是因为他想要用这个燕相马的命去换公主赢千度的命。

毕竟，孔雀王朝的公主赢千度是和那条恶龙李牧羊一起消失的。倘若李牧羊此番不将孔雀王的宝贝女儿送回来，那么，孔雀王便要拿他的这个好兄弟开刀。

"听说那条恶龙今日会来呢，也不知道龙长什么样，据说龙的脑袋比房子还大，身体比洛城还长。"

"早就听闻孔雀王朝的千度公主美丽温雅，是皇族典范。那条恶龙也忒可恶了，竟然连那么可爱的公主都不放过。"

"你说，那条恶龙会不会已经吃了公主？"

"不许胡说！千度公主那么可爱，恶龙怎么舍得吃掉她呢？据说今日那条恶龙就会过来，到时候咱们一起屠龙救公主。"

……

广场之上，人们议论纷纷。

大多数人都在指责李牧羊这条恶龙，纷纷为千度公主打抱不平。此时此刻，这些人的心态俨然已经发生了变化，竟然称嬴千度为"我们公主"。

当然，所有人都对龙族极其好奇。屠龙的故事讲了很多年，但是，龙族到底长什么样，他们都不曾亲眼见过。据说那条恶龙在大周国作恶多端，摧毁了不少城池，也杀害了不少无辜百姓。

也不知道恶龙今日会不会前来救自己的朋友。一条恶龙，怎么会愿意将一个人族放在心里呢？

正在这时，身披黑甲的虎威军将人群一分为二，远远地隔开。

然后是数千身穿彩衣、头插彩羽的将士前来，手按刀柄，虎视眈眈。

"天啊，那是鬼舞军团！他们就是孔雀王的护卫亲军。"

"孔雀王来了，孔雀王竟然亲自来了！"

"什么孔雀王？是我国陛下！"

……

"陛下到！"有宦官尖着嗓子喊道。

一身紫袍、头戴玉冠的孔雀王高坐在一匹通体墨黑、铁蹄带火、奔跑如风的火云马上，端的威风赫赫，英伟不凡。

"恭迎陛下！"众人跪伏在地。

见到这样的君王，人们无端地心生自豪，一个个主动下跪，恭敬地迎接刚刚将他们征服的新皇。

孔雀王嬴伯言跳下火云马，亲手将一个跪伏在前面的老者搀扶起来，并环视四周，朗声说道："都起来吧。今日朕有点儿忙，有颗脑袋要砍，所以大家无须多礼。"

人群再一次议论纷纷起来，这个新皇……有点儿不拘小节的感觉？

嬴伯言松开老者的手臂，笑着问道："老人家，眼睛可还好？"

"好。"老人哆哆嗦嗦地回答着。他就那么一跪，怎么就被孔雀王亲自扶起来了呢？

光宗耀祖啊！

嬴伯言指了指那红褐色的高台，说道："一会儿朕就在那里砍人脑袋，老人家若看不清楚，就往前多走几步。"

"好，好。"老人机械地点头，已经听不清楚孔雀王在和自己说什么了。反正他说什么就是什么，他是孔雀王，他说什么都对。

嬴伯言点了点头，大步朝高台走去，同时大声喝道："燕相马呢？拖他出来！"

第414章
气节重要

哗啦啦——

双手双脚都戴着如成人手臂般粗的铁链的燕相马被四名金甲武士拖了出来，紧随着燕相马一起出来的，竟然还有孔雀王朝的数名高手。

由此可见，孔雀王对燕相马的安全问题有多么重视，生怕李牧羊那条恶龙趁人不备悄悄潜至将他救走。

这些日子，孔雀王并没有虐待燕相马，甚至每日都有好酒好肉供着。没办法，自从燕相马吃了烤得外焦里嫩的鸡肉，喝了孔雀宫廷特供的神仙醉之后，每顿饭便非要这两样不可，不给就绝食抗议。

也不知道孔雀王出于什么心理，竟然满足了燕相马的这些无礼要求。一个囚犯吃得比为国征战的大将军还要好一些，也是古往今来头一遭。

所以，在这几日的大吃大喝以及大睡当中，西风前锋将军燕相马不仅没有日渐憔悴，反而隐隐有了发福的迹象，脸色也红润，细看之下双下巴都若隐若现了。

把这样的燕相马送回去，西风帝国的人保准会怀疑他卖国求荣，成了敌国打入本国的奸细。

"跪下！"

金甲武士将燕相马拖至刑台，按着他的肩膀想要让他跪下去。

燕相马脊背挺得笔直，双腿也绷得紧紧的，死都不肯跪下。

"跪下！"金甲武士看到燕相马态度强硬，不由得发怒，沉声喝道。

"不能跪。"燕相马笑着说道，"男儿膝下有黄金，我若跪了，膝下的黄金就没了，会被自己喜欢的女人看不起的。"

"跪下！"

金甲武士才不在意燕相马说些什么，他们发现孔雀王正看向这里，而燕相马这个囚犯却大大咧咧地站在这里说笑，这对他们的君王是极其不尊重的。于是，几个人一起上前，按着燕相马的双肩和脑袋，想要逼迫他跪在刑台之上。

"都说了……不能跪！"燕相马咬牙强撑。

他的丹田被锁，修为被封，现在的他和一个普通人无异，完全是依靠身体本能的力量和坚毅的心神在对抗这些金甲武士。

"跪下！"

一名金甲武士暴喝一声，手里的长刀高高扬起，刀背重重地敲击在燕相马的膝盖之上。

燕相马身体前栽，左腿咚的一声跪在地上。

长刀再扬，燕相马的右腿膝盖骨也被敲断了。

扑通——

燕相马双腿着地，重重地跪在了刑台之上。

他的表情痛苦狰狞，额头上大汗淋漓，却仍然昂起头，对着刑台之下的中州百姓挥手打招呼，大声喊道："大家好，我是西风帝国的前锋将军燕相马。我知道你们仍心属西风，但是为局势所迫，才不得不屈从于孔雀王赢伯言。你们不要担心，我们西风大军很快就会重整旗鼓，夺回中州。我们……生是西风帝国的人，死是西风帝国的鬼。"

台下鸦雀无声。

"你们不要哀伤，也不要难过……痛苦只是暂时的……"群众的沉默，给了燕相马继续开口的良机，"枯萎的花朵会再次盛开，落下去的太阳总会再次升起……我们委屈的眼泪会绽放出让敌人羞愧的微笑。中州的百姓，我燕相马……永远和你们站在一起……死在一起。"

"混账东西！"一名金甲武士破口大骂，"好好和你说话你不听，现在不还是要跪下？"

"那不一样。"燕相马摇头说道，"你们让我跪我就跪，那我就没有气节。你们打断我的双腿让我跪，那是我迫不得已。前者保住了双腿，失了气节。后

260

者……失了双腿，但是保住了气节。"

燕相马声音低沉，大颗大颗的汗珠顺着脸颊滑落，说道："你不懂，气节很重要。"

"燕相马，"赢伯言高坐在王椅之上，冷眼看着燕相马，沉声说道，"你以为，你们西风君主当真得了人心吗？王令一出，万民无不响应？"

"那是自然。我国陛下英明神武，睿智果断，勤政爱民，堪称千古第一帝王。你也能和我国陛下相提并论？"

"既然你说你们的那个惠帝如此厉害，为何西风军却被我孔雀大军打得落花流水？"赢伯言嘴角噙着一丝笑意，问道。

燕相马讨厌赢伯言，更讨厌赢伯言的笑容。

那笑容带着一种全天下的人都是傻瓜，就他一个人是智者，一切都在他掌控之中的骄傲。

于是，燕相马昂着头，和孔雀王赢伯言对视着，朗声说道："此乃我西风军诱敌深入之策，等到你们战线拉长，战事持久化，我军就出手截断你们的粮草，再以雷霆之势给予打击，那个时候，看看是谁笑到最后。"

"哈哈哈……"孔雀王赢伯言狂笑出声，"燕相马，你还真是天真可笑。如今朕已得了中州，西风国三分之一国土尽入我孔雀王朝之手。只要朕再夺得洛城、湘城、焚城、白塔城，到那个时候，天都城便近在眼前，打马可至。只要朕一声令下，西风国就要改朝换代，你那个惠帝也将成为朕的降臣，那个时候，怕是你哭都哭不出来吧？"

"我相信我国陛下心中自有丘壑，这些困难根本就难不倒他。我燕相马作为西风帝国的将军，深受皇恩，所能做的，无非就是以死报国而已。"燕相马一脸倔强地说道。

"燕相马，死到临头还不悔改？"赢伯言怒声喝道，"朕且问你，朕给你的那只梦蝶，你可曾将它送出去？"

"自然送出去了。"

赢伯言心中暗喜，送出去了就好，送出去了就有希望。他当下问道："送给谁了？"

"送给我喜欢的那个姑娘了。"燕相马回答道。

嬴伯言表情僵硬，一脸不可思议的模样，问道："你喜欢的姑娘？"

"不错，我喜欢的姑娘。我想着自己可能很快就要死了，总要和她道个别才是，要不然她以为我不辞而别，那不是失了礼数？我燕相马可不是那么不懂礼数的男人。"

"你将那只用来救命的梦蝶送给了你喜欢的姑娘？她是谁？你知不知道，倘若那条恶龙不来的话，今日你燕相马就只有死路一条！"嬴伯言几乎要咆哮出声了。

贵为孔雀王朝的君王，他不在意燕相马的生死，更不在意燕相马喜欢的那个姑娘是谁。

他在意的只有一件事情：那条恶龙会不会来。因为只有见到那条恶龙，他才会有他最喜爱的宝贝女儿的消息。

他只在意女儿嬴千度的安危，只在意她的生死。

嬴千度生，那么很多人都可以生。

嬴千度死，那么很多人就得为她陪葬。

显然，燕相马的态度让视女如命的孔雀王很愤怒，燕相马这样敷衍，简直是无视嬴千度的生命。

任何人敢无视其宝贝女儿的生命，对孔雀王而言都是一件难以容忍和难以接受的事情。包括孔雀王朝内那些反对嬴千度成为王储的大臣和嬴氏皇族要员，他不介意砍掉他们的脑袋，让他们永远闭嘴。

"是谁就不便告知孔雀王了，想来你对这样的小人物也不感兴趣。"燕相马说道。

"燕相马，你当真不怕朕砍了你的脑袋？"

"怕啊！怎么可能不怕？我燕相马年少成名，英俊多金，前程似锦，怎么可能不怕死呢？"燕相马一脸坚决地说道，话语掷地有声，"可是，忠君之事，食君之禄，国难当头，我燕相马岂可因为怕死就轻易脱身？文官谏死，武将战死，国之幸也。我燕相马身为西风帝国的将军，为国战死亦是本分。"

"你可以不死，只要你将那条恶龙召来，你就可以不死。"

"是不是我做了什么事情，使孔雀王对我燕相马有了误解？在孔雀王的心里，我燕相马就是贪生怕死、卖友求生之辈？

"我自然知道你真正想要的是李牧羊的人头，我燕相马只是一个小鼻子小眼睛的小人物，就算劫了几车粮草，杀了几个战将，在孔雀王眼里，那又算得了什么？

"但是，你在意自己宝贝女儿的生死，而你的宝贝女儿又和我那朋友李牧羊一起消失不见了。其实啊，我觉得你是自寻烦恼。以我对那个见色忘友的家伙的了解，就算全天下的人都要伤害你的宝贝女儿，他也绝对不会做这样的事情。千度公主与李牧羊在一起只会安全，绝对不会有任何危险，你大可安心，不必再为此烦恼了。"

赢伯言身体一跃，人便到了刑台之上燕相马的面前。他用脚踩着燕相马的脑袋，使燕相马的上半身也朝地面趴倒。

燕相马咬牙强撑，又怎么抵挡得住那移山填海之力？

燕相马的整个身体，包括脸部，都被赢伯言踩在地面上，和冰冷的青金石贴在一起。

"燕相马，你当朕是无知小儿吗？直到现在你还在替那条恶龙说话！津州城上空，他与千度厮杀惨烈，数十万军民亲眼所见，这就是你所说的就算全天下都会伤害千度他也不会？

"你知不知道千度为他做了什么？不遵王命，悄声带走数千鬼舞军，奔袭万里至白马平原相救；面对九国屠龙，不离不弃与其死守风城；还有昆仑神宫……结果呢？他是如何对待朕的女儿的？

"现在千度生死不知，下落不明，你却告诉朕，她是安全的，和那条恶龙在一起是安全的。燕相马，你让朕如何信你？"

"你不信……"燕相马的半边脸紧紧地贴在青金石上，导致他说话的声音都有些变了，"我也没有办法。反正，千度和李牧羊在一起是……一定不会有事的。津州……津州之事，必有蹊跷。"

"蹊跷？"嬴伯言的脚尖还在不停地用力，"燕相马，难道你还没有醒悟吗？你要被朕砍头的消息已经传了数日，倘若那条恶龙当真在意你的生死，早就前来救你了。直到现在还没有丝毫动静，证明他根本就没有把你当作朋友。在他眼里，你不过是一个废物而已。你死到临头，竟然还在帮他说话，真是可笑至极。"

"你觉得可笑的话，那就笑吧。倘若你心里恨极了一个人，别人说什么，你都不会相信的。不是要砍头吗？赶紧砍吧……"燕相马的嘴角渗血，眼睛里充满了血丝，"脑袋掉了，我也就可以歇歇了……"

"来人！"嬴伯言沉声喝道。

"在！"旁边的金甲武士齐声应道。

"一炷香的工夫，倘若那条恶龙还没来救人的话，就把他砍了！"

"是！"

金甲武士答应一声，有人立即在青金石上点燃了一炷线香。

"别浪费时间了，赶紧砍了吧。"燕相马喊道，"李牧羊那个浑蛋……不会救我的。我对他有信心。"

没有人回应燕相马，也没有人在意一个将死之人说些什么。

那炷线香燃得很快，一会儿工夫就燃烧殆尽。

嬴伯言脸色阴沉，眼睛死死地盯着那炷线香。

他比任何人都要紧张，他甚至希望那炷线香烧得慢一些，希望李牧羊来得快一些。

可是，线香都烧到头了，刑台之上仍没有任何动静。

不，还是有动静的。

不知道什么时候开始，灰蒙蒙的天空之上，突然飘起了细如银针的雪花。

下雪了！

此时已是寒冬，中州城的第一场雪也在这个时候不合时宜地到来。

燕相马用眼角余光瞟向天空，看着天空中的细雪，不无得意地对踩着他脑袋的孔雀王嬴伯言说道："看到没有？老天爷要用一场大雪给我饯行。我燕相马果然是人见人爱啊，痛快！"

第415章
雪球发威

"下雪了，快看，下雪了！"

"这个时候怎么下雪了？难道世间有什么冤情不成？"

"说什么呢？现在正是三九寒天，小雪也早就过了，不正是下雪的时候？"

……

听到燕相马的喊叫，原本将视线放在他的身上，全神贯注地盯着他的中州百姓也发现天上开始飘起了细雪。

不得不说，这个时候他们开始有些同情这个叫燕相马的西风将军了。

前些日子他们便听说过燕相马的来历：他是世家之子，是荣耀千年的大家族里走出来的年轻俊杰，弱冠之年便成为西风帝国监察司长史，一参战便是一路大军的先锋将军……

这样的人物让他们够不到，摸不着，完全没有代入感。

他们觉得，这种含着金玉出生的孩子生下来就和他们不是一路人。

可是，看到他为了保全气节拒不下跪宁愿被打折双腿，看到他即将被砍掉脑袋还要强行替自己的朋友辩解，看到他视死如归以潇洒不羁的心态来迎接这一场大雪……

这样的男子，怎能让人不钦佩呢？

"燕将军……是个好人啊。西风男儿若都是这般，西风国何至于此！"

"是啊。燕将军……是我们西风的将军。"

"年纪轻轻的，可惜了！"

……

连孔雀王赢伯言都颇为动容，他看着燕相马因为见雪而喜悦的表情，沉吟良久，出声说道："机谋百变，傲视君王，大气从容，情义双坚，西风有如此良才，可惜了。你放心吧，待你死后，朕让人将你送回天都安葬。等到朕一统神州、君临天下之时，便封你为异姓王侯。总不会委屈了你。"

嬴伯言转过身去，冷声说道："时辰已到，用刑吧。"

"是！"金甲武士答应一声，举起了手里的长刀。

只待手起刀落，燕相马便要人头落地。

"等等！"一个苍老的声音传来。

国师嬴无欲走到孔雀王嬴伯言面前，笑着说道："我知陛下最喜人才，每每遇到可用之才都会欣喜若狂。左侍郎黄浩，原本隐居深山，是陛下再三邀请才使其同意出仕。尚书诸葛谨，是陛下三顾清源才将其请出来为国谋划。我观燕相马此人忠义两全，有勇有谋，实在是不可多得的人才。陛下征战七国，正是用人的关键时刻，何不将其收服，为陛下攻城夺地？"

"请陛下将其收服！"一名老者出声喊道。

"请陛下饶燕相马一命！"

"陛下，刀下留人！"

……

听到国师嬴无欲的请求，百姓们也纷纷出言请求孔雀王嬴伯言放燕相马一条生路。

大家都不希望这个有情有义的年轻将军被人砍了脑袋，人生就此终结。

无论如何，他们终究是西风人啊！

燕相马，是他们西风的将军。

嬴伯言很不满地扫了嬴无欲一眼，嬴无欲只是一脸和蔼的笑意，并不在意。

嬴伯言再次转身看向燕相马，问道："燕相马，大家为你求情，你可听见了？"

"听见了。谢谢大家厚爱。"燕相马说道。他话语真诚，发自内心地对大家表示感激。生死关头，有那么多人希望自己活下来，这求情也足够让人心生暖意。

"你可愿为朕效力？"

"不愿意！"

赢伯言觉得这天没办法聊下去了。

赢伯言心中暗道："我给了你台阶，给了你活命的机会，你一句话就把所有的台阶、所有的机会都给推开了。我可是孔雀王，我不要面子的啊？"

赢伯言摆了摆手，说道："砍了。"

"陛下……"赢无欲还想劝阻。

"国师，你也看到了，"赢伯言有些恼怒地说道，"不是朕不给他活命的机会，是他不知好歹。"

"陛下可曾想过，倘若燕相马说的是真的，那李牧羊和千度之间有什么难言之隐，而此时陛下斩了燕相马，又将如何和李牧羊相处？"赢无欲低声说道，一双眸子充满了智慧，仿佛看透世情。

有些话他还是没办法说得太清楚，以免激怒这个正处于爆发边缘的孔雀王。

倘若李牧羊当真和赢千度走到了一起，那么，不管赢伯言同不同意，李牧羊都将是孔雀王朝的女婿。

赢伯言若斩了燕相马，以后翁婿如何相处？

"难言之隐？"赢伯言只觉得胸腔之中戾气汹涌，"什么难言之隐？之前我就反对千度和那条恶龙来往过密，是二叔说这是命数，违逆不得。我心想，千度是个知轻重的聪明孩子，应当知道如何规避外界的危险。再说，因为赢氏家族和龙族的那点儿渊源，我也不想将事情做得太绝，结果呢？千度生死不知，下落不明。直到现在，二叔还要替那条恶龙说话？倘若那条恶龙诚心对待千度，会那般伤害她？倘若他们之间另有隐情，梦蝶传音来跟我们说上一声总是应该的，可那条恶龙做了什么？他带着我的女儿跑得无影无踪，让我这个父亲因为担心女儿安危而寝食难安、度日如年。现在，二叔仍然觉得我做错了？"

"我知陛下心焦，但是，也不能用杀人来排解心中的怒意。"赢无欲轻轻叹息，说道，"一旦把脑袋砍下来了，就再也没有挽回的余地了。"

"要什么挽回？就算要挽回，也是那条恶龙想挽救之法！"赢伯言狠声说道。

他转过身去，盯着燕相马再次问道："燕相马，你可愿降服于朕？"

"降！"

"降！"

"降！"

……

中州百姓生怕孔雀王一怒之下斩了燕相马，一个个高声喊叫。只要燕相马说一声"降"，他的人头就能够保下来。

"实在不行，以后再反嘛。"老百姓在心里朴实地想道。

"鸡已经吃了，酒也喝了，想说的话也都说了。"燕相马仰脸看天，脸上带着恬适满足的笑意，说道，"老天爷觉得我燕相马死得可惜，又下了这一场大雪来给我送行。雪都下了，哪能辜负上天的美意？"

燕相马转身看向赢伯言，沉声说道："感谢孔雀王厚爱，相马——不降！"

赢伯言点了点头，说道："砍了。"

"是！陛下！"金甲武士答应一声，高举长刀，狠狠地朝燕相马砍去。

燕相马双腿跪伏在地，上半身却挺拔如松。他看着那纷纷扬扬的白雪，嘴角浮现一丝苦涩的笑意。

"永别了！"他在心里说道。

是对父母家人说，是对亲友同僚说，是对那个深藏心中的娇俏少女说，更是对这个世界说……

永别！

永远生死两隔！

他的脸上带着笑，眼角却有泪水滑落。

他真是舍不得去死啊！

当长刀即将触及燕相马时，有人张嘴惊呼出声，有人吓得闭上了眼睛。

正在这时，天空出现异象。

那正在落下的雪停止了，就那么僵硬地、毫无征兆地停顿在半空。

那张开的嘴巴没办法合拢，那闭上又想睁开的眼睛却怎么也睁不开了，就连睫毛都无法颤动。

那抬起的脚没办法落下，那扭转的身体以一个诡异的姿势停顿。眼泪掉落，悬挂在半空。被风吹起的落叶，也凝固成永恒。

刀还悬在头顶，头颅还属于脖颈。

整个世界刹那间定格了起来。

天空之中，隐有大佛之音。

灰蒙蒙的天空突然破开了一个大洞，大洞里洒下万道金光，将中州城照耀得亮如白日。

金光中心，出现了一个身穿白衣的仙女。

她沐浴着金色的光芒，整个人就像炽烈的太阳。谁又能真正看清楚太阳长什么模样呢？

她赤裸着双足，踏风而行，身躯缓缓落地，停留在了燕相马身前。

燕相马拼命地眨动眼睛，想要将眼前这个仙女看得真切一些。

可是，因为那光线太过耀眼，他能够看到的只是一团模糊的光。

他能够看到那诱人的轮廓，能够确定她每一处都美，可是，无论他如何努力，都没办法看清楚她的眉、她的眼。

她被光芒包裹着，让人难以正视。

燕相马心头狂喜，隐隐猜测到了什么，却又忐忑不安，难以确定。

他张嘴欲言，却发现自己仍然没办法说话。

那个被光芒包裹着的仙女看了一眼架在燕相马头顶的长刀，好像觉得极其碍眼，于是手指一弹，那长刀便化作一缕灰色的烟尘。

她又觉得围拢在四周的金甲武士碍眼，于是衣袖一挥，那几名金甲武士便消失不见了。

她蹲了下来，蹲在了跪在刑台之上的燕相马身前。

扑哧——

小仙女轻笑出声，声如银铃。

"你这个样子，像只大花猫！"小仙女脆生生地说道，眉眼间洋溢着喜悦之意。

天上地下，唯我至尊。

生杀予夺，由我做主。

这便是领域的力量。

倘若真刀真枪地打起来，李牧羊加上一个弱水之灵说不准就能把那只鲲兽拿下，况且还有一只即将凝结出实体的红狼王在旁边掠阵。

可是，他们偏偏一头栽进了那只鲲兽的领域之中。

可以说，这辽阔的北溟就是鲲兽幻化出来的后花园，或者说是它的兽掌心，在这里面和其厮杀，是多么艰难的一桩事情！

对手的实力受到束缚，难以完全发挥，而那领域之主却要风得风，要雨得雨，就算想要十万神兵，也不过是意念一转的事情——只要那十万神兵对其有用，而其本身的修为又能够支撑这一场巨大的元神消耗之战。

是的，支撑这巨大的领域是要以强大的元神为基础的。

李牧羊的身体被冰雪覆盖着，厚实的寒冰将其包裹得严严实实。李牧羊拼命挣扎，但是身体越来越僵硬。龙气外泄，他全身红通通的，就像要烧起来了一般。他想使用龙之火将冰层融化。

没想到的是，冰层的凝结速度比融化速度快上无数倍。一眨眼工夫，李牧羊所在的位置便出现了一座巨大的冰山。

这是一座海上冰山。

李牧羊就像冰山之心似的，置身在那冰山的最中间，手不能抬，身不能动，连披散开来的头发都被冰冻住了，长长地拖在那里，像一把扫帚似的。

就像亿万年前琥珀里的一只蟑螂，栩栩如生，却已失去生命。

若是普通人，受到这般领域之力的折磨，承受这般寒冻，怕是早就已经死了。

可李牧羊还活着。

是体内的那股龙之气在庇护着他，让他保留着最后一丝清醒。

李牧羊全身能动的只有眼球，他想转过身去再看赢千度一眼，可惜，这已经是不可能做到的事情了。

他的眼神悲伤，愧疚至极。

他想要张嘴说话，却没办法发出任何声音。

大概，他想要和赢千度道别，或者说一声对不起。

是他将赢千度带到这里的，他却没有能力将她完好无损地带回去。此时，李牧羊的心里极度难受，这让他比死还要难受。

"千度——"李牧羊在心里呼喊，他只能用这样的方式呼喊她的名字，虽然她根本就不可能听见，"千度——"

两行清泪顺着他的脸颊滑落。

男儿有泪不轻弹，只是未到绝境处。

"哭了？"鲲兽看着李牧羊眼角的泪滴，哈哈大笑起来，说道，"这是眼泪吗？还真是天大的笑话，原来高高在上、不可一世的龙族也会哭啊！斩断情欲，方能登仙。难怪你们龙族一直无法位列仙班，就是因为你们龙族眷恋人族女子，不愿舍弃那些无用的感情。"

"我不一样。我无情无欲，无任何牵挂。"鲲兽一脸激动地说道，"既然你们龙族做不到位列仙班，那便让我来完成吧。我鲲族必然会超越龙族，成为真正的神族。"

"不过，"鲲兽看着李牧羊虚弱不堪的模样，有些嫌弃地说道，"我对人族世界非常好奇，那么就借你的皮囊一用，先去人族世界走上一遭吧。既然世间有我了，那么，你便是多余的。"

鲲兽伸出右手，缓缓握拳。

拳头每收紧一些，那巨大的冰山便发出咔嚓咔嚓的声音，而冰山的体积也在不停地缩小。

鲲兽以拳控山，准备将李牧羊捏死在手掌之中。

咔嚓——

鲲兽的拳头收紧一些，那冰山又再次缩小一些。

咔嚓——

咔嚓——

冰山不停地响动，能够看到那冰山受到挤压，然后重新组合，变成密度更大、体积更小的冰山。

李牧羊的身体在冰山之中也不停地发生变化，他的身体被冰块挤压得变形，脑袋左倾，胳膊弯曲，身体嘎嘣作响。

待那冰山缩小到一定的程度，李牧羊就会被挤压成烂泥，与那冰山永远融合在一起，再也分不开。

"李牧羊！"红狼王怒了，嘶吼出声。它背着昏迷不醒的赢千度，主动朝鲲兽幻化而成的李牧羊扑了过去。

嗷——

红狼王张开大嘴，猛地朝那"李牧羊"喷出一团紫红色的烈火。

"红月狼王？不自量力！"

鲲兽衣袖一甩，便将红狼王抽飞了。

红狼王的身体在半空翻滚，然后艰难地停顿下来。

它一把将即将落入海里的赢千度抓了起来，重新甩到自己背上，然后再一次朝李牧羊扑了过去。

这一次它冲向了真正的李牧羊，冲向了那座将李牧羊包裹着的冰山。

它张开大嘴，对着冰山喷出熊熊烈火。它不惜耗费真元，耗尽自己的红月之力，也要用体内的烈火将这冰山融化。

"愚蠢至极！"鲲兽幻化而成的李牧羊嘴角浮现一丝嘲讽，"我说过，这里是我的领域，这冰雪，我要多少便有多少。你又怎么可能将冰山融化呢？"

呼——

红狼王不管不顾，仍然拼命地对着那冰山喷出熊熊烈火。它不信，它一定要将这冰山融化。

噗——

雪球从海里冲了出来，看到李牧羊此时的模样发出悲鸣之声。

它飞到冰山边沿，绕着巨大的冰山飞翔数圈，挥舞着爪子想要拍碎冰山。但是，那寒冰坚若铁石，岂是那么容易被拍碎的？

而且，它刚刚拍碎一块，就有更多的冰生长出来，绵延不绝。

就像突然想起了什么似的，雪球的身体在不停地胀大，越来越大，大过那冰山，大过那海，甚至大过那北溟。

天地之间，仿佛只见那一只白色大"狗"的身影。

鲲兽幻化而成的李牧羊脸色凝重，眼里露出了惊恐。

这里是属于鲲兽的领域，是属于鲲兽的王国，鲲兽才是这北溟独一无二的神。

可是，鲲兽要支撑这样的领域，是需要耗费大量真元之力的。而真元之力是鲲兽在亿万年时间里一点一点地积累的。

北溟越大，鲲兽所要消耗的真元便越多。

而雪球现在想要做的事情就是，将北溟撑得更大些。

雪球是弱水之灵，是万水之母，是世间所有水的源头。

它能够调集万水为己所用，包括这北溟之水。只要有水，那么，它的身体就可以无穷尽地变大。

天、地、水。

它可以大到遮天，大到盖地，大到充满神州九国的整个空间。

最致命的是，鲲兽发现自己还没办法阻挡弱水之灵。因为弱水之灵比鲲兽的神格高了半阶，人家是真正的不死神族。

果然，鲲兽还没来得及阻挡，北溟的水就开始朝高空飞去。

屹立在高空之中的雪球就像一只巨大的怪兽，想要将这北溟之水一口吸干。随着那海量的水被它吞噬，它的身体也变得越来越大。

轰隆隆——

地动山摇，北溟摇摇欲坠。

鲲兽脸色惨白，心中暗道："这个混账东西，它想要撑爆我的领域！"

如果鲲兽不想领域被撑爆，就只能拼命地用真元去维持领域的稳固，使领域

274

变得更大。

也就是说，鲲兽要和弱水之灵比大。

因为雪球的身体急速膨胀，北溟动荡得更加激烈。

有火山在喷发，有海啸在酝酿。

海里的水逆势而起，疯狂地涌入弱水之灵的巨口之中，成为弱水之灵迅速膨胀的养分。

鲲兽感觉到了危险，其知道，倘若再不反抗，这北溟——自己用亿万年时间打造而成的北溟将会烟消云散。

那个时候，领域被毁，鲲兽自己也将承受领域的反噬之力。

现在，就算其想要放弃也不行了。

鲲兽双手高举，一个蓝色的光球出现在其头顶。

那个蓝色光球不断变大，散发出来的光芒也朝整个北溟铺泻而去。

在那肉眼见不到的尽头，北溟的边界开始不停地向外延伸，北溟的深度也在不停地扩张。

这是鲲兽的领域之力，唯有将领域变得更大，才能装得下弱水之灵，才能维持领域不破。

雪球在变大，北溟也在变大……

红狼王原本还在不停地喷出火焰，想要将困住李牧羊的那座冰山融化，喷着喷着，就发现局势发生了变化。

冰山不再缩小了，而且冰块开始快速地融化。

红狼王一脸迷惑地转过身去，又抬起头来，然后就发现了发飙的雪球。

这个时候的雪球，看起来比它这个红狼王威风霸道千百倍。

雪球的生长是本能，只要是水，就能够自然地被它幻化为躯体的一部分。

但是，鲲兽是将本身真元转化为领域的一部分，依靠的是本身的修为力量。

一方凭借的是自然之力，一方借助的是修为之力，高下立判。

鲲兽幻化成的李牧羊脸色越发难看，额头上大汗淋漓。

鲲兽感觉到了吃力，而且越来越吃力。

半阶啊!

半神之族和神族只相差半阶,可是,这半阶犹如天堑,将龙族以及鲲兽阻挡在天道之外。

第416章
领域崩塌

山崩海啸，野火燃烧。

原本平静的北溟现在一片混乱，这是领域不稳即将崩溃的征兆。

在雪球的强大威压之下，鲲兽竭尽全力也无法制造一个可以装下弱水之灵的领域。

鲲之大，不知其几千里也。

可是，倘若雪球比鲲还要大呢？

领域、幻境，归根结底比拼的还是实力、修为、境界。

仅仅与弱水之灵差了半阶，鲲兽应对起来便如此吃力。

北溟晃动欲塌，鲲兽幻化而成的李牧羊也摇摇欲坠。

"你们……"鲲兽声音阴沉，说道，"你们知道自己在做什么吗？倘若……领域溃灭，你们都将被困在这领域之中，直至烟消云散。"

呼——

雪球不管不顾，仍然张开大口吸纳海里的水。

北溟之海，无边无际，仿佛永远看不到尽头。可是，现在海水明显浅了一层，看起来很快就要被雪球吞噬干净。

鲲兽清楚，海水见底、北溟干涸之时，便是领域溃灭的时候。那个时候，领域消失，这领域中的一切也都将消失。

红狼王感觉到了危险——动物对危险极其敏感。

它落在冰山旁边，用它那苍老的声音嘶吼道："李牧羊！李牧羊！你快醒醒！"

若领域溃灭，它和冰山里的李牧羊都会消失，能够活下来的怕是只有雪球。可是，雪球现在不管不顾，谁的话也听不进去，一心想要将这领域撑爆。

红狼王要唤醒李牧羊，此时此刻，只有李牧羊能够阻止雪球了。

听到红狼王的声音，原本陷入昏迷状态的李牧羊睁开了眼睛，瞳孔里血水沸腾。

啪啪啪——

李牧羊的身体开始伸展、扭曲、变形，身体表面开始生出白色的鳞片，双手也开始变成利爪。

咔嚓咔嚓——

那紧紧包裹着他身体的冰块开始掉落。

李牧羊的身体越来越大，在无限地拉长。在这冰山之中，他正在幻化成一条白色的巨龙。

一条被困在冰山中的巨龙！

李牧羊的眼睛变成了龙眼，脑袋也变成了龙头。

沉寂！

死一般沉寂！

四周只有冰块掉落的声音。

嗷——

巨龙突然仰天长啸。

砰——

一声巨响，响彻天地。

整座冰山爆裂开来，大块大块的冰朝四处飞溅。

白色巨龙翱翔高空，红色的眼睛朝鲲兽幻化而成的李牧羊看了一眼，然后嗷的一声冲了过去。

砰——

鲲兽被白龙撞飞了。

白龙犹不解恨，以更快的速度追上倒飞而去的鲲兽，高举龙爪狠狠地拍了过去。

啪——

鲲兽被拍进了海里。

白龙仰天长啸，状若疯癫，一头冲进了海里，朝那鲲兽的下落点扑了过去。

白龙一口咬住了鲲兽的脚腕，将鲲兽狠狠地朝高空甩了过去。

白龙上天入地，围着鲲兽猛烈攻击，一副与鲲兽不共戴天的凶狠模样。

"李牧羊！"红狼王再一次嘶吼出声。它很担心雪球还没有把领域撑爆，李牧羊化作的白龙就把鲲兽打死了。

轰——

巨大的声响传来，耀眼的白光闪烁。

北溟开始缩小，开始重叠。

嗖——

整个北溟消失不见了。

天地是静止的，能够活动的只有那个小仙女，以及燕相马的眼睛。

燕相马张嘴欲言，却发现自己的嘴巴僵硬，根本没办法发出声音。

他眨了眨眼睛，幸运的是，他的眼珠是可以转动的。于是，他双眼圆睁，死死地盯着那个白色的倩影。

他努力地想要看得真切一些，但是那个小仙女周身散发出来的光芒太强烈了，导致他肉眼所见到的只有一团金黄的光。

"你说话啊！"小仙女看到燕相马眨动的眼睛，问道，"你怎么不说话？"

"……"

"哎呀，我忘记了。"小仙女像是突然想起了什么，伸出洁白细腻的手在半空打了一个响指。

啪——

一声脆响传来。

就像打开了魔法的开关，整个世界突然苏醒过来。

静止的风继续在吹，停滞的雪继续在落。

凝固的表情舒展开来，抬起来的右脚放下，扭转过来的身体也终于恢复了正常。

除了那即将砍下的大刀以及操刀的金甲武士消失了，一切都恢复了之前的模样。

"护驾！"宦官一声吆喝，大量的供奉和护卫朝赢伯言所在的方向冲了过去。

鬼舞军团更是里三层外三层地将赢伯言围拢在中间，不让其他人有丝毫的靠近机会。

赢伯言本人倒一脸笃定，因为自始至终，国师赢无欲都保持着镇定。在其他人都因为这个小仙女的到来而被定格的时候，赢无欲也不曾受到丝毫影响。

只要有国师在，赢伯言便清楚，这神州九国能够伤害到他的人屈指可数。

全城百姓也全都朝刑台看了过去，不明白那个从万道霞光中走出来的小仙女是什么人物。

不过，他们在心里想着，这个小仙女就像是从画里走出来的，一定是从天上来的。

小仙女解除了"时空印记"之后，看着燕相马说道："好啦，现在你可以说话了。"

燕相马再次眨了眨眼睛，急切地问道："你是……李思念？"

"是啊，你连本小姐都认不出来了吗？"李思念声音甜美地说道，嘴角带着调皮的笑意，"江南旧友你都不认识了，可真是让人伤心呢。"

"没有没有。"燕相马拼命地摇头，说道，"你真的是李思念？我知道你是李思念，但是，我不敢相信自己的眼睛。你怎么来了呢？你……收到我的梦蝶传音了？"

"梦蝶传音？那是什么时候的事情？我不曾收到什么梦蝶传音。"李思念摇了摇头，说道。

燕相马的身体瞬间放松，却又有种难言的失落情绪，转而笑着说道："没有就好，没有就好……我就是好奇，你怎么会在这个时候来这里，还恰好救了我。你要是晚来一会儿，我的脑袋就要被他们砍下来了。"

"嗯。我既然来了，就不会让他们砍你脑袋的。"李思念摆出一副"有我在，你不要害怕"的模样，"你放心，我会保护你的。"

"思念……"燕相马心头感动得不能自已，"谢谢你。在这个时候见到你……见到你真好。"

"不用客气。"李思念笑嘻嘻地说道，"因为我们是朋友啊。以前你也曾帮过我，而且，你还是我哥哥的好朋友。既然我恰好到了这里，又不小心见到你要被人砍脑袋，那我自然要帮助你的。"

"是啊！"燕相马心中怅然，但是心头仍然被与好友久别重逢的喜悦填满，"无论如何，在我觉得此生无望的时候你突然出现……老天爷送了我这一场大雪，又送来了你，现在……就算被他们砍了脑袋，我也没有任何怨言了。"

"那可不行。"李思念一脸认真地说道，"怎么能轻易说死呢？人哪，一定要好好活着。我哥哥活得那么艰难，但是他还在拼命地挣扎，拼命地反抗，拼命地……想要活着。我们都要活着，所以，你也不能死。"

"我不死，我现在也不想死。我就是觉得……看到你太高兴了。"

李思念这才重新绽放笑颜，说道："这才对嘛。"

她抬眼扫视四周，说道："这里好像不是叙旧的地方。被这么多人看着，我有些不自在。"

"我倒还好，已经适应了。"燕相马咧开嘴笑。

现在的他非常开心，能够活着他开心，见到李思念他开心，能够和李思念这般说说笑笑他更加开心。

就算李思念救不下他，就算一会儿他还是要被孔雀王砍了，他的心头也是喜悦的。

"上天怎么会如此厚待我呢？"一个即将被砍头的人，心中竟然发出了这样的感叹。

李思念环顾四周，喊道："喂，谁是主事的？"

嬴伯言挥了挥手，挡在他前面的护卫立即散开。

嬴伯言看着面前白衣飘飘、气质出尘如谪仙一般的小姑娘，说道："你要找的人，应当是朕吧。"

"真？谁是真？"

"朕——本王。"

"哦，你的西风话一点儿也不标准，以后要注意一些。"

"……"

当然，李思念是不会在这种小问题上揪着不放的，她伸出白玉般的手指了指燕相马，说道："他是我和我哥哥的朋友。"

"你哥哥是李牧羊？"

"是的。你也认识我哥哥？"

"化成灰也认识。"赢伯言狠声说道。

说实话，见到这样一个机灵可爱的小姑娘，一般人是生不出杀戮之心的。

"嘻嘻……"李思念笑了起来。

"你笑什么？"赢伯言看着李思念问道。

难道他的答案很可笑吗？

"很多人都想害我哥哥，"李思念脆生生地说道，"但是他们最后都把自己害死了。"

"……"

"不过，你和他们不一样。"李思念说道。

"我倒有些好奇，我和他们怎么不一样？"

"你只是恨他，却并不想杀他。"

就像一只被踩住了尾巴的猫，赢伯言差点儿没有忍住要跳起来。

"你只是恨他，却并不想杀他。"听听，听听，这小姑娘到底说的是什么话？

这种话被外人听到，别人会怎么想他赢伯言？

"真是笑话。他是一条恶龙，人人见而杀之，我又何尝不想屠龙为民除害？"赢伯言冷笑连连，朗声说道，"再说，他害我女儿，致使我女儿生死不知，踪迹不明。我恨不得饥食其肉，渴饮其血，怎么可能不想杀他？我比世间任何一个人都更想杀他！"

"你讲话那么大声干什么？"李思念瞪着圆溜溜的眼睛，一脸疑惑地看着嬴伯言说道，"是因为我说中了你的心事，你担心孔雀王朝文武百官和在场的百姓怀疑你的立场，所以这么小心谨慎地向他们解释吗？"

"真是可笑至极，我为什么……"

"为什么害怕别人怀疑你的立场？"李思念打断孔雀王嬴伯言的话，反问道。

所有人都一脸震惊地看着这个白衣飘飘的小仙女，多少年了，从来没有人敢打断孔雀王嬴伯言说话。

仅凭这一项，她就足够让人刮目相看。

当然，前提是她还能活着。

就连孔雀王嬴伯言也有一种错愕的感觉，他没想到这个小丫头胆敢打断自己说话，这种感觉真是……很新鲜。

他内心深处隐隐觉得，她说的话竟然有一点点道理。

是啊，他为何要那样大声说话？为何要那么认真地向周围的人解释？

难道高高在上的孔雀王还用在意别人的眼光？

若在意的话，他也不会举百万雄师征战七国了。

"你看看，被我说中了吧？无话可说了吧？"

"一派胡言！"

"你心里清楚龙族和你们嬴氏一族的渊源，你们嬴氏一族对龙族原本就存有愧疚之心，不然的话，上一回九国屠龙，为何偏偏只有你们孔雀王朝出兵不出力？"

"胡说八道！在屠龙一事上，我孔雀王朝与其他诸国共进退，何曾出兵不出力过？"

"不要违背自己的本心，"李思念一脸认真地劝说道，一副"我完全是为了你好"的模样，"这又不是什么丢脸的事情。而且，你内心应该清楚，我哥哥是不可能伤害千度的。他上一世没有伤害过你们嬴氏的女子，这一世更不会伤害你们嬴氏的女子。"

李思念指了指刑台之上跪伏着的燕相马，说道："这出大戏演完了，是不是可以让我把他带走了？"

"荒唐！"嬴伯言怒不可遏，"君无戏言！既然我说三日之后要砍了他的脑袋，今日便一定要砍了他的脑袋。军帐之中，岂能儿戏？再说，他是敌国前锋，杀我将军，劫我粮食，只凭这个就犯下了杀头之罪。我为何要把他交给你带走？"

"你想想，万一千度姐姐不是我哥哥劫持走的呢？"

"此话何意？"

"假如——我是说假如——千度姐姐是主动和我哥哥一起离开的呢？"李思念露出一副若有所思的模样，笑着说道。

（本册完）

更多精彩内容敬请关注《逆鳞15》大结局！